차배근 교수의 농촌 일기

낭형당 만필

차배근 교수의 농촌 일기 **낭형당 만필**

지은이 / 차배근
펴낸이 / 조유현
편   집 / 이부섭
디자인 / 박민희
펴낸곳 / 늘봄

등록번호 / 제300-1996-106호   1996년 8월 8일
주소 / 서울시 종로구 김상옥로 66, 3층
전화 / 02) 743-7784   이메일 / book@nulbom.co.kr

초판 발행 / 2023년 9월 30일

ISBN 978-89-6555-108-9 03810

※ 값은 표지에 있습니다.

※ 이 도서는 한국출판문화산업진흥원의 '2023년 중소출판사 출판콘텐츠 창작 지원
   사업'의 일환으로 국민체육진흥기금을 지원받아 제작되었습니다.

차배근 교수의 농촌 일기

낭형당 만필

차배근 지음

늘봄

서 문

"선생님, 스트레스 받게 왜 그런 걸 쓰세요?"

오랜만에 나를 찾아온 제자 교수에게, "내가 2022년 1월부터 『춤』이라는 잡지에 나의 만필을 연재하고 있다"고 했더니 그 제자 교수가 나에게 위와 같이 말했다. 나의 정신건강을 위해 한 말이다. 늙어서 건강하게 살려면 첫째 "스트레스를 받지 말라"고 모두들 충고하고 있다. 그러나 스트레스를 받지 않겠다고 맨날 무위도식(無爲徒食)만 하고 살 수는 없지 않은가?

2007년 8월 말 정년퇴임 후 나는 시골에 와서 살고 있다. 산골짜기에, 동네와는 꽤 떨어진 독립 전원가옥에 칩거 중인 나에게 요즈음 유일한 대화상대는 나보다 네 살 연하인 머리털 하얀 내자뿐이다. 주로 밥상머리에서 이 얘기, 저 얘기를 나누다 보면, 그걸 글로 쓰고 싶은 생각이 간혹 든다. 그래서 소일(消日) 삼아 틈틈이 끄적여 보았다. 난생처음으로 콩트라는 것도 써보았고, 엽편소설이라는 것도 써 보았다.

이를 『춤』이라는 무용 관계 잡지를 발행하는 제자에게 보여줬더니

『춤』지에 연재하자는 것이었다. 그리하여 '스트레스를 받는 일이 시작되었다. 비록 짧은 글이지만 매달 2편씩 써야 한다는 것은 조금은 부담되었다. 그러나 글을 써서 보내고 나서 다시 새로운 글을 구상하고, 밭을 매면서도 그 내용을 머릿속으로 써보고, 고쳐보고 하는 일들은 결코 싫지는 않았다. 다른 일로 인하여 받았던 스트레스도 오히려 풀리는 것 같기도 했다.

이렇게 해서 글을 쓰다 보니 60여 편이 되었다.

내 아내와 딸들은 내 글을 나의 강제(?)로 맨 처음 읽어주는 독자이기도 하다. 큰딸 경욱은 교정을 잘 보아준다. 교수라서 그런지 오자나 탈자, 그리고 특히 틀린 맞춤법을 잘도 잡아낸다. 이와는 달리, 작은딸 경화는 나의 자존심이나 감정부터 고려해서 그런지, 잘못된 것들은 슬쩍 넘기고, '명필'이니, '불후의 명작'이 되겠느니 하면서 나에게 용기를 북돋아 주며, 계속 글을 써서 보여 달라고 격려해 준다. 그러면서도 예술가답게 내 글의 주제나 의도, 표현 등에 대하여 날카로우면서 부드럽게 잘 지적해 준다.

"난 글쓰기에 관해서는 문외한이지만, 아티스트(artist)로서 학생들의 작품을 평가해 줄 때는, 무엇을 관람자에게 진정으로 전달하고 싶은지 그 컨셉과, 이를 표현을 통해서 작품에 얼마나 잘 녹여 놓았는지, 이러한 두 가지 점을 중시하고 있어요."

이는 아마도 아빠의 글은 콘셉트도 분명치 않고, 표현도 좋지 않아 콘셉트가 글(작품) 속에 잘 녹아 있지 않다는 평가일 것이다. 요사이 아이들 표현으로 말하자면, "참으로 부끄부끄다." 그런데도 염치없이 이런 글들을 모아서 책으로 내는 것은, 내 글을 다른 사람들과 공유하고 싶기도 하지만, 가끔은 밤까지 지새우며 나름대로 열심히 쓴 글들을 그냥 버리기에는 못내 아까운 마음이 들기 때문인지도 모르겠다.

이러한 나의 심정을 깊이 헤아려준 '늘봄'출판사 조유현 대표에게 감사드린다. 『춤』지에 연재했던 나의 글들 이외에 또한 그간에 내가 틈틈이 써놓았던 여러 장르의 산문들을 조 대표가 모두 묶어 이와 같은 예쁜 책을 내주었다. 그리하여 그때그때 떠 올랐던 여러 가지 나의 생각들을 독자 여러 분들과 공유하게 된 것을 무한한 영광으로 생각한다. 독자 여러분의 건행(건강+행복)을 빈다.

2023년 9월
절골 낭형당에서
차배근

차 례

제2편 _ 회고(懷古)

제5편 _ 엽편소설

제1편
만필(漫筆)

왜 하필 '낭형당 만필'인가?

젊은 시절 나의 소박한 꿈의 하나는, 서울과 그리 멀지 않은 시골에 농막 한 채를 짓고, 주말이면 그곳에 가서 농사도 짓고 글도 쓰는 것이었다. 그러자면 돈이 필요했는데, 1980년대 초반 서울대 부교수 월급은 50만 원도 채 못되었다. 다행히 월급 이외의 돈이 좀 들어오기 시작했다. 당시 언론학 전공 학생들 사이에 '바이블'로 소문났던, 내가 지은 4종 세트 교과서, 즉 『커뮤니케이션학 개론』(상·하), 『사회과학 연구 방법』, 『사회통계 방법』의 인세가 제법 들어 왔기 때문이다.

농막을 지을 곳을 여기저기 알아보았다. 지인이 소개하기를, 경기도 화성군에 좋은 자리가 하나 있다면서, 그 동네가 차씨 집성촌이라고 했다. 현장을 찾아가 보니 마음에 들었다. 동네 입구는 좁았으나, 동네 안쪽은 제법 넓었다. 마치 복주머니를 거꾸로 매달아 놓은 형상이었다. 그래서 동네 이름을 '걸 괘(掛)' 자에다 '주머니 낭(囊)'을 붙여 '괘랑리'라고 지은 것일까?

1985년 여름, 동네 서쪽 산기슭에 3백 평의 밭을 사서, 그 가운데 조그만 조립식 농막을 지었다. 농막 이름을 '낭형당(囊螢堂)'이라고 붙였다. 괘랑[囊]리에서 반딧불이[螢]를 잡아서 그 불빛으로 공부하는 집[堂]이라는 뜻이었다. 당시만 해도 밤에는 집주변에 반딧불이가 여기저기 날아다녔다. 그걸 보고 난생처음 「낭형당의 한가한 밤(囊螢黨閒夜)」이라는 제목의 한시(漢詩)도 한편 지어 보았다. 실상은 옛날 여러 사람의 시구(詩句)들을 훔쳐다가 얽어 놓은 속문(屬文)으로 운(韻)도 맞지 않는 엉터리 칠언절구(七言絶句)였지만.

螢火亂飛秋已近 : 반딧불이가 어지러이 나니 가을이 이미 가까운데

濕地蟲聲遠書廊 : 습지의 벌레 소리들은 내 서재를 휘감는구나

燈火可親讀經典 : 등불을 가까이해서 경전을 읽어

知學古人宜應當 : 옛 성인들을 알고 배우는 것이 마땅하겠건만

不知車胤囊螢燈 : 옛날 중국 진나라 차윤은 반딧불 빛으로 공부했음도 모르고

假托無油閣卷張 : 등잔불 기름이 떨어졌다는 핑계로 읽던 책장 덮고서

未覺推門下堂庭 : 자신도 미처 깨닫지 못한 채 문을 밀고 마당으로 나아가

又玩月且樂風凉 : 또 달구경 하면서 또다시 바람의 시원함만 즐기네

－ 乙亥孟秋一閒夜 : 을해년 초가을 한가한 밤에

囊螢堂 主人作 : 낭형당 주인 지음

1995년도에 서울대학교 미술대학 정탁영 교수에게 부탁, '낭형당'이

라는 휘호를 받아다가 조그만 농막에 거창한 현판을 달아 놓았다. 휘호 옆에는 위의 한시도 함께 써넣었다. 이 현판은 지금은 내 서재에 걸려 있다. 2007년 은퇴 이후 농막 위쪽에 전원주택을 새로 지으며 이곳으로 옮겨 왔기 때문이다. 바로 그 현판 아래서 이 글을 쓰고 있다.

만필(漫筆)이라는 단어를 「다음 어학사전」에서 검색해 보았더니 "일정한 형식에 얽매이지 않고 자유롭게 쓴 글"이라고 간단히 정의해 놓았다. 이보다 조금 상세하게 「네이버 국어사전」에서는 "일정한 형식이나 체계 없이 느끼거나 생각나는 대로 글을 쓰는 일. 또는 그 글. 대체로 글 속에 사물에 대한 필자의 풍자나 비판이 들어 있다"고 풀이해 놓았다. 그러나 만약 사전의 낱말 풀이도 내 취향대로 골라 사용하라고 한다면, 난 「네이버 한자사전」에서의 풀이말, 즉 "만필이란 일정한 형식에 사로잡히지 않고 부드러운 문체로 사물의 특징을 과장하여 즉흥적이고 풍자적으로 가볍게 쓴 글"이라는 정의가 내 마음에 쏙 든다. 난 앞으로 이런 글을 쓰고 싶기 때문이다. 그리고 그 글들은 '낭형당 만필'이라고 부르고 싶다.(*)

※ 추기(追記)

조선시대 선비들의 문집을 보면, 만필이라는 제목을 붙인 것들이 제법 많다. 『월정만필(月汀漫筆)』, 『계곡만필(谿谷漫筆)』, 『계음만필(溪陰漫筆)』, 『서포만필(西浦漫筆)』 등 등. 이들 책 제목에서 '월정'이니 '서포'니 하는 것은 지은이의 호(號)이다. 이들 만필집에 실려있는 글들을 보면, 어떤 사물의 특징 등을 과장적, 즉흥적, 풍자적으로 가볍게 쓴 만필들이 결코 아니다.

선조 때 윤근수(尹根壽)가 지은 『월정만필』을 보면, 우리나라와 중국의 고사(故事) 및 명인(名人)의 일화(逸話)·시화(詩話) 등이 수록되어 있다. 인조 때 명신 장유(張維)의 『계곡만필』에는 경(經)·사(史)·자(子)·집(集)에 관한 학문상의 문제, 고사(故事)에 관한 견문 및 자신의 학문과 문학에 관한 견해 따위가 실려있다.

역시 인조 때 문신 윤흔(尹昕)의 『계음만필』에는 인물·역사·경전·지리·문물·제도·풍속·예절 등에 관하여 보고 들은 것을 일정한 순서나 체계 없이 기록해 놓았다. 그런가 하면, 숙종 때 문인으로 「구운몽」이라는 소설로 유명한 서포 김만중(金萬重)의 『서포만필』을 보면, 물론 수필 등도 들어 있지만 대부분은 신라 이후 조선시대에 이르는 우리나라 명시(名詩)에 관한 시화(詩話)로 이루어져 있다.

프랜시스 베이컨과 차 베이컨

안녕하세요, 교수님. 저는 언론정보학과 05학번 조은희입니다. 저는 학부 수업 중에는 교수님 수업을 들을 기회는 없었습니다만, 많은 교수님들께서 교수님 이야기를 많이 해 주셨고(별명이 '차 베이컨'이시라는 이야기도 ㅎㅎ), 정년퇴직 후에 귀농해서 농사지으면서 썼던 글도 본 기억이 있습니다. 제가 태어나기도 전이지만 교수님이 저와 멀지 않은 동네에 거주하셨단 이야기도 들었고요….

2020년 6월 11일 목요일 오후 6시 12분, 이런 문자(메시지)가 내 핸드폰 화면에 떴다. 뜻밖이었다.

내 별명이 '차 베이컨'이란 것도 처음 알았다. 난 언론정보학 전공이지만, 안테나가 너무 낮아 이런 정보들은 잘 안 걸린다.

내가 왜 '차 베이컨'이라고 불렸는지, 도대체 통 모르겠다. 그러나 마음속에 집히는 구석이 전혀 없지는 않다.

난 16~17세기 영국의 계몽주의 철학자로서 경험론의 시조로 추앙

되는 프랜시스 베이컨(Francis Bacon, 1561~1626)을 학문적으로 존경한다. 그래서 그에 관한 이야기를 학생들에게 많이 했기 때문이 아닌가 싶다. 그의 저서 『학문의 진보(*Advance of Learning*)』라는 책을 보면, 학자의 세 가지 유형에 관한 이야기가 나온다.

첫째는 개미형(ant type)이라고 한다. 이 타입의 학자들은 부지런히 학술자료들은 열심히 모으지만, 그것들을 정리해서 논문이나 책으로 만들어 내는 데는 부족하다고 한다.

둘째는 거미형(spider type)이라고 한다. 이 타입은 개미형과는 달리, 자료도 모으지 않고, 마치 거미가 궁둥이로 거미줄을 줄줄 뽑아내듯 글이나 책을 마구 써낸다는 것이다.

셋째는 꿀벌형(honeybee type)이라고 한다. 이 타입은 개미처럼 열심히 연구자료들을 모은 다음, 마치 꿀벌이 꽃에서 꿀을 따다가 그에다 자신에게서 나오는 물질(이를 베이컨은 substance라고 말했음)을 합쳐서 벌꿀을 만들어 내듯이, 논문이나 책을 쓴다는 것이다.

베이컨은 학자들을 이렇게 세 가지 유형으로 나누면서, 학자는 모름지기 세 번째 꿀벌형이 되어야 한다고 강조했다. 그러나 아이로니컬하게도 후세에 베이컨은 개미형 학자로 치부되어, 여러 가지 잡다한 자료들만 늘어놓고 자신의 의견이나 주장이 없는 논문을 '베이컨식 논문(Baconian type research paper)'이라고 부르게 되었다.

오래전 중국 베이징에 갔을 때 왕푸징(王府井) 거리에 있는 큰 서점에 들러 책 구경을 하는데, 두 권의 책이 내 눈에 확 들어왔다. 그도 그럴 것이 저자가 '배근(培根)'이었기 때문이다. 그러나 그건 내 책이 아니라,

위에서 말한 영국의 프랜시스 베이컨이 지은 책이었다. 그래도 너무 반가워서 난 두 책을 모두 샀다. 하나는 『배근논설문집(培根論說文集)』([英] 弗·培根 著, 水天同 譯. 北京: 商務書館, 1990)이었고, 또 하나는 『배근논인생(培根論人生)』([英] F·培根 著, 賈宗誼 譯. 北京: 今日中國出版社, 1994)이었다. 이들 두 책은 아직도 내 서재에서 가장 눈에 잘 띄는 책꽂이에 꽂아 놓고 가보처럼 고이 간직하고 있다.

중식(中食)으로 점심을 배불리 먹었건만, 서점에서 나오자 시장기가 좀 들었다. 간단하게 요기(療飢)나 하려고 근처 경양식집으로 들어갔다. 벽에 붙여 놓은 메뉴판을 보니 거기에도 내 이름 '배근(培根)'이 적혀 있었다. 내가 이처럼 중국에서 유명 인사라는 사실을 그 이전에는 미처 상상도 못 했다. 그런데 나의 몸값이 너무나도 쌌다. 고작 5위안이라니…. 그걸 주문했다. 조금 뒤에 가져다준 것을 보니, 돼지고기 베이컨이었다.

아마도 이런 이야기를 내가 2007년 8월 말 정년 퇴임하기 이전, 강의를 하면서 우스갯소리로 학생들에게 말한 적이 있던 것 같다. 이것이 아마도 '차 베이컨'이란 내 별명의 빌미가 된 것 같다. 비록 별명이긴 하지만, 내가 학문적으로 존경하는 위대한 영국의 철학자와 이름을 같이 한다는 것은 크나큰 영광이 아닐 수 없다. 그가 충고한 대로 나도 꿀벌형 학자가 되기 위해 노력하련다.(﹡)

내 호(號)가 세 개가 된 까닭은

정확한 기억은 나지 않으나, 아마도 1988년 가을이었던 것 같다. 같은 대학의 까마득한 선배 교수님으로서 나를 무척 아껴 주시던 춘포 선생님에게서 전화가 걸려 왔다.

"차 선생, 산에 안 갈래?"

이렇게 해서 끼게 된 이름 없는 등산회에는 처음엔 너덧 사람이 산에 오르다가, 부담 없는 사람들을 한둘씩 끌어들여 5년 뒤에는 회원이 모두 열두 명으로 늘어났다. 등산회 이름도 '청람회(晴嵐會)'라고 붙였다. 청람회는 막내인 나에게 '총무'라는 그럴싸한 감투를 씌워놓고 마당쇠 노릇을 시켰다. 그러나 내가 존경하는 선배 교수님들을 따라다니며 유식한 말들을 얻어듣고, 귀여움도 받는 재미에 그 심부름이 과히 싫지 않았다.

등산반 청람회 회원의 호는 서암(薯岩)에서 비롯돼

회원 중에 강원도 출신 선생님이 한 분 계셨는데(지금도 계신다), 별호가 '서암'이었다. 서는 감자 서(薯) 자였고, 암은 바위 암(岩) 자였다. 회원들이 선생님을 쪼깨 놀리느라고 이렇게 불렀으나, 본인은 결코 싫어하지 않았고 당연하게 받아들였다.

요즘은 어떤지 모르겠으나 내가 2007년에 정년퇴임 할 때까지만 해도 정년 퇴임하시는 선생님에게 제자들이, 예컨대 "서암 ○○○ 박사님 정년퇴임 기념논문집"이라는 제목의 기념논문집이나 문집을 만들어 헌정하였다. 이에서도 보듯이 정년 기념논문집이나 문집에는 퇴임하시는 교수님의 함자(성명) 앞에 '서암' 등의 호(號)를 반드시 명기하였다.

때문에 1998년 서암 선생님이 정년 퇴임하실 때도 호가 꼭 필요했다. 그러나 당시 서암 선생님은 정식 호가 없었다. 그러자 청람회 회원들이 등산을 끝내고 저녁을 먹는 자리에서 서암 선생님에게 호를 지어드리자고 하였다. 춘포 선생님이 제안하기를, 종래의 '서암'이라는 별호가 어감도 좋으니 한자만 좋은 글자로 바꿔 정식 호로 삼자고 하였다. 회원 전원이 대찬성이었다. 그러면서 '서암(薯岩)'이라는 한자를 다른 좋은 뜻의 한자로 바꾸는 것은 총무에게 맡기자고 결정했다. 그리하여 무식한 나는 외람되게도 분에 넘치는 중임을 갑자기 맡게 되었다. 며칠 동안의 고민과 고민 끝에 감자 서(薯) 자는 깃들일 '서(栖)' 자로 바꾸고, 바위 '암(岩)' 자는 큰 바위 '암(巖)'으로 고쳤다. 그리고 이들 두 글자를 넣어서 호명(號銘)으로 오언절구(五言絶句)의 한시(漢詩)도 엉터리로 지어드렸다.

이런 일을 계기로 우리 청람회의 종신 회장 선생님이 한 가지 제안했다. 그것은 모든 회원이 호를 하나씩 지어 앞으로는 이름 대신 호를 부르자는 것이었다. 모두 대찬성이었다. 그렇지 않아도 10년 연상의 회원 선생님 존함을 마구 부르는 것이 심적으로 심히 죄송했고, 껄끄럽기 때문이었다. 그래서 옛적부터 동양에서는 이름 대신, 누구나 불러도 실례가 되지 않는 '호'라는 것을 만들어 사용해 왔던 것 같다.

회원 각자의 호는 본인이 짓기로 했다. 세 분은 출생한 동네 이름을 따서 죽전(竹田), 월암(月岩), 사계(沙溪)라고 호를 지었다. 두 분은 이미 호를 갖고 있었는데, 춘포(春圃)와 담여(澹如)였다. 여섯 분의 호는 춘포 선생님이 지어주셨다. 청람회의 최연장자 선생님은 인품이 해맑으시고, 황해도 안악 출신인지라 '청악(晴岳)', 제주도 출신의 경제사학자는 백록담의 '담(潭)' 자와 역사 '사(史)'를 따서 '담사(潭史)'라고 호를 지었다. 이런 식으로 네 명의 호도 각각 소전(素田), 형당(螢堂), 위산(爲山), 남헌(南軒)으로 지어주셨다. 그러면 나의 호는 누가 뭐라고 지었는가?

내 호는 은사님이 기천(岐川)이라 지어주셨건만

내 나이가 50에 다가서자, 좀 시건방지긴 했지만 나도 호를 갖고 싶었다. 그런데 내 호는 내가 손수 짓지 않고 존경하는 은사님께서 받고 싶었다. 내가 호를 받고 싶은 은사님은 두 분이 계셨는데, 그중에서 한 분이 한학(漢學)에 더 조예가 깊으셨다. 그래서 이 선생님께서 멋진 호와 호명(號銘)를 받고 싶었다. 허나 감히 여쭐 용기가 나지 않았다. 그래서 망설이다가 잔머리를 굴려 그 선생님의 면 족손(族孫)인 내 친구에게 간접적으로 나의 뜻을 선생님께 전달토록 했다. 이러한 나의 수법이 주효하여, 어느 날 그 선생님에게서 전화가 와서 선생님과 아래와 같은 대화를 한참 나누었다.

"자네가 나에게 호를 지어달라고 했다는데, 자네 고향이 어딘가?"

"제 부모님은 원래 평안남도 출신이고, 저는 강원도 횡성읍에서 출생했지만 공무원이셨던 가친을 따라 여러 곳을 전전하며 살았기 때문에 '고향'이라고 딱히 말할 수 있는 곳은 없습니다."

"그러면 자네가 산 곳들 중에서 가장 고향(?)에 가깝다고 생각되는 곳은 어딘가?"

"그건 강원도 횡성군 갑천면입니다."

"그러면 갑천면에 큰 산과 큰 내(川)가 있는가?"

"네, 있습니다. 큰 산으로는 태기산(泰岐山)이 있고, 냇물로는 태기산에서 발원하여 남서쪽으로 흐르는 갑천(甲川)이 있습니다. 태기산은 삼한 시대 말기에 진한(辰韓)의 마지막 왕인 태기왕이 신라의 시조 박혁거세에게 쫓겨, 이 산에 와서 성을 쌓고 신라군과 결전을 벌였다고 해서 '태기산'이라고 부르게 되었다고 합니다. 그리고 갑천은 태기왕과 그의 군사들이 이 내에서 갑옷을 빨았다고 해서, '갑천'이라고 부른다는 전설이 있습니다."

이와 같은 대화를 나눈 며칠 뒤, 선생님에게서 또 전화가 왔다. 호를 지어 놓았으니, 며칟날 몇 시에 인사동 사천집으로 오라는 것이었다. 그날을 학수고대하다가 약속 장소로 갔더니, 선생님이 종이 한 장을 건네

주셨다. 그걸 받아 보니 A4 용지에 워드프로세서로 찍은 아래와 같은 3
연의 시조(時調)가 적혀 있었다.

서울대 사회대 차배근 교수 호명

차 교수 배근 박사 횡성(橫城) 고을 갑천(甲川) 내와
태기산(泰岐山) 정기(精氣) 받아 학문의 주추 세니
이 메와 냇물을 얼러 기천(岐川)이라 호(號)를 지오.

기산(岐山)보다 우람하여 그 이름 태기(泰岐)산이
태기왕(泰岐王) 갑옷 씻어 갑천이라 부른다고
그 산천 빚은 인재가 바로 여기 기천(岐川)이라.

천 가닥 만 갈래로 흘러내린 그 냇물이
수레의 바퀴 돌 듯 함께 모여 바다 되니
그 뿌리 듬실도 하다 욱욱청청(郁郁靑靑)하여지라.
1989. 11. 3.

은사 선생님으로부터 이와 같은 과분한 호명과 호를 받았으나, 죄송
하게도 난 그리 기쁘지 않았다. 내가 내심 은근히 기대했던 것은 A4 용
지에 프린트한 시조가 아니라, 예컨대 『소학 해제』와 같은 중국 고전에
나오는 글귀인 '培根達支(배근달지)', 즉 "공자님이 어리석은 백성들을 깨

우치기 위하여 마치 나무를 가꾸듯이 그들의 뿌리를 북돋우고, 그들의 가지를 무성하게 발달시켜 주었다"는 사자성어(四字成語)에서 '달지'라는 단어를 뽑아서 호로 지어주기를 바랐다. 또한 '培根達支'라는 사자성어를 붓글씨로 써 주시기를 바랐다. 그러면 그 휘호를 액자에 넣어 우리 집 거실에 자랑스럽게 걸어 놓고 싶었다.

하지만 이러한 나의 은근한 기대가 무너지자, 내가 호를 받고도 가만히 있었던 것 같다. 선생님이 말씀하시기를, "내가 자네 호를 지으면서 우리 아들 선중(善中)의 호도 지어주었더니 그 호를 큰절을 하고 받데"라고 하셨기 때문이다. 그런데도, 난 선생님께 끝내 큰절을 올리지 않았다. 지금 생각하면, 얼마나 옹졸하고 무례한 처사였던가? 지금이라도 선생님의 영전에 무릎 꿇고 용서를 빌고 싶다.

달지(達支)를 나의 호로 내가 결정해

청람회 회원들이 모두 호를 가질 때 난 한참 동안 망설였다. 은사 선생님이 지어주신 '기천(岐川)'으로 할 것이냐, 아니면 새로 지을 것이냐? 그러다가 결국은 '달지(達支)'로 하기로 했다. 이를 안사람에게 말했더니, '차 달구지'라는 별명 같다면서 반대했다. 그러나 나는 '달지'를 고집했다.

'배근(培根)'이라는 내 이름은 나의 조부께서 방금 위에서 언급한 '培根達支'라는 사자성어에서 따오셨다고 한다. 나도 공자님처럼 "어리석은 백성들을 깨우치기 위하여 마치 나무를 가꾸듯이 그들의 뿌리를 북돋우고, 그들의 가지를 무성하게 발달시켜 주어라"라는 뜻에서였다고 한다. 그래서 그리되었는지는 모르겠으나, 난 교육자가 되었다. 그리하여 학생들의 학문의 뿌리를 북돋아 주면서 살아왔다. 하지만 그들의 가지는 펴 주지 못하고 말았다. 그래서 앞으로는 학생들의 가지를 펴주며 살자는 뜻에서 내 호를 달지(達支)로 짓기로 결심했던 것인데, 여기서 '支' 자는 '가지 지(枝)' 자와 마찬가지이다.

이렇게 돼서, 청람회 회원들은 나를 지금도 '달지'라고 부르고 있다. 그러나 내 제자들은 나를 '달지'보다는 '낭형당(囊螢堂)'이라고 많이 부르고 있다. 이는 나의 당호(堂號)인데, 당호란 어떤 인물이 거처하는 집이나 서재 등을 호로 삼은 것을 말한다. 이러한 실례로는 우리 모두가 잘 아는 '사임당'(師任堂), 여유당(與猶堂) 등을 들 수 있다. 이들 중 여유당은 다산(茶山) 정약용의 당호이다.

나의 당호가 '낭형당'이 된 것은 경기도 화성시 정남면 괘랑리(掛囊里)에 있는 우리 집의 내 서재 이름이 낭형당이기 때문이다. 서재 이름을 '낭형당'이라고 지은 것은 옛날에 중국 진(晉) 나라의 차윤(車胤)이라는 사람이 반딧불로 글을 읽으며 학문을 닦았던 것처럼, 내 서재도 괘랑리에서 반딧불이들을 잡아서 넣은 자루를 걸고 그 불빛으로 공부하는 곳이라는 뜻에서 '낭형당(주머니 囊, 반딧불이 螢, 집 堂)'이라고 이름 지었던 것이다. 그래서 나의 지인들과 제자들이 나를 '낭형당의 주인'이라는 뜻에서 나를 '낭형당' 또는'낭형당 선생님'이라고 부름으로써 나의 당호는 '낭형당'이 되었다.

이렇게 해서, 나는 모두 세 개의 호, 즉 기천, 달지, 낭형당이라는 호를 갖게 되었다. 이들 호 이외에 나는 또한 '상보(相步)'라는 필명도 갖고 있다. 그러나 이는 약과이다. 고려 시대의 시인이자 철학자였던 이규보(李奎報)는 여섯 개의 호, 즉 백운거사(白雲居士)·삼혹호선생(三酷好先生)·지지헌(止止軒)·사가재(四可齋)·자오당(自娛堂)·남헌장로(南軒丈老)라는 호를 갖고 있었다. 그런가 하면, 조선 후기의 명필로서 북학파 실학자였던 김정희(金正喜)는 추사(秋史)·완당(阮堂)·예당(禮堂)·시암(詩庵)·노과(老果)·과파(果坡)·보담재(寶覃齋)·담연재(覃研齋)·농장인(農丈人)·천축고선생(天竺古先生) 등을 비롯하여 무려 53개의 호를 갖고 있다고 한다.(*)

구상신보(扣相信步)하라

　조선 후기 문신·학자인 연암(燕岩) 박지원(朴趾源, 1737~1805)의 시가(詩歌)와 산문들을 박영철(朴榮喆)이 엮어 1932년에 간행한 『연암집(燕岩集)』이라는 책을 보면, 박지원이 그의 지인 창애(蒼崖) 이중광(李重光, 1709~1778)에게 보낸 편지 답장인 '답창애(答蒼崖)'라는 간단한 글이 실려있다. 창애가 어떤 내용의 편지를 연암에게 보냈는지는 알 수 없으나, 연암이 창애에게 보낸 답장의 원문과 우리말 번역문을 소개하면 아래와 같다.

　[원문] 還他本分, 豈惟文章. 一切種種萬事摠然. 花潭出遇失家而泣於途者曰 "爾奚泣." 對曰 我五歲而瞽, 今二十年矣, 朝日出往, 忽見天地萬物淸明, 喜而欲歸, 阡陌多岐, 門戶相同, 不辨我家, 是而泣耳." 先生曰 "我誨若歸, 還閉汝眼, 卽便爾家." 於是, 閉眼, 扣相信步卽到. 此無他, 色相顚倒, 悲喜爲用, 是爲妄想. 扣相信步, 乃爲吾輩守分之詮諦, 歸家之證印.

[우리말 풀이] 다시 돌아가서 그 본분을 지킴이 어찌 문장뿐이겠소? 일체의 모든 일들이 다 그렇지요. 화담(花潭, 서경덕) 선생이 외출했다가, 길에서 울고 있는 젊은 사람을 만났기에 "너는 어찌하여 울고 있느냐?"고 물었답니다. [그러자] 그 사람이 대답하기를, "저는 다섯 살에 눈이 멀어 지금 스무 해가 되었습니다. [오늘] 아침 해가 뜰 때 밖으로 나와 길을 가는데, 갑자기 천지 만물이 맑고 밝게 보이기에 기뻐서 [집으로] 돌아가려 했으나, 동서남북으로 뻗은 길은 여러 갈래이며, 가옥의 대문들도 서로 같아서 어떤 것이 저의 집인지 분간할 수 없어 이에 울고 있을 따름입니다"라고 하였다. [이에 화담] 선생이 말하기를, "내가 너에게 너의 집으로 돌아가는 법을 가르쳐 주마. 도로 네 눈을 감아라. 그러면 너희 집을 곧 찾을 수 있을 것이다"라고 했다. 이에 그 젊은이는 눈을 감고 지팡이를 두드리며, [자기의] 익숙한 발걸음을 믿고서[信步] 따라갔더니 곧 집에 이르렀다고 합니다. 이[젊은이가 집을 찾지 못했던 것]는 다름이 아니라, 색상(色相)이 뒤바뀌고, 희비가 작용하여 망상을 일으켰던 것입니다. 지팡이를 두드리며[扣相], 익숙한 발걸음을 믿고 걸어가는 것[信步], 이것이 바로 우리의 분수를 지키는 참된 도리요, 집으로 돌아가는 열쇠이지요.

난 서른네 살 때인 1973년 3월, 대학 전임교수가 된 이후, 1989년 마흔아홉 살까지 16년 동안 정신없이 모두 열 권의 책을 썼다. 1976년 『커뮤니케이션학 개론』 상·하권을 낸 것을 시작으로 해서, 『사회통계 방법』(1977), 『사화과학 연구 방법』(1979), 『미국 신문사』(1983), 『중국 전근대 언론사』(1984), 『태도 변용이론』(1985), 『중국 근대 언론사』(1985), 『매스커뮤니케이션 효과이론』(1986), 『설득 커뮤니케이션이론』(1989)을 출판했다.

당시 우리나라 언론학교육 분야에는 교재가 아주 부족했기 때문이다. 그리하여 16년 동안 정신없이 언론학 관계 교재들을 쓰다가 보니, 입지(立志)도 제대로 못 했는데 나이가 이미 지천명(知天命)에 이르렀다. 그러자 '인생이란 무엇이며, 앞으로 난 어떻게 살아가야 하는가?'라는 의문(?)이 갑자기 나의 마음을 사로잡았다. 나는 고민을 거듭하면서 폭음도 해 보았고, 혼자서 멀리 여행을 떠나보기도 하였다. 하지만 나의 고민은 풀리지 않고 오히려 깊어만 갔다. 그즈음 내가 우연히 읽게 된 것이 바로 위에서 소개한, 박지원이 그의 지인 창애 이중광에게 보냈던 '답창애'라는 편지였다.

난 비록 시각장애인은 아니었으나, 학교에서 공부만 하다가 대학교수가 된 뒤에는 책만 쓰다 보니까, 세상살이에 관해서는 마치 시각장애인과 크게 다름없었다. 그러다가 '인생이란 무엇이며, 앞으로 어떻게 살아가야 하는가?' 하는 문제에 부딪히게 되니까, 어찌해야 할지 알 수 없어 심히 두렵고 황망했던 것이었다. 그즈음 위에서 말한 박지원의 편지 내용, 그중에서도 특히 "도로 네 눈을 감고, 예전대로 지팡이를 두드리며, 너의 익숙한 발걸음을 믿고 따라가면 곧 너희 집에 이를 것이다(還閉汝眼, 扣相信步卽到)"라는 구절을 읽으면서 나는 큰 감명을 받았다. 그리고 다시 결심했다.

'그래, 세상살이에 관해서는 다시 눈을 감고, 내가 여태껏 살아온 방

식 그대로 난 공부나 하고 책이나 쓰면서 살아 나가자.'

하여 난 '구상신보(扣相信步)'라는 구절에서 '상(相, 지팡이)' 자와 '보(步, 걸음)' 자를 따서 나의 필명(筆名)으로 삼기로 했다. 그리고 1992년부터 한문을 배우기 위하여 한문으로 된 『고금소총』 책을 우리말로 번역하여 『웃으며 배우는 고금소총』이라는 제목으로 출판(모두 4권)할 때, 그 주석자(註釋者)를 '차상보(車相步)'라고 적었다.

이렇게 되어 나의 지인이나 제자들 중에는 나를 '상보 선생'이라고 부르는 사람도 적지 않다. 그런데 나의 선배 교수 한 분은 나의 필명 '상보(相步)'를 "서로 발걸음을 맞추어 걷는 것"으로 해석하여 "필명을 참 잘 지었다"면서, "차 선생도 이제부터는 혼자서 독불장군처럼 살지 말고 다른 사람들과 발걸음을 맞추며 어울려 살라"고 충고까지 해 주었다. 이를 듣고 보니 '상보'라는 필명은 나에게 여러 가지로 맞는 것 같았다. 그래서 난 '상보'라는 필명을 나의 좌우명(座右銘)으로 삼아서 그대로 살아가려고 지금도 노력하고 있다.(*)

군자(君子)의 요건

『논어(論語)』에서 내가 가장 좋아하는 글귀는 제1편인「학이편(學而篇)」 제1장 제3절이다. 누구나 알듯이 『논어』는 유가(儒家)의 4대 성전(聖典), 즉 사서(四書)의 하나로, 고대 중국의 사상가 공자(孔子)가 돌아가신 뒤에 그의 제자들이 공자의 어록, 공자와 주고받았던 문답 내용, 공자의 행적, 제자들이 서로 나누었던 대화 내용 등을 간추려서 엮은 책이다. 이러한 책의 이름을 왜 『논어』라고 이름 지었는지에 관해서는 여러 설들이 있다. 그러나 이 책을 공자의 제자들이 편찬할 때, 어떤 내용을 실을 것이며, 그 내용의 뜻은 무엇이냐 등을 서로 논의하면서 엮었다고 해서 『논어』라고 이름 붙였다는 설이 가장 유력하다.

『논어』는 모두 20편으로 구성되어 있는데, 각 편의 제목은 본래 붙어 있지 않았다. 때문에 후세 사람들이 편의상 각 편의 첫머리에 나오는 두 개의 글자를 따서 편명으로 삼고 있다. 예컨대, 『논어』의 첫째 편은 子曰學而時習之不亦說乎(자왈학이시습지불역열호 : 공자 가라사대, 배우고 그것을 시시때때로 익히면 기쁘지 않겠는가?)라는 글귀로 시작되므로, 이에서 '자왈'을 뺀 첫머리 두 글자를 따서 학이편(學而篇)이라고 부르고 있다. 둘째 편은 爲政以德(자왈 위정이덕 : 덕으로써 정치를 하는 것은)이라는 문구로 시작되므로 위정편(爲政篇)이라고 부른다.

『논어』에서 내가 가장 좋아한다는 글귀는 앞서 말했듯이 제1편 「학이편(學而篇)」 제1장 제3절로, 곧 "人不知而不慍(인부지이불온)이면 不亦君子乎(불역군자호)아?"이다. 이를 우리말로 해석해 보면, "다른 사람이 나를 알아주지 아니하여도, 서운해하지 아니하면 이 역시 군자가 아니겠는가?"이다.

내가 공자님의 이 말을 좋아하는 또 하나의 이유는, "다른 사람이 나를 알아주지 아니하여도, 서운해하지 아니하는 것이 군자이다"라고 직설적이고 단언적이고 주입식적으로 말한 것이 아니라, "다른 사람이 나를 알아주지 아니하여도, 서운해하지 아니하면 군자가 아니겠는가?" 그러니까 "너도 한번 너 자신이 군자인지, 아닌지를 생각해 보아라" 하고, 고대 희랍의 소크라테스식 '대화법'으로 말한 것이다.

아내의 말에 의하면, 내가 젊고 현직에 있었을 때는 누구에게 명함을 건네는 일이 아주 드물더니, 정년퇴임하고 시골에 와서 농사를 짓고 살면서는, 그리고 나이가 점점 들어가면서는 다른 사람에게 명함을 내미는 빈도가 늘어가고 있다는 것이다. 그러면서 부언하기를, "당신 명함을 받고, 잘 보지도 않거나 또는 아무런 말도 안 할 때는 내 자존심까지 상하니까, 앞으로는 제발 아무에게나 명함을 주지 말라"는 것이었다.

나는 역시 군자는 되지 못하는 것 같다. 남이 나를 알아주지 못하면 서운한 생각이 들 때가 없지 않기 때문이다. 한국 나이로 내 나이 벌써 여든셋, 나는 언제나 군자의 발뒤꿈치 근처에라도 따라가 볼 수 있으려나?(✽)

내가 지은 책, 내가 훔쳐 와

다른 사람에게서 어떤 책을 한 번도 증정받아보지 못한 사람은 아마도 없을 것이다. 요즘 각종 선거 때만 되면 후보자로 나서려는 사람들이 '출판기념회'라는 것을 열어 자기가 썼다는 책을 마구 뿌려대기 때문이다. 그런데 그 책을 첫째 쪽부터 끝까지 모두 손수 쓴 것인지, 아니면 다른 사람에게 대필시킨 것인지는 모르겠다.

책을 받아서 표지를 본 뒤에 한 장 넘기면 오른쪽 백지에 "○○○님 혜존"이니 "○○○ 사장님 혜감"이니 하고 쓴 다음, 줄을 바꾸어 "○○○ 드림"이라 써 놓은 것을 볼 수 있다. 여기서 '혜존'이나 '혜감'이니 하는 것은, 책을 '잘 보아주십시오'하는 말이다. 이들 중, '혜존(惠存)'은 본래 중국에서 온 말로, 주는 책을 '잘 간직해 주십시오(Please keep it)'라는 뜻이다. 그러니까 바꾸어 말하면, '버리지 말라'라는 말이다.

이는 아마도 책을 받아서 읽지도 않고 그냥 버리는 사람이 많기 때문인지도 모르겠다. 어떤 출판기념회에 참석했다가 밖으로 나와 보면, 방금 나누어준 책들이 쓰레기통에 들어 있는 경우도 없지 않다. 그런가 하면, 출판기념회에서 만난 하객들이 밖에 나와서 커피나 맥주를 한잔할 때 커피집이나 맥주집에 그냥 놓고 집에 가는 사람들도 적지 않다. 그래서 주는 책을 제발 버리지 말고 '간직하라'는 뜻에서 '혜존'이라고 써 주는지도 모르겠다.

난 내가 지은 책을 다른 사람에게 주었다가 다시 몰래 훔쳐 온 적이 있다. 벌써 몇십 년 전 일이다. 어느 날 같은 학과 노교수가 "차나 한잔 하자"고 해서 그의 연구실에 갔다. 이런저런 이야기를 나누다가 그의 책꽂이를 보니까 맨 아래 칸에서 내가 지은 책이 뿌연 먼지를 흠뻑 뒤집 어쓰고 있었다. 그걸 보니까 마치 내 자식이 괄시를 받고 있는듯한 마음 이 들었다. 마침 노교수님이 화장실에 다녀오겠다고 잠시 자리를 비우 기에, 그 틈을 타서 나는 내 책을 몰래 들고나왔다.

약간은 다른 이야기이지만, 어떤 시인은 길거리에서 세일하는 자기 시집을 몽땅 사 왔다고 한다. 어느 날 저녁 길거리 야시장을 지나는데, 어떤 상인이 길거리 땅바닥에 천막용 천 같은 것을 깔고, 그 위에 여러 가지 책들을 쭉 늘어놓고, 정가의 반값에 싸게 팔고 있었다고 한다. 호 기심에서 가스불 아래 약간 희미하게 보이는 그 책들의 제목을 훑어봤 더니, 그 속에 자기가 쓴 시집들도 있었다는 것이다. 이를 본 순간, 그의 마음속에는 표현할 수 없는 뭔가 야릇한 감정들이 교차하면서 눈물까 지 나려고 했다고 한다. 하여 거기에 있는 자기 시집들을 몽땅 사서 들 고 귀가하다가 포장마차에 들러 폭음까지 했다는 것이다.

이런 이야기를 어떤 수필집에서 읽으면서 나는 그 시인의 심정을 백 분 이해할 수 있었다. 학자나 작가들에게는 자기가 쓴 책은 곧 자신의 분신(分身)이기 때문이다. 가령 자기가 힘들여 낳은 귀여운 자식이 어느 구석에서 다른 사람의 괄시를 받고 있다고 하자. 그걸 본 부모의 심정은 과연 어떨까? 만약 그 심정을 안다면, 어떤 노교수의 연구실 책꽂이 저 밑에서 뿌연 먼지를 흠뻑 뒤집어쓰고 있는 내 책을 내가 왜 몰래 훔쳐 왔는지 그 까닭을 조금은 이해할 수 있으리라.

이 일이 있은 뒤부터, 나는 내가 지은 책을 다른 사람들에게 잘 주지 않는다. 꼭 달라는 사람에게만 주고 있다. 하지만 막상 내 책이 꼭 필요한 사람은 나에게 달라고도 하지 않고, 자기 돈으로 사서 본다. 그러면서 자기가 산 내 책을 나에게 들고 와서 책 속표지에 나의 사인을 해 달라고 부탁하기도 한다.

간혹 이런 사람도 있지만, 대부분의 사람들은 책을 보내도 '받았다'는 겉치레 인사말조차 한마디 없다. 그래서 어떤 교수가 인세를 받은 돈으로 소주를 사서 한 병씩 보내냈더니, 거의 모든 사람에게서 "잘 받았다. 고맙다"는 전화가 걸려 왔다고 한다. 이것은 많은 사람들에게는 책보다 소주가 더 필요하기 때문인지도 모르겠다. 그러므로 이런 사람들을 나무랄 일은 결코 아니다. 자기 자랑하느라고 책이 필요 없는 사람들에게도 마구 책을 뿌리는 저자에게도 문제가 있기 때문이다.(✻)

『고금소총』은 억울해

내가 고등학교 때 한문 선생님은 참으로 무서웠다. 별명은 '발광체'였다. 그의 머리는 완전한 대머리인지라 번쩍번쩍 빛났기 때문이다. 그가 무서웠던 것은 학생들을 구타(그땐 선생님들이 학생들을 잘 때렸음)해서 그런 것이 아니라, 지난 한문 시간에 배운 한문 문장을 달달 외우지 못하면 교실 바닥에 '엎드려뻗쳐'를 시켰기 때문이다. 그때 내가 다닌 W고등학교 교실 바닥은 나무 마루 위에 콜타르(coal-tar, 석탄을 건류할 때 생기는 기름 상태의 끈끈한 검은 액체)를 발라 놓고, 그 위로 학생들이 신발을 신고 다니게 하였다.

말 잡아먹고, 닭 빌려 타고 귀가

때문에 이런 교실 바닥 위에서 한참 동안 엎드려뻗쳐를 하노라면, 바지에 기름이 묻을까 봐 무릎을 몰래 교실 바닥에 대지도 못하고 꼼짝없이 정식으로 벌을 서야만 했다. 또한 한참 동안 벌을 받고 일어나면 손바닥에 끈적끈적한 콜타르가 시커멓게 묻어서 냄새도 나고 대단히 곤혹스러웠다. 이런 곤혹을 피하려면 지난 한문 시간에 배운 한문 문장들을 달달 외워야 했다. 하지만 그게 어찌 쉬운 일이었던가? 뜻도 제대로 모르는 한문 문장을 외기란 하늘에서 달따기(별은 수없이 많으나 달은 하나밖에 없다)보다도 어려웠다.

'발광체' 선생님에게서 무엇을 배웠는지는 거의 생각나지 않는다. 다만 한가지 지금도 기억나는 것은, "말(馬) 잡아먹고 닭 빌려 타고 집으로 돌아간다"는 우스개 이야기였다. 물론 이 이야기는 고등학교 『한문』 교과서에 실려있던 것으로 한문으로 되어 있었다. 그 내용을 우리말로 번역해 보면 아래와 같다.

김 선생은 우스갯소리를 잘했다.

어느 날 친구 집을 찾아갔더니, 친구가 술상을 내오면서 먼저 사죄하기를, "집은 가난하고 시장은 멀어서 안주는 오직 나물뿐이라 참으로 부끄러울 따름입니다"라고 하였다.

그때 마침 마당에서 닭들이 어지러이 돌아다니며 모이를 쪼아대고 있었다. 이를 본 김 선생이 말하기를, "대장부는 천금(千金)을 아끼지 않는 법이니, 마땅히 내가 타고 온 말을 잡아서 안주로 삼읍시다"라고 하였다.

이에 친구가 놀라며 말하기를, "말을 잡아먹으면 무엇을 타고 돌아가시겠습니까"라고 하였다. 그러자 김 선생이 대답하기를, "댁의 닭을 빌려 타고 돌아가고자 합니다" 하니, 친구가 크게 웃으면서 닭을 잡아서 술안주로 대접하였다.

이 이야기는 『태평한화골계전(太平閑話滑稽傳)』이라는 책에 나온다. 이 책은 조선 전기의 문신이자 유명한 문인이었던 서거정(徐居正, 1420~88)이, 고려말과 조선조 초에 고관(高官), 문인, 승려 등의 사이에서 떠돌던 해학적 이야기들을 수집해서 1477년(성종 8년)에 편찬한 유머집이다. 이 책의 원본은 현재 전해지지 않으나, 그 내용은 『고금소총』 등에 소개되어 있는데, 『고금소총』이라면 음담패설 책이 아니던가? 그렇다면 위에서 소개한 "말 잡아먹고 닭 빌려 타고 집으로 돌아간다"는 이야기도 음담패설이란 말인가? 이런 음담패설이 어찌 고등학교 한문 교과서에 실려있었단 말인가?

「고금소총」은 음담패설 책이 아니다

『고금소총』이라고 하면, 많은 사람들이 음담패설 책으로 오해하고 있다. 그러나 절대 그렇지 않다. 우리나라에서도 옛날부터 민간에 전해 오거나 떠돌아다닌 우스개 이야기들이 많이 있었다. 또한 이런 이야기들을 모아서 책으로 엮어 놓은 소위 '문헌소화(文獻笑話)'라는 유머집들도 많이 있었다. 예컨대, 앞서 말한 『태평한화골계전』을 비롯하여, 조선 연산군 때 문신이자 유명한 문장가 송세림(宋世琳)이 엮은 『어면순(禦眠楯)』, 조선 중기의 문인이자 유명한 시인 성여학(成汝學)이 편찬한 『속어면순(續禦眠楯)』, 조선 전기의 문신으로 강희안(姜希顔)의 동생 강희맹(姜希孟)

편찬의 『촌담해이(村談解頤)』, 인조와 효종 때 문명(文名)이 자자했던 홍종만(洪鍾萬)이 엮은 『명엽지해(蓂葉志諧)』, 영조와 정조 때 유명한 문장가 겸 화가였던 장한종(장한종(張漢宗, 1768~1815)이 편찬한 『어수신화(禦睡新話)』 등등 수많은 문헌소화들이 있었다.

그런데 이와 같은 여러 가지 문헌소화들을 어떤 사람이 모두 모아서 『고금소총』이라는 이름의 책으로 한데 묶었다. '고금(古今)'이란 '옛날과 지금'을 아울러 이르는 말이고, '소(笑)'는 웃음, 그리고 '총(叢)'은 '모으다'라는 뜻이다. 이러한 『고금소총』 책을 누가 언제 묶었는지는 알 수 없다. 그러나 편찬연대는 대략 조선조 후기인 18~19세기로 추정하고 있다.

『고금소총』이라는 책은 바로 이와 같이 어떤 사람이 18~19세기경에, 고금의 우스운 이야기들을 모두 모아서 엮은 책이다. 때문에 그 속에는 앞서 말한 "말 잡아먹고 닭을 빌려 타고 돌아간다"는 이야기를 비롯해 우리나라에서 옛날부터 전해온 여러 종류의 온갖 우스개 이야기들이 총망라되어 있다. 내가 애장(愛贓)하고 있는 『고금소총』 제1집(민속자료간행회 간행, 1959)에만도 모두 11개 문헌소화들이 포함되어 있고, 이들 문헌소화에 들어 있는 각종 우스개 이야기들의 숫자는 모두 825개에 달한다.

이들 우스개 이야기 중에는 물론 음담패설도 적지 않게 들어 있는 것이 사실이다. 그러나 『고금소총』 책 전체가 '음담패설' 책으로 매도되는 것은 심히 유감이다. 이러한 『고금소총』의 억울함을, 이 글을 읽는 유식하고 현명한 여러분들이 하루속히 풀어주기를 간절히 바란다. 아울러 『고금소총』이 무슨 까닭에 언제부터 음담패설 책으로 매도되었는지도 밝혀 주기 바란다.(✱)

이것만은 내자와 말이 잘 통해

"밥을 왜 그렇게 안 먹어요."

"몸이 좀 말째서…."

"어디가 어떻게 아픈데요?"

내가 부모님 고향 출신의 내자와 결혼해서 좋은 점은 딱 하나, 그건 바로 '니북 피안도' 사투리가 서로 통한다는 것이다.

안사람은 니북의 '동디기 신씨', 난 '동산대 차씨'

1972년 6월, 내가 미국에서 학위를 받고 귀국해 보니까 나의 당숙과 지금 나의 내자 고모할아버지(대고모부)가 내 의사도 물어보지 않고, 지금의 내자와 결혼시키기로 서로 약조해 놓은 상태였다.

신붓감은 '동디기 신씨'라고 했다. '동디기'는 평안남도 평원군(현재는 숙천군이 되었다고 함) 숙천면 통덕리를 말한다. 이러한 '통덕리'를 어찌하여 동디기로 부르게 되었는지는 모르겠으나, 좌우간 이곳은 평산 신씨들의 집성촌인지라 이곳 신씨들을 '동디기 신씨'라고 불렀다.

반면, 우리 차씨들은 '동산대 차씨'라고 불렀다. '동산대'는 '동디기'에서 동북쪽으로 약 2~3km 떨어진 평안남도 평원군 동송면 월봉리와 군자리 일대의 지명인데, 이곳은 연안 차씨의 집성촌이었기 때문이다.

난 주로 강원도 횡성에서 자랐다. 하지만 부모님 고향이 평안남도 동산대였기 때문에 어릴 적부터 '동디기 신씨'라는 말을 숱하게 많이 들으며 자라왔다. 그도 그럴 것이 예전에는 두 가문이 겹사돈을 많이 해서 내자의 증조모도 동산대 차씨일 정도로 인척 관계가 많았기 때문이다. 또한 두 가문이 서로 경쟁 관계도 갖고 있었기 때문이다. 우리 동산대 차씨는 돈이 많았고, 동디기 신씨들은 머리가 좋았다고 한다. 동디기 신씨들이 우리 동산대 차씨들을 어떻게 폄하(?)했는지는 모르겠으나, 우리 동산대 차씨들은 동디기 신씨들을 이렇게 깎아내렸다고 한다.

"동디기 신씨들이 머리가 좋으면 뭘 해. 우리 동산대 차씨 집안 서사(書土) 노릇밖에 더해."

하지만 이제는 모두 부질없는 소리가 되고 말았다. 1945년 해방 이후 '니북'이 공산화되자 두 가문은 모두 지주계급 반동분자로 몰려 풍비박산되면서, 많은 사람들이 야반에 고향을 등지고 몰래 3.8선을 넘어 월남했다. 또한 6.25 동란 중인 1950년, 국군이 낙동강까지 밀렸다가 압록강 근처까지 북진했다가 중공군에 밀려 후퇴할 때, 이들을 따라 또한 우리 고향을 비롯한 니북의 많은 사람들이 이남으로 피난해 왔다. 그 뒤 고향 소식도 단절되어, 지금도 동산대 차씨와 동디기 신씨들이 집성촌을 이루고 서로 통혼도 하고 경쟁도 하며 살아가고 있는지, 어쩐지 아무도 모른다.

허나 그곳 옛날 사투리 일부가 상기도 우리 집에 약간 남아 있다. 그것들을 내가 간혹 쓰면서도 좀 쌍스럽다는 생각이 들기도 한다. 신체의 각 부위를 지칭하는 말도 대가리, 눙깔, 눈텡이, 귀때기, 아가리, 주둥이, 목둥가지, 젖퉁이, 배때기, 밑구멍, 다리몽둥이, 발모가지 등등… 듣기에도 좀 민망하다. 하지만 이런 말들이 종종 나도 모르게 입에서 튀어나오면, 딸들이 질색하며 간곡히 부탁한다.

"아빠, 쌍스러워요. 제발 그런 말 좀 쓰지 마세요."

그러나 니북 출신인 이승만 초대 대통령도 생전에 쌍스러운 피안도 사투리를 많이 썼던 듯, 오지리(오스트리아) 출신 영부인 프란체스카 여사가 그것을 배워서 많은 사람들 앞에서 "배때기가 아프다"는 등의 말을 종종해서 듣는 사람들을 민망하게 만들었다는 일화(믿거나 말거나)가 있다.

내 아가리에서 종종 튀어나오는 '피안도' 사투리들

내 입에서 피안도 사투리가 종종 튀어나오는 건, 내가 평안도 출신 부모님 밑에서 60여 년이나 살아온 데다가, 내자와 다른 말은 모르겠으나, '니북 피안도' 사투리만은 서로 잘 통하기 때문일까? 아니면, 그곳 사투리로 내 뜻이나 감정을 표달(표현하여 전달)할 때 내자와의 소통이 좀 더 잘되기 때문일까? 그 이유는 정확히 알 수 없다. 그러나 좌우간 우리 집에서 나와 내자가 종종 쓰는 니북 피안도 사투리 말들을 생각나는 대로 몇 개 열거해 보면 아래와 같다.

괏다치다(목소리를 높혀 떠들다) / 새상 떨다(방정을 떨다) / 굽굽하다(출출하다, 시장기가 든다) / 솔티(누룽밥, 눌은밥) / 깝죽거리다(까불며 잘난 체하다) / 송화시키다(짓궂게 또는 귀찮게 굴다) / 껍쩍껍적하다(끈적끈적하다) / 저락저락(질척질척. 비가 저락저락 온다) / 눅다(값이 싸다) / 제끼다(밀어젖히다) / 띠사니(배변덩어리) / 질질거리다(이 것저것 말을 많이 하다) / 망(맷돌, 약국집망 : 아무거나 잘 먹는 사람) / 퉁덩간(놋그릇을 두드려서 만드는 곳) / 매깨비(맹추) / 헨둥하다(분명하다) / 메사니(뭐시끼, 뭐더라) / 헨톨하다(기특하다) / 반짓 바르다(인색하다) / 혹대띠(아주 묽은 설사변) / 밥과질(누룽지) / 화락하게(흠뻑, 예: 옷이 화락하게 젖다)

이런 사투리 말은 아니지만, 피안도 욕설에도 듣기 거북하고 쌍스러운 것이 적지 않다. 많이 쓰는 대표적 욕설로는 "백덩 놈의 새끼", "호랑말코 같은 놈", "숫범의 띳자루 같은 놈" 등등을 손꼽을 수 있다. 하지만 그 뜻은 사실상 별거 아니다. "백덩 놈의 새끼"는 '백정(白丁)의 자식'이라는 말로 '피양' 출신 나의 어머니가 극도로 화가 났을 때 사용하시던 가장 심한 욕이었다.

다음으로 "호랑말코 같은 놈"에서 '호랑말코'는 무엇인지 모르겠다. 그러나 "숫범의 띳자루 같은 놈"은 수호랑이의 똥자루 같다는 말이다.

왜 하필 수컷이어야 하는지는 모르겠으나, 수호랑이가 여우·토끼 등의 털 짐승을 잡아먹고 배변을 하면 그에 짐승 털이 섞여 나와서 그것이 마치 털 짐승의 갓난 털북숭이 새끼처럼 보이는데, 바로 이렇게 생긴 호랑이의 똥자루와 같다는 욕으로 그 속에 저주 같은 것은 전혀 내포되어 있지 않다. 그러나 어떤 지방 욕설을 들어보면 말씨는 나긋나긋하여 욕설처럼 들리지 않으나, 그 내용은 "딸네 집 웃방에서 삼년 동안 엠병을 앓다가 뒈질 놈"이라는 식으로 아주 저주스러운 악담도 적지 않다.

자가용 차를 운전할 때는 성스러운 신부님이나 목사님들도 간혹 욕지거리를 하신다고 한다. 그러나 혹시 누가 들을까 봐 저어되어, 몇 개의 욕설들을 골라 이들에 각각 고유 번호를 붙여 놓고, "저놈은 1번이다", "저 사람은 5번이다"라는 식으로 욕설을 하신다고 한다. 참으로 좋은 아이디어이다. 그러나 예수님께서 말씀하셨다. "욕을 욕으로 갚지 말라"(신약성서 벧전 3:9).(✳)

아내의 토착 왜구 외래어들

엄마 : 보내준 세타 잘 받았어. 고마워, 작은딸아.

작딸 : 집에서 막 입어. 근데 세타가 뭐여. 스웨터이지.

큰딸 : 엄마가 뭐래? 세타?

작딸 : 사쓰, 빤스, 란닝구, 고루뗑, 구리무…

큰딸 : ㅋㅋㅋ 다 나오네, 엄마의 이상한 말들.

작딸 : ㅋㅋ 아빠 만필감이다.

엊저녁 잠자리에 누워 매일 그러듯이 '우리 가족끼리' 단톡방을 체크해 보았다. 딸아이들이 자기 엄마의 일본식 발음 외래어들을 도마에 올려놓고 서로 주거니 받거니 놀리고 있었다. 그러다가 난데없이 나까지 끌어들여 자기들 엄마의 일본식 발음 외래어들이 내 만필감이라나!

하긴 나도 딸아이들의 카톡 대화 내용을 보면서 새삼 놀랐다. 일제로부터 해방된 지도, 강점 기간 36년의 두 배가 넘는 77년이나 되었건만, 게다가 해방 당시 겨우 두 살이었던 내 아내가 아직도 일본식 외래어들을 그렇게 많이 쓰고 있는지 미처 몰랐기 때문이다.

그건 아직도 일제 잔재가 청산되지 않았기 때문인가? 아니면, 강남좌파들의 주장대로 우리나라에는 토착 왜구가 많기 때문일까? 그러나 아무리 생각해도 내 아내는 토착 왜구는 아닌 것 같다. 그녀는 일본을 마치 뱀처럼 싫어하고 일본말은 전혀 모르기 때문이다. 그렇다면 도대체 왜 내 아내는 그처럼 많은 일본식 발음의 외래어들을 사용하는 것일까?

그 주요 원인의 하나는, 우리나라가 일제강점기에 주로 일본을 통해 서양의 갖가지 새로운 문물을 받아들이다 보니까 그 명칭들을 일본식으로 발음하게 되었다고 생각된다. 그리하여 그녀 부모가 흔히 쓰던 일본식 외래어들을 자기도 모르게 무의식적으로 사용하게 된 것 같다. 하여 스웨터를 세타, 셔츠를 사쓰, 오버코트를 오바, 코르덴(corded velveteen)을 고루뗑, 홈스펀을 홈스팡, 슬리퍼(slipper)를 쓰레빠, 샐러드를 사라다, 컵을 고뿌, 백(back)을 빠꾸, 올 라이트를 오라이, 프레임웍(framework)을 와꾸, 크림을 구리무, 밀크를 미루쿠, 스크류드라이버(screwdriver)를 도라이바, 비닐을 비니루, 타일을 타이루 등으로 부르게 되었다고 볼 수 있다.

이제는 일본식 발음의 외래어들은 쓰지 말고, 되도록 원어 발음대로 부르는 것이 좋을 듯하다. 그래서 아내에게도 "그렇게 하라"고 충고했더니 "알겠다"면서도 또 생억지 토를 단다. 일본식 발음의 외래어들을 원어 발음으로 고쳐 사용하는 것은 좋으나, 예컨대 모델을 '마들,' 오렌지를 '아렌쥐', 사쓰을 '셔츠' 등등, 본토 발음을 한답시고 혀 꼬부라진 소리를 하는 사람들을 보면, 왠지 좀 얄밉다는 것이다. 그러면서 한명숙의 「노란 사쓰 입은 사람」이라는 노래를 부를 때도 "노란 사쓰"를 "노란 셔츠"로 바꿔 불러야 하느냐는 반문이었다.

아내는 또 토를 달기를, '빤쓰'도 '팬츠'로 바꾸어 발음해야 하느냐고 물었다. '팬츠(pants)'라고 하면, 미국에서는 주로 바지(trousers)를 말하며, 우리나라에서의 '빤스'는 좀 민망해서 그런지 그냥 점잖게 '언더웨어(underwear, 속옷)'라고만 부른다고 한다. 그러므로 우리가 '빤스'를 '팬츠'라고 고쳐 부르면 의미가 확 달라진다는 것이다. 그러니까 이미 우리말로 익어 버린 외래어들을 무턱대고 원어 발음으로만 고치는 데는 문제가 없지 않다는 말이다.

아내의 이런 말을 듣고 보니 그럴 듯도 하였다. "그러면 외래어를 순수한 우리말로 바꾸어 사용하면 어떻겠느냐?"고 물었더니 거기에도 한계가 있다는 것이었다. 북한에서 외래어를 순수 조선문화어로 바꾸자면서 핸드폰은 '손전화', 아이스크림은 '얼음보숭이(그러나 실제로는 에스키모라고 부름)', '전기다마(전구)'는 '불알', 축구에서 핸들링은 '손다침', 코너킥은 '구석차기' 등으로 바꿔 쓰자고 시도한 적이 있다고 한다. 하지만 특히 새로운 문명기기 이름들을 모두 우리말로 고치기는 어려워서 그런지 모르겠으나, 텔레비전은 '떼레비', 라디오는 '라지오', 트럭은 '뜨락또르', 불도저는 '불도젤', 모토사이클은 '모터찌클' 등으로 공식적으로 부르고 있다는 것이다.

그런가 하면, 북한에서는 해방 직후 우리말에서도 왜색 잔재들을 모두 청산했다고 선전하고 있지만, 아직도 의외로 일본말을 많이 사용하고 있다고 한다. 예컨대, 쯔봉(바지), 벤또(도시락), 와리바시(나무젓가락), 조시(기분) 등등, 일제강점기에 우리나라에서 사용하던 말들을 아직도 많이 사용하고 있다는 것이다.

그러고 보니, 일본식 외래어들을 많이 사용하는 내 아내만 '토착 왜구'라고 비판하며 탓할 수는 없을 것 같다. 그러나 다행스러운 것은, 자기 엄마의 일본식 외래어의 사용을 흉보는 내 딸들을 포함하여, 요즘 젊은 세대는 왜구식 외래어들을 모른다. 그래서 그것들은 곧 사라질 것이다. 너무 걱정들 마시라.(✳)

두이 다 바보

하루는 달밤에 세 바보가 남산에 올랐다.

첫째 바보가 달을 보며 말했다.

"아! 다이도 밝다."

이 말을 들은 둘째 바보가 말했다.

"마이나 또또이."

말이나 똑똑히 하라는 것이었다.

셋째 바보가 한숨을 쉬며 말했다.

"두이 다 바보."

둘 다 바보라는 것이었다.

지금 생각하면 별로 웃기지도 않는 '아재 개그'다.

하지만 그땐, 그러니까 내가 어렸을 때는 이 개그가 왜 그처럼 나를 웃겼을까?

난 바보들의 말을 수없이 따라서 흉내를 냈다.

장마가 끝나더니 날씨가 푹푹 쪘다.

일 년 중 가장 무더운 절기라는 대서(大暑)가 바로 내일이기 때문일까?

우리 부부는 거실 앉은뱅이 탁자에 앉아 땀을 뻘뻘 흘리며 늦은 점심을 먹었다.

밥을 다 먹고 나서 탁자 옆을 보니 선풍기가 우두커니(?) 서 있었다.

진즉 그걸 틀었더라면 좀 시원하게 점심을 먹을 수 있었을 터.

우리 부부는 점점 나이가 들면서 이제는 '두이 다 바보'가 되는 갑다.

아이들의 놀림거리가 될까 봐 두려워진다.(*)

시조를 외는 늙은 아내

아내는 76이고

나는 80입니다.

지금은

아침저녁으로

어깨를 나란히 하고

걸어가지만

속으로 다투기도

많이 다툰 사이입니다.

요즘은 망각을

경쟁하듯 합니다.

나는 창문을 열러 갔다가

창문 앞에

우두커니 서 있고

아내는

냉장고 문을

열고서 우두커니

서 있습니다.

누구 기억이

일찍 들어오나

기다리는 것입니다.

그러나

기억은 서서히

우리 둘을 떠나고

마지막에는

내가 그의

남편인 줄 모르고

그가

내 아내인 줄

모르는 날도

올 것입니다.

서로 모르는 사이가

서로 알아가며 살다가

다시 모르는 사이로 돌아가는 세월

그것을 무어라고 하겠습니까.

인생?

철학?

종교?

우린 너무 먼 데서 살았습니다.

이 시(詩)는 지난 2019년 봄 경상남도 하동군 악양면 평사리 최 참판 댁 행랑채 마당에서 박경리문학관 주최로 열린 '제1회 섬진강에 벚꽃 피면 전국시낭송대회'에서 대상을 받았던 이생진 시인의 「아내와 나 사이」라는 작품이라고 한다(문학평론가 김남호).

남의 이야기가 아니라, 우리 내외 이야기인 듯싶기도 하다. 우리 내외가 나이를 들면서 요즘 가장 많이 걱정하는 것이 바로 치매이다. 인간으로서의 존엄을 잃지 않기 위하여 만약 치매에 걸리면 '자살하겠다'는 생각도 해 보지만, 그것도 정신이 멀쩡해야 가능한 일이다. 치매에 걸리면 '자살'이고 '존엄사'고 뭐고 하는 것도 모두 불가능해지기 때문이다.

엊그제 누군가에게서 치매의 3가지 초기 증상에 관하여 들었다. 첫 번째 증상은 '건망증'이라고 했다. 그러나 두 번째와 세 번째 증상은 무엇이라고 했는지 아무리 생각해도 도통 생각나지 않는다.

아내도 요즘 "무엇을 듣고 돌아서면 곧 잊어버린다"고 한다. 그럼 "돌아서지 말라"고 농담을 해주긴 했지만 걱정이다. 이생진 시인의 시구(詩句)처럼, 아내는 냉장고 문을 열고서 우두커니 서 있는 때가 늘어나기 때문이다. 그걸 자신도 인식하는지, 치매를 예방하겠노라고 얼마 전에는 지하철역 이름, 우리나라 강과 산 이름 등을 외우다가 요즘은 고등학교 때 배운 시조를 혼자서 중얼중얼 외우고 있다.

내 버티(벗) 몃치나 하니 수석(水石)과 송죽(松竹)이라

동산(東山)의 달 오르니 긔 더옥 반갑고야

두어라 이 다삿 밧긔 또 더하야 머엇하리

구룸빗치 조타 하나 검기랄 자로 한다

바람 소래 맑다 하나 그칠 적이 하노매라

조코도 그츨 뉘 업기난 믈뿐인가 하노라

고즌 므스 일로 퓌며셔 쉬이 디고

플은 어이 하야 프르난 닷 누르나니

아마도 변티 아닐산 바회뿐인가 하노라

더우면 곳 피고 치우면 닙 디거늘

솔아 너난 얻디 눈서리랄 모라난다

구천(九泉)의 불희 고단 줄을 글로 하야 아노라

나모도 아닌 거시 플도 아닌 거시

곳기난 뉘 시기며 속은 어이 뷔연난다

뎌러코 사시(四時)예 프르니 그를 됴하 하노라

쟈근 거시 노피 떠서 만물을 다 비취니

밤듕의 광명(光明)이 너만하니 또 잇나냐

보고도 말 아니 하니 내 버티인가 하노라

   윤선도의 「오우가(五友歌)」이다. 기다란 연시조를 잘도 외운다. 이걸 보면 아내는 아직은 치매에 걸릴 확률이 낮은 것 같기도 하다. 그러나 혼자 중얼중얼 시조를 외우는 것을 듣고 있노라면 혹시 아내가 치매에 걸려 그런 것은 아닌가 하는 생각이 들어 깜짝 놀라기도 한다.

   "하느님이시어, 내가 그의 남편인 줄 아내가 모르고, 그가 내 아내인 줄 내가 모르는 날이 오기 전에 제발 우리를 하느님 곁으로 불러 주세요."

   하느님께 간절히 기도해 본다.(*)

농담, 그것도 양날의 칼인가?

"먹은 것도 없이 괜히 신세만 졌습니다."

집들이 초대를 받아서 왔던 손님이 식사를 마치고 돌아가면서 이렇게 농담을 던지자, "차린 것도 없이 돈만 많이 들었습니다"라고 집주인이 맞받아쳤다. 그러곤 서로 깔깔거리며 '빠이빠이'하고 헤어졌다. 그런데 같은 말이라도 '아' 다르고, '어' 다르다는 속담처럼 똑같은 내용의 농담을 해도 그것이 시비로 번지는 경우도 없지 않다. 말하는 사람의 말투나, 듣는 사람의 오해, 그때의 분위기 등에 따라 농담이 진담으로 들릴 수도 있기 때문이다.

내가 아는 어떤 여자는, 위와 같은 농담을 했다가 집주인과 한바탕 싸운 적이 있다고 한다. 이건 '실화'라고 하는데, 내가 봐도 그 여자는 똑같은 말이라도 좀 싸가지 없게 하는 편이다. 마치 전 국회의원 유 아무개처럼.

키 큰 사람은 과연 성격이 좀 싱거운가?

난 비교적 농담을 좋아하는 편이다. 그래서 "키가 커서 그렇다"는 말을 듣기도 했다. 이는 아마도 "키 크고 싱겁지 않은 사람 없다"는 속담 때문인 것 같다. '싱겁다'는 말은 본래 음식에 짠맛이 거의 없거나 약하다는 뜻이다. 그러나 '사람이 싱겁다'고 하면, 어떤 사람의 언행이 진지하지 못하고 실없는 것, 예컨대 실없는 농담 등을 잘하는 것을 말한다. 좋게 말하자면, '유머러스'하다는 말이다.

사람이 키가 크면, 실제로 농담을 잘하는지는 알 수 없다. 이에 관한 과학적 연구가 있으며, 만약 '있다'면 그 결과가 어떻게 나왔지는 조사해 보지 않았기 때문이다. 그런데 어디서 들은 이야기인데, 그 사실 여부는 알 수 없으나, 영국 런던에서는 교통경찰관을 뽑을 때 6피트(약 183cm) 이상만 선발한다고 한다고 한다. 그 이유는, 교통경찰관은 우선 키가 커야 군중 속에 섞여 있어도 눈에 잘 띄어 찾기 쉽기 때문이기도 하지만, 또한 키가 큰 사람들은 유머러스해서 누가 길을 물으면 농담을 섞어 가면서 잘 가르쳐 주기 때문이라는 것이다.

만약 이것이 사실이라면, "키 큰 사람은 싱겁다"는 우리나라 속담과 서로 상통하는 것 같다. 미국 16대 대통령 에이브러햄 링컨(Abraham Lincoln)도 키가 193cm나 되어서 그랬는지는 알 수 없으나, 아주 유머러스했다고 한다. 젊었을 때 한겨울 어느 날, 길을 걸어가고 있는데, 그와 같은 방향을 향해 마차가 한 대 오고 있었다고 한다. 그러자 링컨은 마부에게 자기 외투를 좀 실어다 줄 수 없느냐고 물었더니, 마부가 되물었다.

"그건 어렵지 않으나, 당신 외투만 실어다 주면 이 추운 날씨에 당신이 어찌하렵니까?"

링컨이 대답하기를, "난 그 외투에 들어가 있으면 됩니다"라고 하자, 마부는 껄껄 웃으면서 링컨을 기꺼이 마차에 태워 주었다고 한다.

난 키가 176cm이다. 그런데도 예전에는 "키가 커서 싱겁다"는 소리를 듣곤 했다. 그런데 우리나라가 잘살게 되면서 어린이와 청소년들의 영양 상태가 좋아져서 내 손자 녀석도 이제 고등학교 1학년인데 키가 벌써 190cm에 육박하고 있다. "키가 크면 싱겁다" 그러니까 '유머러스' 하다는 공식(?)이 만약 맞는다면 앞으로 우리나라는 유머러스한 국가사회가 될 것 같다. 대단히 바람직한 미래이다. 그러나 유머도 때와 장소를 가려가며 재치 있게 해야 할 줄 안다. 그렇지 않으면, '유머러스'한 사회가 아니라, '실없는 사회'가 될 수도 있기 때문이다.

감정 노동자에게는 농담을 해야 하나 말아야 하나

앞서 말했듯이 난 비교적 농담을 좋아하는 편이다. 그래서 '때와 장소'도 제대로 가리지 못하고 농담을 하다가 내 큰딸에게 면박을 당한 적이 있다. 하루는 온 가족이 모처럼 식당에 가서 식사를 하는데, 내가 종업원에게 어떤 농담(내용은 잊었음)을 던졌다. 그러나 그 종업원이 못 들은 척하면서 아무런 대꾸도 하지 않았다. 그래서 내가 뻘쭘하게 앉아 있는데, 그 종업원이 나가자 큰딸 아이가, 자기 직업이 교수가 아니랄까

봐 또 강의를 시작했다.

"식당 종업원 등은 '감정 노동자(emotional laborer)'예요. 저들은 직업상 자신의 감정을 억누르고 정해진 감정표현을 연기하는 일을 하고 있어요. 그래서 정신적으로 지속적인 스트레스를 받고 있어요. 이런 스트레스를 적절하게 해소하지 못하면, 심할 경우 정신질환이나 심각한 우울증으로 인한 자살에까지 이를 수 있어서 사회적 문제로 대두하고 있어요…."(이하 생략).

그러니까 요컨대 아빠는 감정 노동자들에게 쓸데없는 농담은 제발 하지 말라는 것이었다. 내 큰딸의 이러한 강의(?)를 듣고 난 뒤, 나는 식당 같은 곳에 가면 고민에 빠지곤 한다. 농담을 한마디 건네서 종업원들의 스트레스를 더욱 쌓이게 할 것이냐, 아니면 그들의 스트레스를 조금이라도 풀어줄 것이냐? 비록 농담은 상대방에게 스트레스를 줄 수 있는 역기능도 있지만, 그 반대로 스트레스도 풀어주고 분위기도 좋게 만드는 순기능도 갖고 있기 때문이다.

이는 마치 양날의 칼과 같다고나 할까.(✽)

언제 밥 한번 먹자

밭에 나가서 들깨 순을 잘라 주며 이 생각 저 생각하는데, 불현듯 대학원에 함께 다닌 그가 생각났다. 그에 관한 소식은 인편이나 인터넷 등을 통해 간접적으로 가끔 알았지만, 직접 연락을 주고받은 것은 몇십 년이나 된 것 같다. 일을 끝내고 집에 들어와 그의 전화번호를 수소문해서 핸드폰으로 문자(메시지)를 띄웠다.

"강 박사, 나 차배근이오. 대학원 동기. 오늘 불현듯 당신 생각이 나서 대구대학 정○○ 교수에게 연락해서 그대의 전화번호를 알았소. 당신의 주옥같은 시(詩)들은 인터넷에서 종종 읽곤 했지만 그간에 연락은 못했구려. (중략) 건안하시오."

곧장 답신이 날라왔다.

"아 반가운 차 박사님! 얼마 만이오? 정말 반갑습니다. 신문 지상을 통해서, 차 박사의 은퇴 후의 전원생활 소식도 알고는 있었지요. 늘 노익장의 멋진 나날이시길 빕니다."

내가 강 박사를 마지막으로 본 것은 아마도 1981년 가을이었던 것 같

다. 그때 내가 학교 일로 공주대학교에 갔다가 그에게 연락했더니, 이튼
날 아침 자기 집에서 아침 식사나 함께하자는 것이었다. 나는 이튿날 아
침 여덟 시쯤 그 댁에 가서 융숭한 식사를 대접받았다.

당시까지만 해도 우리나라에서는 자기 집에서 아침 식사를 대접하는
풍습이 남아 있었다. '집들이' 같은 것은 저녁에 한 것 같으나, 아이들
의 돌, 어른들의 생신, 손님 접대 등은 모두 아침에 집에서 했다. 그것도
당일 아침에 통고하는 경우가 많았다. 내가 어릴 적에 아버지나 어머니
가 이른 아침에 나에게 누구누구의 댁에 가서 그 댁 어르신에게 "아침
진지 드시러 오시라"고 전하라는 심부름을 시키면, 그 댁들을 일일이 돌
아다니며 "아침진지 들러 오시래요"라고 전했던 생각이 나기 때문이다.

아침에 자기 집에서 손님을 대접하고, 그것도 당일 아침에야 통고한
다는 것은 오늘날에는 상상조차 할 수 없는 일이다. 오늘날에는 아침이
건 저녁이건 간에 손님 접대는 무조건 외부 식당 등에서 하기 때문이다.
하지만 예전에는 식사 접대는 반드시 집에서 했고, 그것도 주로 아침에
했다. 이런 풍습이 언제 사라졌는지는 알 수 없다. 그러나 내가 아침 식
사에 초대되었던 것은 1981년 가을 강 박사 댁에 갔던 것이 마지막이었
던 것 같다. 그 뒤 호텔 등에서 하는 조찬회에는 몇 번 불려 나간 적은 있
으나, 가정집 아침 식사에 초대되었던 기억은 전혀 나지 않기 때문이다.

다른 나라에서는 어떤지 모르겠으나, 우리나라에서는 자고로 식사 대
접이 미풍양속의 하나였다. 예전에는 먹거리가 귀해서 그럴 수도 있었
겠지만, 먹거리가 풍부한 오늘날에도 그런 것은 어인 까닭일까? 그것은
누구에게 고마움을 표하고 싶을 때, 누군가와 가까워지고 싶을 때, 중요

한 비즈니스를 해야 할 때, 이성에게 호감을 사고 싶을 때, 상대방에 대한 좋은 이미지를 주고 싶을 때 등등에 가장 효과적 수단의 하나이기 때문은 혹시 아닐까? 그래서 그런지, 우리나라 사람들에게는 "밥 한번 먹자"는 말이 인사말처럼 되어 버렸다.

"목사, 박사, 판사, 검사, 변호사 등등 '사'자가 들어간 것 중에서 가장 인기가 많은 것은 무엇인지 아시오?"

어느 날, 점심 식사 자리에서 L 교수가 이런 질문을 던지자, 모두들 제 나름대로 하나씩 들었다. 그러자 L 교수 왈, "모두 틀렸습니다. 가장 인기가 많고 모든 사람들이 좋아하는 것은 '밥사'입니다. 밥을 사주면, 좋아하지 않는 사람은 한 명도 없기 때문입니다."

이렇게 너스레를 떨면서 "밥 한번 사겠노라"고 했던 L 교수가, 때마침 코로나가 창궐하자 그 역병이 좀 잠잠해지면 사주겠다고 했다. 지난 봄, 코로나가 일시적으로 좀 잠잠해지자 그에게 전화가 걸려 왔다. 으레 언제 어디서 만나서 '밥 먹자'고 할 줄 지레짐작했다. 그러나 핸드폰 너머로 들려 온 어눌한 그의 말은, 그간에 풍을 맞아서 외출이 불가능하게 되었다는 것이었다.

'밥사'도 때가 맞아야 하는 것 같다. 더 늙고 병들기 전에, 그리고 그들의 부음이 들려 오기 이전에, 꼭 만나보고 싶은 친구들을 불러내서 밥 한 번씩 먹어야겠다. 저승에서도 '밥사'가 가능한지 알 수 없기 때문이다.(✱)

난청도 노인의 한 가지 기쁜 일

"아~, 차박(車博)! 뜨겁고 유쾌한, 그러면서도 쌉싸름하기도 한 반전
(反轉)에 갑자기 생각이 깊어지더이다. '노년(老年)의 문학(文學)'이란 전례
(前例) 없는 장르의 출현이 이제 그 싹을 틔우려 함인가, 해서 말이오. 전
(全) 연령대에 걸쳐 그 울림이 꽤 크리라 함은 삶의 지혜가 잔잔하면서도
짙게 배어 있기 때문이지 싶소."

내가 심심풀이로 노인의 난청(難聽)에 관련된 콩트 한 편을 써서 대학
동기동창 한연수 학형(學兄)에게 보냈더니, 그가 위와 같은 댓글을 카톡
으로 보내왔다. 그러면서 '여담(餘談) 하나'라는 제목으로 아래와 같은
글을 첨부해 왔다.

5년 전인가, 내가 난청 증상이 조금 있어 동네 귀병원에 들렀다가 50대
쯤 되어 보이는 담당 의사로부터 다음과 같은 이야기 듣고 나는 묵묵하
였소. 그 의사 왈 "높으신 연세에 아직도 무얼 더 듣고 싶으신지요? 들

을 소리, 못 들을 소리, 아니 들을 소리 다 들어오셨는데, 이제는 좀 쉬셔도 부족함이 없으실 듯합니다. 7백만 원짜리 보청기 며칠 끼다가 귀찮다고 서랍 속에 버려두신 분이 한둘이 아니더라고요. 저는 특별한 경우가 아니면 노년의 보청기는 권해 드리지 않습니다. 나의 선친께서 하신 말씀이 지금도 제 귀에 쟁쟁합니다. 「난청도 노년에는 친구가 되더라」고 하시며 껄껄 크게 웃으셨지요."

이런 말을 이비인후과 의사가 환자 손님에게 하는 건 대단한 결례이다. 그러나 또 한편으로 생각해 보면 그 의사는 아주 솔직한 사람이다. 그건 돈만 벌면 된다고 해서 7백만 원짜리 보청기를 환자에게 무조건 추천하는 대신, 노인성 난청은 특별한 경우가 아니니 그냥 참아보라는 진심 어린 충고였기 때문이다.

「난청도 노년에는 친구가 되더라」고 하며 그 의사의 선친이 껄껄 크게 웃으셨다고 하듯이, 다산(茶山) 정약용(丁若鏞, 1762~1836년)은 늙어서 귀먹는 것도 노인의 기쁜 일의 하나라고 했다. 다산의 시집인 『송파수작(松坡酬酢)』을 보면, 「늙은이의 한 가지 기쁜 일(老人一快事)」이라는 제목의 한시(漢詩)가 실려있는데, 이 시는 다산이 71세 때(75세에 서거) 쓴 것으로, 중국 당나라 시인 백거이(白居易)의 시체(詩體)를 본받아서 지었다고 한다.

이렇게 지었다는 다산의 한시(漢詩)는 모두 여섯 수(首)로 되어있다. 그러나 그중에서 넷째 수까지만 소개하면, 첫 번째 수에서는 머리카락이 없어지니 감고 빗질하는 수고도 없고 백발의 부끄러움도 없는 것이 기쁜 일이라고 했다. 둘째 수에서는 치아가 다 빠지니 무엇보다 치통이 없어져 기쁘다고 했다. 셋째 수에서는 눈이 어두워지니 책을 읽어야 할 부담이 없어지고 저 멀리 좋은 경치만 보게 된 것이 기쁜 일이라고 했다. 넷째 수에서는 귀가 들리지 않으니 세상의 시비 다툼을 듣지 않게 됨이 기쁜 일이라고 했다.

"귀가 들리지 않으니 오히려 기쁘다"고 다산을 말했지만… 이러한 다산의 한시를 읽고 있노라면, 늙음에 따른 신체의 변화를 겸허하고 기쁘게 받아들이는 다산의 초탈한 인생관을 느낄 수 있다. 요즘 사람들은 귀가 잘 들리지 않는다고 7백만 원짜리 보청기를 끼는 등 호들갑을 떨지만, 다산은 귀가 들리지 않으니 온 세상의 시비 다툼을 듣지 않게 되는 것이 기쁘다고 읊었다. 그 내용을 우리말로 번역해서 소개하면 아래와 같다(한국고전번역원 「한국고전종합 DB」에서 인용).

老人一快事, 耳聾又次之 : 늙은이의 한 가지 기쁜 일은 귀먹은 것이 또
그다음이로세

世聲無好音, 大都皆是非 : 세상 소리에는 좋은 소리가 없고, 모두가 다
시비 다툼뿐이니라

浮讚騰雲霄, 虛誣落汚池 : 헛칭찬은 하늘까지 추어올리고, 헛모함은 구
렁텅이로 떨어뜨리며

禮樂久已荒, 儇薄嗟群兒 : 예악은 황무한 지 이미 오래라, 아! 약고 경
박한 뭇 아이들이여

矗矗蠮侵蛟, 喞喞鼪穿獅 : 개미가 떼 지어 교룡을 침범하고, 생쥐가 사

자를 밟아 뭉개도다

不待纊塞耳, 霹靂聲漸微 : 그러나 귀막이 솜을 끼지 않고도 천둥소리조
차 점점 가늘게 들리고

自餘皆寂寞, 黃落知風吹 : 그 나머지는 아무것도 들리지 않아 낙엽을 보
고야 바람이 분 줄을 아니

蠅鳴與蚓吟, 亂動誰復知 : 파리가 윙윙대거나 지렁이가 울어 난동을 부
린들 누가 다시 알리오

兼能作家翁, 塞黙成大癡 : 겸하여 가장 노릇도 잘할 수 있고, 귀먹고 말
못해 큰 바보 되었으니

雖有磁石湯, 浩笑一罵醫 : 비록 자석탕 같은 약이 있더라도 크게 웃고 의
원을 한번 꾸짖으리

인생의 진리를 꿰뚫어 사소한 일에 집착하지 않고 넓고 멀리 바라보
며 인생을 살아갔던 다산이 무척 부럽다. 만약 내가 귀가 먹어 다른 사람
들의 말소리가 들리지 않게 된다면, 그것이 달관이든 또는 체념이든 간
에 나도 그것을 과연 다산처럼 노인의 기쁨의 하나로 생각하며 초연하
게 살아갈 수 있을까? 아마도 십중팔구는 그렇지 못할 것이다. 내 앞머
리가 거의 다 빠진 것을 보고, "부분가발을 해 주겠다"는 딸아이들의 제
안에도 난 솔깃해져서 응낙을 마음속으로 적극 고려 중이기 때문이다.(✻)

※ 덧붙임

이 글을 써 놓고 며칠 뒤, 내 고등학교 동기들의 단톡방을 열어보니, 다산(정약용)이

썼다는 '노년유종(老年有情)에 관한 심서(心書)'가 올라와 있었다. 이 글이 다산의 어떤 책에 실려 있는 것인지는 밝혀 놓지 않았다. 그러나 그 내용이 위의 내 글과 관련이 있기에 그중 일부를 옮겨 본다.

나이가 들면서 눈이 침침한 것은, 필요 없는 작은 것은 보지 말고 필요한 큰 것만 보라는 뜻이요, 귀가 잘 안 들리는 것은, 필요 없는 작은 말은 듣지 말고, 필요한 큰 말만 들으라는 것이고, 이(齒)가 시린 것은, 연한 음식 먹고 소화불량 없게 하려 함이고, 걸음걸이가 부자연스러운 것은, 매사에 조심하고 멀리 가지 말라는 것이리라.

머리가 하얗게 되는 것은, 멀리 있어도 나이 든 사람인 것을 알아보게 하기 위한 조물주의 배려이고, 정신이 깜박거리는 것은, 살아온 세월을 다 기억하지 말라는 것이니, 지나온 세월을 다 기억하면 정신이 돌아버릴 테니 좋은 기억, 아름다운 추억만 기억하라는 것이리라.

성대마비, 그건 하느님의 벌?

어떤 교수가 강의 시간에 어떤 이론에 관하여 학생들에게 설명해 주었더니 학생들이 전혀 이해하지 못하는 표정이었다. 그래서 또 한 번 설명해 주었더니 역시 학생들이 이해를 못한 것 같았다. 그리하여 다시 한번 설명해 주었더니 교수 자신도 그 이론을 정확히 이해할 수 있었다고 한다. 이건 누가 지어낸 우스갯소리겠지만, 학생들을 가르치다 보면, 나도 정확히 이해하지 못하고 가르치는 경우가 없지 않다.

2007년 6월 말, 나는 대학에서 마지막 고별강의를 하고 8월 말 정식으로 정년퇴임 했다. 그 석 달 전인 5월 난 종합병원에서 갑상샘암 판정을 받았다. 그리하여 대학에서 마지막 강의를 끝내고 1주일 뒤인 7월 7일 갑상샘 절제 수술을 받았다. 그런데 수술 도중에 집도 의사가 나의 성대 옆 신경을 잘못 건드려 성대 한쪽이 마비되고 말았다. 그 결과, 목소리가 잘 나오지 않을뿐더러 나오는 목소리도 마치 골초 할머니의 쉰 목소리 같았다.

난 가만히 생각해 보았다. 이건 필시 내가 그간에 거짓말 등을 많이 한 데 대한 하느님의 벌이자, 앞으로는 그러지 말라는 하느님의 경고임이 틀림없었다. 그러니까 대학에서 마지막 강의를 마치자마자, 하느님이 내 성대 한쪽을 마비시킨 것이 아니겠는가?

1973년 3월 전임교수로 대학 강단에 선 이후, 나는 34년 동안 학생들을 가르쳐 오면서 본의는 아니었지만 아마도 수많은 거짓말을 했을 것이다. 그건 나도 정확히 모르는 이론이나 지식을 학생들에게 가르치다 보니까 자연히 거짓말도 섞일 수밖에 없었기 때문이었을 것이다.

조선 전기의 대표적 지식인으로 45년간 세종·문종·단종·세조·예종·성종의 여섯 임금을 모시면서 신흥 왕조의 기틀을 잡고 문풍을 일으키는 데 크게 기여한 서거정(徐居正: 1420~1488)이 중국 한(漢)나라 사마천(司馬遷)의 『골계열전(滑稽列傳)』의 수법을 취하여, 고려말과 조선조 초기에 고관·문인·승려 등의 사이에서 떠돌던 해학적 일화들을 모아서 엮은 『태평한화골계전(太平閑話滑稽傳)』이라는 책을 보면, 우스갯소리지만 거짓말을 잘하는 사람들로서 풍수장이, 점술가, 의원(醫員), 무당, 도사(道士), 기생, 중매쟁이, 장사꾼, 스님, 시인(詩人) 등을 들고 있다. 이들을 보면, 모두가 직업적으로 말을 많이 하는 사람들임을 알 수 있는데, 말을 많이 하다 보면 자연히 그에 거짓말도 섞이게 되기 때문이라고 볼 수 있다.

나 역시 교수로서 학생들을 가르치면서 말을 많이 하다 보니, 잘못 알거나 또는 잘 몰라서 틀린 내용도 섞이게 됨으로써 비록 본의는 아니나, 결과적으로 거짓말을 한 셈이 되었다. 그래서 그에 대한 벌로써 하느님이 나의 성대 한쪽을 마비시켰다고 나는 믿고 있다. 그래도 하느님이 나를 사랑하시어 성대 한쪽만 마비시켰고, 그것도 학생들에게는 지장이 없도록 내가 대학에서 마지막 강의를 끝내고 난 뒤에 벌을 주신 것에 대하여 나는 감사하게 생각한다.

내 성대가 마비된 뒤, 나는 물론 말하기도 힘들었지만 되도록 말을 삼가기로 했다. 말을 많이 하다 보면 본의 아니게 또 거짓말이 섞일 확률이 그만큼 높아지기 때문이다. 그래서 안사람을 제외한 다른 사람들과의 대화는 되도록 피하고 있다. 그러나 제자들이 찾아오면 나도 모르게 말이 많아진다. 그건 정년퇴임 이후, 오랫동안 입을 다물고 있어서 입이 쿠려 그럴 수도 있겠지만, 그보다는 제자들을 보면 또 교수 본색이 다시 발동하여 아는 척하고 싶기 때문인 것 같다.

"제 버릇 개 못 준다"는 속담이 아마도 이를 두고 한 말 같다. 이러다간 하느님의 벌을 또 받게 되어, 나의 양쪽 성대가 모두 마비되지나 않을까 두렵다. 근신할지어다.(*)

옥토끼는 어떻게 달에 올랐을까

올해는 음력으로 계묘년(癸卯年) 토끼띠이다. 토끼라고 하면, 다른 사람들은 어떤 생각을 맨 먼저 떠올릴까? 토끼와 거북이의 경주? 별주부전? 산토끼 잡으려다가 집토끼 잃는다는 속담? 달나라의 옥토끼와 계수나무? … 그러나 난 "옥토끼가 도대체 어떻게 달에 올라갔을까" 하는 것이다. 요즘 같으면 달 탐사선을 타고 올라가면 되겠지만.

우리나라도 세계 7번째 달 탐사국 반열에 올라

지난 12월 27일 우리나라의 첫 달 탐사선 다누리호가 달 상공 100km 궤도의 진입에 성공함으로써 우리 대한민국은 세계 7번째 달 탐사국 반열에 올랐다. 토끼해인 올 2023년에는 토끼의 전설을 간직하고 있는 달에 대한 탐사가 더욱 활발하게 이루어지기를 바란다.

우리나라 달 탐사선 이름을 왜 '다누리호'라고 붙였는지는 모르겠다. 다음어학사전을 찾아보았더니 '다누리'라는 낱말을 나오지 않고, '누리'라는 말만 나오는데, "세상을 예스럽게 이르는 말"이라고 풀이해 놓았다. 그리고 이러한 풀이에서 '세상'은 "사람이 사는 세상의 영역" 또는 '하늘과 땅'이라는 주(註)를 달아놓았다.

중국은 우리나라에 2년 앞서, 2020년 12월 1일 달 탐사선을 달 앞면의 북서쪽 화산지대에 착륙시켜, 로봇팔과 드릴로 달 표면과 땅속 표본을 수집한 뒤, 12월 17일 네이멍구자치구로 귀환하는 데 성공했다. 그 달 탐사선 이름은 '창어호(嫦娥號)'였다. 이 이름은 중국 신화에 나오는 달의 여신인 '창어(嫦娥)'에서 따온 것이다. 이를 우리말로 발음하면 '상아'인데, 우리나라 연예인 중에 이런 이름을 가진 여성도 있었다. '상아'는 항아(姮娥)라고도 부르는데, 그 이름이 예뻐서 내 첫 딸의 아명(兒名)도 '항아'라고 지어 주었었다. 그러자 장모님이 아이를 어르면서, "달에서 온 항아냐, 월궁(月宮)에서 온 항아냐…" 하는 민요를 불러주시곤 했는데, 그 가사가 전혀 생각나지 않는다. 장모님이 살아계실 제 그 가사를 채집해 놓지 못한 것이 못내 후회스럽다.

우리나라에서는 달에 옥토끼가 산다고 하지만, 중국에서는 방금 위에서 말한 '창어'가 산다고 한다. 중국의 전설에 의하면, 창어는 본래 하늘나라 시녀였으나, 보물 도자기를 깨뜨리자 화가 난 하느님이 창어를 인간으로 강등시켜, 여염집 아이로 태어나게 했다. 그리하여 인간으로 살아가던 어느 날, 여신 서왕모(西王母)가 불사약을 가지고 와서, 창어에게 보여 주며 말하기를, "이 약을 네 남편과 둘이 반씩 나누어 마시면 불로장생하고, 혼자 모두 마시면 다시 신선이 되어 승천할 수 있다"고 했다. 그러자 창어는 불사약을 혼자 마시고 마침내 달에 올라가서 달의 신이 됐다. 그리하여 달에서 살면서 토끼에게 계수나무 아래서 불사약을 절구에 넣고 곱게 찧어서 가루로 만들도록 했다. 그래서 달을 보면 토끼가 계수나무 아래서 방아를 찧는 형상이 보인다는 것이다.

이런 설화를 보면, 창어가 달나라에 가서 살게 된 이유를 알 수 있다. 그러나 토끼는 어떻게 달나라에 가서 살게 되었을까? 본래부터 달나라에서 살았는가, 아니면 창어가 데리고 간 것일까? 이것이 궁금해서 여러 가지 자료를 찾아보았더니 중국 전설에는 나오지 않고, 의외로 인도의 불교 설화에서 그 연유를 발견할 수 있었다. 무척 반가웠다.

옥토끼가 달에 올라가서 살게 된 사연은?

옛날 어느 산속 작은 마을에 토끼와 여우, 원숭이가 함께 살고 있었다. 이들은 마음을 맞춰 불도를 닦기로 결심하고 몇 년간 계속 공부를 했다. 그러던 어느 날 하늘에 사는 제석천(帝釋天 : 수미산 꼭대기 도리천의 임금)이, 이들이 얼마나 불도를 닦았는지 시험해 보기 위해 나그네의 모습으로 변장해서 동물들이 살고 있는 곳으로 찾아와서 동물들에게 말했다.

"너희들이 불도를 잘 닦고 있다는 말을 듣고, 너무 기뻐 늙은 몸을 이끌고 여기까지 왔다. 그런데 갑자기 배가 고파 견딜 수가 없구나. 미안하지만 뭐 먹을 것을 좀 갖다주지 않으련?"

그러자 여우는 곧 물고기를 잡아 오고, 원숭이는 도토리를 주워 왔다. 하지만 한참이 지난 뒤에야 나타난 토끼는 마른 나무 몇 개만을 주워 가지고 왔다. 그러면서 토끼가 말하기를 "물고기를 잡으려면 살생(殺生)을 해야 하고, 도토리를 주워 오면 참나무가 번식할 수 없기에 도토리도 가져올 수 없었습니다"라고 했다. 그리고서 토끼는 자기가 가져온 마른 나무에 불을 붙여 활활 타오르자, 그 속으로 자기 몸을 던지면서 나그네에게 "제 몸의 살이 익거든 드십시오"라고 말했다. 그 순간 나그네는 제석천의 모습으로 다시 돌아와서 토끼를 불 속에서 구해내고 나서, 그 행위를 칭찬하면서 토끼를 달에 올라가서 살도록 하였다고 한다.

이 이야기는, 부처님께서 전생에 보살로서 수행한 일과 공덕을 이야기로 엮은 경전인 「본생경(本生經)」에 나온다고 하는데, 불교에서는 보시 중에서도 "온 몸을 던진 토끼의 보시행"을 가장 높이 사고 있다. 이는 토끼가 남을 위하여 자기의 몸을 헌신하는 희생정신을 상징하기 때문이다.

토끼는 또한 무병장수와 장생불사를 상징하기도 한다. 달에서 토끼가 절굿공이로 찧고 있는 것은 곡식이 아니라, 약초를 빻아서 선단(仙丹 : 무병장수를 누릴 수 있는 불사약)을 만드는 것이기 때문이다.

토끼는 지혜와 슬기를 상징하는 동물이기도 하다. 이는 거북의 등을 타고 용궁까지 갔다가 꾀를 내서 탈출하는 「별주부전」 이야기가 이미 『삼국사기』에 나오는 것을 보아도 알 수 있다. 우리나라 역사 기록에서 토끼가 처음 등장한 것은 고구려 태조왕 25년(서기 77년)이다. 그해 10월 부여국에서 온 사신이 태조왕에게 뿔 3개가 달린 흰 사슴과, 귀가 긴 토끼를 바치자, 태조왕은 이들을 상서로운 짐승으로 여겨, 감옥의 죄수들을 풀어주라는 특별사면령까지 내렸다고 한다. 이로 미루어 볼 때, 고구려 시대에는 토끼가 상서로운 동물로 취급받았음을 알 수 있다.

올해는 음력으로 토끼띠이다. 토끼처럼 모두들 무병장수하고, 지혜롭고, 슬기롭게 한 해를 보내되, 다른 사람들을 위해 헌신할 줄 아는 희생정신도 잊지 말기 바란다. 끝으로 한 마디 덧붙이자면, 토끼처럼 생기 있게 살기도 바란다. 수토끼는 틈만 나면 짝짓기를 시도하고, 암컷은 한 달에 한 번씩 새끼를 배서, 1년 동안에 무려 80여 마리의 새끼를 낳는다고 한다. 그래서 우리나라에서는 토끼가 다산(多産)의 상징이기도 하다. 하지만 서양에서는 수토끼가 플레이보이(play boy)의 상징이니, 이 점만은 유의해 주기 바란다.(✱)

인생은 식과 색 그리고 잠이니라

지금은 작고하신 지 오래됐지만, 내가 대학 다닐 때 연세대학교 국문학과에 이가원(李家源)이라는 유명한 교수님이 계셨다. 그는 특히 한학(漢學)에 조예가 깊으신 대가였다. 수필도 참 맛깔나게 잘 쓰셨다. 제목은 생각나지 않지만, 그 내용 일부는 아직도 내가 생생하게 기억하고 있다.

이가원 선생님은 퇴계 이황(李滉)의 14대손으로 23세까지는 경상북도 안동에서 한학만 공부하셨다고 한다. 그러다가 1938년경 서울로 유학 왔는데, 집을 떠나던 날, 마을에서 가장 고매하신 유학자(儒學者)님께 인사를 올리러 갔다고 한다. 마침 그 유학자님이 화초밭을 매고 계시기에 서울로 유학을 떠난다고 말씀드렸더니, 그는 이가원 선생님을 쳐다보지도 않은 채 계속 화초밭에 풀만 뽑으면서 혼자 말처럼 "인생은 식(食)과 색(色)이지"라고 중얼거렸다고 한다. 그래서 이가원 선생은 그땐 상당히 실망했는데, 으레 그 학자님이 "서울에 가서 열심히 공부하여 금의환향"하라고 격려해 줄 것으로 은근히 기대했었기 때문이라고 한다. 그러나 나이가 들수록 그 유학자가 하신 말이 자꾸 생각이 난다는 것이

이가원 선생님 수필의 요지였다. 헌데 나도 요즈음은 그 유학자님이 하셨다는 말씀이 자꾸 생각나는 것은 어인 까닭일까?

난 팔십 평생 도대체 몇 시간이나 잤을까

동물이 살아가는 것은 무엇이라고 말하는지 모르겠으나, 인간이 세상을 살아가는 일을 '인생(人生)'이라고 부른다. 요즘에 지난 80년간의 내 인생을 가만히 돌이켜 보면, 금수의 생(生)과 크게 다르지 않았다는 생각을 뇌리에서 떨쳐 버릴 수가 없다. 이는 나도 금수와 마찬가지로 3대 기본 욕구인 식욕(食慾), 성욕(性慾), 수면욕(睡眠欲)을 충족시키는 데 내 생애의 거의 모든 시간을 바쳐왔기 때문이다. 고로 "인생은 식(食)과 색(色)"이라는 상기 유학자의 말에 하나 더 붙여서 "인생은 식과 색과 잠(수면)"이라고 나는 감히 말하고 싶다.

나는 다른 사람들보다 유달리 잠이 많다. 내가 고등학교 3학년 때 '4당 5락'이라는 말이 대학 입시생들 사이에 회자했다. 하루에 4시간만 자고 공부하면 대학에 합격하지만, 5시간을 자면 낙방한다는 말이었다. 그러나 난 매일 열 시간씩 늘어지게 잤다. 다른 학생들이 공부하다가 꾸벅꾸벅 졸고 있을 때, 난 아예 쿨쿨 잠을 잤다. 요즘도 난 열 시간 이상 잔다. 정년퇴임 이후 몸이 시키는 대로 "자라면 자고, 먹으라면 먹고, 쉬라면 쉬다" 보니까 아침 아홉 시쯤이나 돼서야 겨우 일어나며, 낮에도 두어 시간씩 낮잠을 늘어지게 잔다.

내가 80년 동안에 잠을 잔 시간을 계산해 보니까, 하루에 평균 10시간씩 잡는다면 1년에 3,650시간, 80년 동안에 284,800시간이나 된다. 이를 연수로 환산하면 약 33년이다. 그러니까 난 80년 동안의 일생에서 무려 33년 동안이나 잠을 잔 셈이다. 그러므로 난 잠을 자느라고 아까운 내 인생의 3분의 1 이상을 헛되이 써버렸다는 생각도 든다.

하지만 내 인생은 행복했다는 생각도 든다. 잠자는 시간보다 행복한 때는 없기 때문이다. 잠을 자면 온갖 시름도 다 잊을 수 있지 않은가? 난 요즘도 하루 일과를 모두 마치고, 저녁때, 전기담요가 미리 따뜻하게 녹여 놓은 이불 속으로 파고들 때가 가장 행복하다. 그러나 잠을 자고 싶어도 시간이 없어서, 또는 잠이 안 와서 잠을 제대로 자지 못하는 사람도 적지 않다. 이런 사람들에 비해, 나는 아무 때나, 어디서나 잠을 잘 자서, 내 인생의 3분의 1을 온갖 시름을 잊고, 편안히 잤으니, 난 행복했다는 생각이 들 때도 없지는 않다.

밥은 아내에게서만도 54,750끼나 얻어먹어

다음으로 그러면 '식(食)'은 어떠했는가? 지금까지 지난 80년 동안, 나는 도대체 몇 끼나 먹었을까? 하루에 세 끼씩 1년에 1,095끼를 먹었으니, 이에다 80년을 곱하면 난 일생 동안 무려 87,600끼를 먹은 셈이 된다. 어마어마한 숫자이다. 허나 실제로는 이보다 훨씬 더 많이 먹었다. 난 별명이 '삼식이'였다. 그런데 요즘은 '시×놈'이 되었다. 세끼 이외에 또 '시시'때때로 아내에게 밥을 달라고 했기 때문이다. 80년 중, 50년은 아내가 나에게 모두 합쳐 무려 54,750끼의 밥을 차려 주었으니, 이런 욕이 능히 아내의 입에서 튀어나올 만도 하다.

내가 80년 동안 어림잡아 87,600끼를 먹었다면, 도대체 몇 시간 동안이나 밥(음식)을 먹었는가? 다시 말해서, 내가 일생 동안 식사하는 데 보낸 시간은 얼마나 될까? 한 끼에 30분만 잡더라도 내가 일생 동안 식사하는 데 소비한 시간은 2,628,000분이 되며, 이를 날짜로 계산하면 1,825일이요, 햇수로 계산하면 5년이 된다. 그러니까 내가 이제까지 밥을 먹는 데 보낸 세월만도 무려 5년이 된다.

그러나 밥 먹고 때때로 술도 마신 시간까지 합치면 먹고 마시는 데 족히 10년을 보낸 것 같다. 그러나 이건 순전히 먹고 마시는 데만 소비한 시간이고, 먹고 마시기 위해 돈을 번 시간까지 합치면 34년 이상 된다. 그러니까 인생은 '식(食)'이라고도 감히 말할 수 있다.

남녀 간 사랑은 인간의 자연스러운 본성

안동의 고매한 유학자님이 말씀하신 '색(色)'이란 도대체 무엇이었는지는 알 수 없다. 그러나 만약 섹스를 말한다면, 이것도 앞서 말한 식욕이나 수면욕과 함께 인간의 3대 기본 욕구의 하나이다. 조선 후기의 문인 안석경(安錫儆, 1718~1774)이, 내 고향인 강원도 횡성군 삽교에서 은거 생활을 하면서 지은 『삽교별집(霅橋別集)』이라는 책을 보면, '환속(還俗)'이라는 제목의 짤막한 글이 실려있다. 그 내용을 간단히 소개하면, 아래와 같다.

옛날에 어떤 고승(高僧)이 속세의 모든 일은 모두 부질없는 것으로 여겨, 마음속에 매어둔 것이 없었다. 그러나 남녀의 정욕만은 아무리 끊어 보려 애썼지만, 오히려 그 생각이 잊히지 않았다. 그래서 인간의 정욕은 본성인지, 아니면 후천적인 것인지를 실증적으로 알아보기 위하여, 세 살짜리 고아 남자아이를 안고, 아무도 살지 않는 깊은 산속으로 들어가서 12년 동안을 길렀다.

아이가 열다섯 살이 되자, 그를 데리고 사람이 사는 속세를 향하여 내려왔다. 도중에 길가의 밭에서 어떤 젊은 부부가 김을 매고 있었다. 이를 본 아이가 남정네를 가리키며 "저건 무엇인데, 머리를 깎지 않았습니까?"라고 고승에게 물었다. "그도 사람이다. 그러나 속세에서는 머리를 깎지 않았다"고 고승이 대답하자, 이번에는 아이가 아낙네를 가리키며, "저것도 사람입니까?"하고 물었다. "그렇다. 그는 여자라는 사람이다"라고 고승이 대답하자, 아이가 또 물었다.

"그런데, 스님, 내가 저 여자를 보니까, 내 아랫도리가 움직이며 근질근질하면서 저 여자와 몸을 비비고 싶으니, 왜 그렇습니까?"

이런 말을 아이에게서 들은 고승은 탄식하며 다시 산속의 절로 돌아가서 부처님께 하직 예불을 드리고 나서 행장을 꾸려 속세로 내려왔다. 그리고 고승은 과부를 골라 장가들었고, 아이는 처녀에게 장가를 보내고, 속인으로서 살았다. 남녀가 사랑을 나누는 것은 하늘의 이치이자, 인간의 자연스러운 본성인데, 이를 불가(佛家)에서 막는 것은 곧 하늘의 이치를 어기는 것이니, 이러한 불도(佛道)를 버리지 않을 수 없기 때문이었다.

이 이야기는 당시 억불숭유(抑佛崇儒) 정신에 물들어 있던 유학자가 쓴 것으로, 불교를 은근히 비방하려는 목적도 없지 않았다고 볼 수 있다. 그렇더라도 이 이야기는 인간의 성욕이 얼마나 자연스러운 본성인지는 잘 말해 주고 있다.

리비도설이 맞는다면 인간은 평생 성욕에 사로잡혀

물론 성욕은 식욕이나 수면욕보다는 약하다고 볼 수 있다. 섹스를 못했다고 죽지는 않기 때문이다. 또한 섹스하는 시간 자체는 인생에서 그리 길지는 않다. 그러나 어린 시절부터 이성을 사모하고, 따라다니고, 데이트하고, 연애하는 등등의 시간까지 모두 합친다면, 그 시간은 결코 짧지 않을 것이다.

오스트리아 출신의 정신분석학자 프로이트(Sigmund Freud)의 리비도 학설(Libido theory)에 의하면, 성욕은 사춘기에 갑자기 나타나는 것이 아니라, 유아기 초기부터 구순(口脣) 성욕, 항문 성욕 등의 형태로 발달하다가 사춘기에 들어서서 남근(男根) 성욕으로 나타나게 된다는 것이다. 따라서 이 학설에 의하면, 아기들이 엄마나 우유병의 젖꼭지 빨 때 느끼는 쾌감도 성욕의 일종이며, 5~6세 아이들이 똥구멍이나 똥 이야기를 좋아하는 것도 성적 욕구의 일종의 표현이라고 한다.

만약 이와 같은 프로이트의 리비도 학설이 맞는다면, 우리 인간은 유아기부터 죽을 때까지 수많은 시간을 색을 생각하며, 실제로 색과 관련된 행위를 하며 성욕에 사로잡혀 살아간다고 볼 수 있다. 그러므로 안동의 유학자님이 꽃밭을 매면서 중얼거리신 "인생은 식과 색"이라는 말씀이 결코 틀린 말이 아닐 것이다. 그래서 이가원 교수님도 나이가 들수록 그 유학자가 하신 말이 자꾸 생각이 난 것은 아닐까?

요즘 나 역시 그런 생각이 자꾸만 들곤 하는데, 그건 무슨 까닭일까? 인간이라는 것도 동물과 크게 다를 것 없다는 생각 때문일까? 아니면, 인생은 참으로 허망하다는 생각 때문일까? 그것도 아니라면, 인생이란 별것이 아니라, "먹고, 자고, 사랑하다가 죽는 것"이라는 만고의 진리를 이제야 겨우 깨닫기 때문일까?(✳)

바보 코스프레, 그 까닭은?

똑똑한 사람이 자칭 '바보'라고 하거나 또는 위대한 정치인이나 성직자를 그 추종자들이, 마치 그것이 뭐 애칭이나 되는 양 '바보 아무개'라고 부르는 것을 난 도저히 이해할 수 없다. 난 다른 사람이 나를 '바보'라고 부르면 화가 치밀기 때문이다.

이러한 나와는 180도 다르게, 자칭 '바보'라고 하거나 '바보' 소리를 들어도 화내지 않고 오히려 좋아하는 사람들은 도대체 어떤 사람들일까? 그들은 진정으로 바보처럼 순진무구하기 때문일까? 아니면, 그들의 마음은 너그럽기가 태평양 같고, 그들의 겸손은 부처님의 무한한 자비심 같기 때문일까? 만약 그것도 아니면, 혹시 그들은 자신들의 오만을 겸손으로 가장하려는 것이기 때문일까? 그것도 또 아니라면, 그들은 일부러 '바보'인척 코스프레하는 것일까? 만약 이것이 정답이라면, 그 숨은 목적은 도대체 무엇일까?

난 실제로는 좀 바보인 편이다. 그러나 타고난 눈매가 약간 날카로워 그런지 다른 사람들이 나를 약간 재수 없는 똑똑한 사람으로 보는 경향도 없지는 않다. 그래서 난 상대방에게 공연히 경계심을 불러일으켜서 인간관계에서 손해를 볼 때도 없지 않다.

"무는 개는 짖지 않고, 짖는 개는 물지 못한다"는 서양 속담이 있다. 다른 개를 물으려면 조용히 있다가 별안간 확 물어야 하는데, 그렇지 않고 미리 짖어대면 상대방 개를 잔뜩 경계하게 만들어서 물 수 없게 된다는 것이다.

이런 속담을 인간사에 비유하자면, 사람도 바보처럼 좀 어리석은 체 해야 다른 사람이 경계를 풀고 무장해제를 시켜 그에게 사기를 칠 수도 있다. 반면에 실제로는 어리석으면서도 괜스레 똑똑한 체해서 상대방에게 공연히 무장 강화를 시키면, 그에게 사기도 칠 수 없다는 말이 된다. 그래서 실제로 똑똑한 사람은 자신을 어리석은 척 코스프레하기 위하여 '바보' 소리를 들어도 좋아하는 척하는 건 아닐까?

예전에 어떤 동네에 한 아이가 살았다. 어른들이 그에게 100원짜리 동전과 500원짜리 동전을 보여 주면서 "어떤 것을 가질래?"라고 하면 그 아이는 항상 100짜리 동전을 가졌다. 그러면 동네 사람들은 그 아이를 '바보'라고 놀려대며 깔깔대고 웃었다. 그러면서 또 그 아이에게 100원짜리 동전과 500원짜리 동전을 내밀면, 그 아이가 또 100원짜리를 갖는 것을 보고 좋아라 박장대소했다.

이를 본 어떤 사람이 그 바보(?) 아이를 가만히 불러서 묻기를, "100원짜리 동전보다 500원짜리 동전이 다섯 배나 더 값어치가 나가는데, 왜 바보처럼 100원짜리를 갖느냐?"고 했다. 그러자 그 아이가 그 사람을 빤히 쳐다보면서 "바보 같은 소리를 작작하시라"고 했다. 그러면서 말을 잇기를 "만약 내가 500원짜리를 집으면, 어떤 바보들이 나에게 100원짜리 동전과 500원짜리 동전 중에서 하나를 선택하라고 말하겠는가? 그러면 난 100짜리 동전도 벌지 못한다"고 했다는 것이다. 그러고 보면, 자칭 '바보'로 코스프레하며 뒷구멍으로는 호박씨 까는 사람들이 있다면, 어찌 그들을 경계하지 않으리오.(**)

노략질과 팔베개 베고 누워

엊그제는 심심해서 누워서 『고금소총』 책을 꺼내서 읽다가 웃음 대신 공연히 눈물만 질금질금 흘리고 말았다. 내가 본 『고금소총』(민속학자료 간행회에서 1958년 등사판으로 간행)에는 조선 후기의 유명 화가 장한종(張漢宗, 1768~1815)이 쓴 「어수신화(禦睡新話)」라는 문헌소화도 실려 있다. 이를 읽다가 보니 아래와 같은 이야기가 나왔다.

서울의 소의문(昭義門, 서소문의 본명) 밖에 홍생원(洪生員)이란 자가 있었는데, 홀아비로 살았다. 두 딸아이가 있었는데, 가난하여 살아갈 수 없었다. 그래서 훈조막(燻造幕, 관청에 공납하는 메주를 만드는 곳)의 일꾼들이 일하는 곳에서 밥을 빌어다 먹었는데, 일꾼들이 각기 한 숟가락씩 거두어서 주었다. 그것을 홍생원은 겨자잎에 싸다가 두 딸에게 먹였다. 하루는 홍생원이 밥을 빌러 갔더니, 일꾼 한 명이 술에 취해서 생원에게 말했다.

"생원은 이 훈조막의 부군당(府君堂, 각 관청에서 신을 모시는 곳)이십니까? 우리들의 상전이십니까? 무슨 연고로 매일 강제로 음식을 청하여 먹습니까?"

이런 말을 들은 생원은 눈물을 머금고 돌아갔다. 생원이 자기 집 안으로 들어간 지 5~6일이 지나도 사립문이 항상 잠긴 채로 있었다. (이를 이상하게 여긴) 훈조막의 한 일꾼이 사립문을 밀치고 들어가 보니, 생원과 두 딸아이가 혼미한 상태로 누워서 눈물만 흘리고 있을 뿐이었다. 이를 본 일꾼이 가련히 여겨 급히 훈조막으로 가서 죽을 쑤어다 주었다. 그러자 생원이 열 살 난 큰딸에게 말하였다.

"너는 이 죽을 먹고 싶으냐? 우리 세 사람은 배고픔을 간신히 참는데 엿새 동안의 공부가 있었다. 이제 죽음이 가까이 왔다. 그간에 드린 공이 어찌 아깝지 않으냐? 지금 죽 한 그릇을 받아먹고 나서도 저들 일꾼이 계속하여 우리에게 죽을 주는 것은 좋겠지만, 내일부터 그 치욕(구걸)을 어찌 감당하겠느냐?"

이렇게 생원이 말하고 있을 즈음, 다섯 살도 아니 된 작은딸 아이가 죽 냄새를 맡으며 억지로 일어나려고 머리를 들었다. 그러자 그를 열 살 난 큰딸 아이가 손으로 눌러 눕히면서 말하기를 "자자, 자자" 하였다. 이튿날 훈조막 일꾼들이 생원의 집으로 다시 가 보니, 모두 죽어 있었다.

이렇게 가여운 백성들이 죽어 갈 때, 옛날 임금님들은 어떻게 했을까? 예전에 고대 희랍 역사에 관한 책을 읽다 보니, 이런 내용이 있었다. 그리스는 원래 땅이 척박하여 농사가 잘되지 않아, 백성들이 굶게 되자, 군주가 백성들에 이르기를, "가만히 앉아서 굶지만 말고, 배를 타고 다른 나라에 가서 노략질이라도 해 오너라"고 명령했다고 한다. 그리하여 고대 희랍은 부유하게 되고, 문명도 발달하게 되었다고 한다.

그렇다면 백성들이 굶주리고 있을 때, 우리나라 임금님은 뭐라고 말씀하셨을까? 알 수는 없으나, 아마도 "배고픔을 참는 것도 즐거움의 하나이니 물이나 마시면서 참아라"고 말씀하셨던 것은 혹시 아닐까? 왜냐하면 『논어(論語)』의 술이(述而)편을 보면, 공자 가라사대, "나물을 먹고(飯疏食), 물 마시며(飲水), 팔을 구부려 베개를 삼더라도(曲肱而枕之) 그 가운데 또한 즐거움이 있으니(樂亦在其中矣), (노략질과 같은) 불의로 부하고 귀하게 됨(不義而富且貴)은 나에게는 하늘에 떠다니는 구름과 같다(於我如浮雲)"고 하셨기 때문이다.(✱)

'건양다경'의 미처 몰랐던 참뜻은

"헐껴? 혀, … 워땠어? 헌겨?"

이건 충청도 어느 노부부의 잠자리에서 대화 내용이었다고 한다.

엊그제 고등학교 동창 단톡방에 실린 것을 보니까 그것이 보약인 이유를 10가지나 쭉 열거해 놓았다. 운동 효과, 스트레스 해소, 다이어트 효과, 통증 완화, 면역력 강화, 순환기 질환 예방, 전립선 질환 예방, 자궁질환 예방, 노화 억제, 그리고 심지어는 암도 억제한다는 것이다. 이쯤 되면 그건 가히 만병통치약이다. 그게 그렇게 좋은지 난 미처 몰랐었다. 그런데 갑자기 공허한 마음이 드는 것은 무엇 때문일까?

작년까지만 해도 방금 언급한 충청도 어느 노부부의 대화 같은 것이라도 좀 했었다. 근데 올해 들어서는 아내와의 이런 대화조차도 점차 단절되고 있다.

지난 입춘날 한 지인(知人)이 나에게 '입춘대길(立春大吉), 건양다경(建陽多慶)'이라는 입춘첩(立春帖)을 카톡으로 보내왔다. "입춘을 맞이하여 길

운을 기원하며, 봄의 따스한 기운이 감도니 경사로운 일이 많으시라"
는 뜻이리라. 그러나 '건양다경'이란 말을 직역해 보면 "양(陽)을 세워
(建), 기쁘고 즐거운 일이 많으라(多慶)"고 풀이할 수 있다. 좀 뜬구름 잡
는 것 같은 소리이다.

그래서 한학(漢學)에 조예가 깊은 나의 대학 동기동창 한(韓) 교장에
게 카톡으로 물었다. 금세 답신이 날라왔다. "그건 이제 봄이 되었으
니, 양기(양물?)를 세워서 많은 경사(즐거운 일)가 있으라는 뜻이오. 그러
니까 단도직입적으로 말하면 사랑을 많이 해서 자식들을 많이 낳으라
는 말이오."

난, 무릎을 탁 쳤다. 비록 농담이긴 하지만 아주 기가 막히게 절묘한
해석이다. 그렇다. 봄이 되면 만물이 회생하고, 미물(微物)들도 건양해서
후손들을 번식시키지 않는가? 하물며 만물의 영장(靈長)인 인간이야 더
말할 나위가 없지 않은가?

헌데 당나라 시인 동방규(東方虯)가 지은 「소군원(昭君怨)」이라는 시에
나오는 "호지무화초(胡地無花草, 오랑캐 사는 땅에 화초가 없으니), 춘래불사춘
(春來不似春, 봄은 왔으되 봄 같지 않도다)"이라는 구절이 불현듯 내 머리에 떠
오르는 것은 어인 까닭일까? 혹시 그건 80을 훌쩍 뛰어넘은 나에게는
이제는 '입춘대길, 건양다경'도 모두가 한낱 부질없는 글귀에 지나지 않
는다는 생각이 들기 때문은 혹시 아닐까?(*)

제2편
회고(懷古)

학질(瘧疾)과 금계랍(金鷄蠟)

2007년 8월 말 정년퇴직 이후 난 시골에 와서 살면서 거의 두문불출(杜門不出)하고 있다. 그래서 코로나가 창궐(猖獗)하기 시작하면서, 질병관리본부(현 질병관리청)에서 특히 나이가 많은 사람은 외출을 삼가도록 권장하자 그건 나 같은 사람에게는 '차한(此限)에 부재(不在)' 사항이라고만 생각했다. 그러나 오래지 않아, 내가 자의(自意)로 밖에 나가지 않는 것과, 타의(他意)로 밖에 나가지 못하는 것 사이에는 천양지차(天壤之差)가 있음을 깨닫게 되었다. 그러면서 '자유'의 귀중함도 새삼 느끼게 되었다.

나의 80년간의 생을 돌이켜 보면, 돌림병 때문에 마음을 졸이며 살았던 적이 적지 않았다. "엠병(장티푸스)이 돈다"고 해서 집안에 묶여 있던 적, 콜레라(cholera)가 유행이라고 해서 공동우물 물 대신 저 멀리 산골짝 옹달샘 물을 길어다 먹은 적, 천연두(天然痘)가 돈다고 해서 곰보가 될까봐 걱정했던 적, 아랫동네 김부자네 큰아들이 결핵에 걸렸다고 해서 그 집 앞을 지나지 않고 멀리 돌아다녔던 적 등등…. 그땐 의약이 발달하지 않아서 병에 걸리면 죽는 경우가 많았다. 결핵의 경우만 해도, 지금은 얼마든지 치유되지만 1940년대까지만 해도 결핵에 걸리면 죽는 것으로 알았다. 그래서 우리 동네 부잣집 큰며느리는 결핵에 걸리자, 그녀의 아들, 딸에게 결핵을 옮기지 않기 위하여 자살했다. 그래서 그녀의 어린 남매를 볼 때마다 난 마음이 짠해지곤 했다.

어릴 때 학질에 걸려 고생 고생하다가 겨우 떼다

난 다행히 아주 몹쓸 병에는 걸리지 않았다. 그러나 홍역(紅疫, measles)과 학질(瘧疾)은 치렀다. 그중 홍역은 내가 아주 어렸을 때 걸려서 어떻게 아팠는지 통 생각이 나지 않는다. 그러나 학질에 걸려 달포쯤 고생하다가 겨우 '학을 뗀' 기억은 상기도 또렷하다. 그건 내가 초등학교 3학년 때인 1948년 여름이었기 때문이다.

학질이란 말라리아(malaria)를 말하는데, 이는 학질모기가 옮기는 전염병으로 1948년 당시는 전 세계에서 매년 2억에서 3억 명이 감염되어 수백 명이 사망하는 위험한 질병이었다. 다행히 우리나라 말라리아는 치사율은 낮았지만, 노인들에게는 치명적이었다. 이러한 학질은 조선 시대 이전부터 매년 여름마다 창궐(猖獗)했다고 한다. 이 병에 걸리면 열이 나고 구토가 나고, 두통이 심했는데, 특히 견디기 어려운 것은 오한(惡寒)이었다. 몸에 열이 심하게 나면서도 몹시 추워서 아무리 두꺼운 솜이불을 뒤집어써도 몸이 덜덜 떨려 아래위 이빨이 서로 부딪치면서 딱딱하는 소리가 날 정도였다. 그런데 신기한 것은, 이렇게 하루를 앓고 나면 그 이튿날은 멀쩡해져 학교에 갈 수 있었다. 그러나 그 이튿날이 되면 또 아프기 시작했다. 이러한 패턴이 이틀마다 주기적으로 반복되었다. 그래서 학질을 흔히 '하루거리(間日瘧)'라고 불렀는데, 이런 학질은 통상적으로 보름이나 한 달쯤 앓고 나면 나았다. 때문에 아주 고약한 상황이나 사람에게서 벗어났을 때 "학(瘧)을 뗐다"는 속담까지 생긴 것 같다.

학을 일찍 떼기 위해서는 '금계랍(金鷄蠟)'이라는 약을 먹었다. 그러나 난 금계랍을 먹어봤자 별 효과가 없었다. 난 어렸을 때 모든 알약은 무조건 삼키지 못해 항상 씹어 먹어야 했는데, 금계랍은 소태맛처럼 몹시 써서 씹어 먹으려면 욕지기가 나서 뱉어버렸기 때문이다. 그래서 난 학질에 걸려도 금계랍을 먹지 못하여 학을 뗄 수 없었다. 그러나 당시 금계랍은 학질을 치료하는 데 큰 효과가 있었던 것 같다. 황현(黃玹)이 1864년(고종 원년)부터 1910년까지 47년 동안 일기체 형식으로 쓴 『매천야록(梅泉野錄)』이라는 책의 제1권(1894년 갑오경장 이전) 14항을 보면, 아래와 같이 적혀 있다고 인터넷 포털 사이트에 나온다.

二日瘧, 俗稱唐瘧, 東人甚畏之 : 이틀에 한 번씩 앓는 학질을 속칭 당학(唐瘧)이라고 하는데, 이를 우리나라 사람들은 매우 두려워한다.

年衰者十死四五, 少壯强力者猶延廢數歲 : (이 병에 걸리면) 나이가 많은 사람들은 10명 중, 4~5명은 사망하며, 힘이 강한 소장층도 수년 동안 폐인이 되기 때문이다.

及金鷄蠟自外洋至, 人服一錢, 無不立愈 : 그러나 금계랍이 서양으로부터 들

어온 이후로, 학질을 앓는 사람이 1전(錢) 어치만 먹으면, 즉시 낫

지 않는 사람이 없다.

於是爲之謠曰 牛漿出小兒茁, 金鷄蠟至東, 老人考終 : 이에 "우두법이 나와

서 어린아이들이 잘 자라고, 금계랍이 나와서 노인들이 수(壽)를 누

린다"는 유행가가 나왔다.

이런 내용의 글을 내가 『매천야록』에서 직접 찾아보았으나, 어디에

있는지 찾지 못했다. 그러나 좌우간 위의 글을 보면 학질이 요즘 코로

나처럼 매우 위험한 질병이었다. 다행히 19세기 말경 서양에서 금계랍

이라는 약이 우리나라에 들어와서 학질을 치유하는 데 큰 효험이 있었

던 것 같다. 그래서 그런지 당시의 신문을 보면 금계랍 광고가 여기저

기 보인다.

학질은 1979년 완전 퇴치, 코로나도 그렇게 되길

1945년 해방 이전 신문광고들을 보면 당시는 금계랍이 가루로 되어

있었던 것 같다. 그러나 내가 1948년 여름 학질에 걸렸을 때 먹은 금

계랍은 샛노란 색의 조그만 알약이었는데, 이는 아마도 미국제(美國製)

였던 것 같다.

해방 이후, 미군(美軍)들과 함께 '다이아찡', '구아니찡' 등 미국 의약

품들이 우리나라에 들어와서 선풍적 인기를 끌었다. 다이아찡은 본래

무슨 병의 치료약이었는지 모르겠으나, 당시 우리나라에서는 만병통치

약으로 통해서 아기를 못 낳던 나의 둘째 외숙모도 다이아찡을 먹고 내 외사촌 여동생을 낳았다고 한다. 그리고 구아니찡은 항생제였는데, 내가 이질 설사병에 걸렸을 때 이 약을 먹고 나은 적이 있다. 그러나 금계랍은 나의 학질을 고치지 못했다. 그건 앞서 말했듯이 난 어렸을 때 그것이 무슨 약이든지 간에 알약은 삼키지 못해 씹어 먹곤 했는데, 금계랍은 정말로 무지무지하게 써서 입에 넣고 씹으면 금방 욕지기가 나서 모두 뱉어버렸기 때문이다.

이처럼 금계랍은 무척 썼기 때문에 학질 이외에 다른 용도로 쓰이기도 했다. 그중 하나는 아기 엄마가 한두 살 난 아기에게 젖을 떼려고 할 때 엄마 젖꼭지에 바르는 것이었다. 그러면 아기가 엄마 젖을 더 이상 빨려고 하지 않았다. 금계랍의 또 하나의 용도는 염색용으로 사용한 것이었다. 나의 큰누나가 저고리 옷감을 금계랍으로 노랗게 물을 들여 저고리를 만든 뒤, 자주색 치마를 받쳐 입고 한껏 모양을 내던 기억이 지금도 생생하게 난다.

내게 어렸을 때 학을 떼곤 했던 학질, 즉 말라리아는 1959년 우리나라 정부와 WHO가 말라리아 근절사업(WHO Project Korea-13)을 실시하여, 말라리아 유행 지역에서 수만 명의 양성자와 잠재적 감염원을 색출하여, DDT로 말라리아 전파 모기를 퇴치하는 노력을 약 10년간에 걸쳐 대대적으로 벌인 끝에 1979년 한국은 말라리아 완전 퇴치(malaria free) 지역이 되었다. 그 후 14년 동안 우리나라에서 말라리아는 발생하지 않았다. 그러나 1993년 휴전선 인근의 한국군 군의관이 말라리아에 감염된 것으로 확인된 적이 있다. 이는 북한의 모기가 남하하여 전파한 것으로 추정되었다. 이런 사건 이후 아직 학질이 돈다는 뉴스가 신문방송에 나오지 않아 참말로 다행이다. 이번에 우리나라를 강타한 코로나19도 하루속히 종식되기를 기도해 본다.(✽)

신문광고 역사와 금계랍 광고

우리나라 최초의 근대 신문은 「한성순보」(漢城旬報, 1883. 10. 31 ~ 1884. 12. 6)였으나, 이 신문은 광고를 싣지 않았다. 그러나 「한성순보」 폐간 이후, 1886년 1월 25일 창간한 「한성주보(漢城周報)」는 2월 22일 자 제4호부터 '덕상세창양행고백(德商世昌洋行告白)'이라는 제목의 광고를 매호마다 줄곧 실었다. 이런 광고 제목에서 '덕상(德商)'이란 독일의 상점이라는 뜻인데, 당시 우리나라에서는 중국을 본떠서 독일을 '덕국(德國)'이라고 불렀기 때문이다. 그다음 '세창(世昌)'은 고유명사이고, '양행'은 주로 외국과 무역하는 서양식 상점이나 회사를 말했는데, 이 말은 현재도 우리나라 제약회사의 하나인 '유한양행'이란 이름에서 찾아볼 수 있다. 마지막으로 '고백'은 광고를 말했다.

우리나라 최초 신문광고는 「한성주보」에 세창양행 광고

이러한 제목의 우리나라 최초의 신문광고는 삽화나 사진이 없이, 문안만을 순한문으로 「한성주보」 제17면 18줄부터 시작해서 19면 전체에 걸쳐 실었다. 그중에서 앞의 절반은 조선의 호랑이 가죽, 여우 가죽 등 각종 짐승 가죽과 사람의 머리털, 말의 갈기 털 등과 옛날 동전 등을 수량의 많고 적음에 관계없이 모두 살 터이니 이런 물건이 있는 분들은 본행(本行)으로 가지고 오라는 광고였다. 그리고 뒤의 절반은 서양에서 수입한 물품들을 팔고 있으니 사가라는 광고였다. 이 부분만 우리말로 번역해 보면 아래와 같다.

알릴 것은 독일 상사(商社) 세창양행에서 조선에 상사를 개설하고 외국에서 자명종표(自鳴鍾表), 양경(洋景), 팔음금(八音琴), 호박(琥珀), 파리(玻璃), 각종 양등(洋燈), 양뉴구(洋鈕扣), 각색(各色) 양우사단(洋羽紗緞), 양표(洋標), 포필(布疋)에서부터 의복의 염료(染料)와 선명한 안료(顔料), 양침(洋針), 양선(洋線), 자래화(自來火) 등 각종 물품을 수입하여 물품의 구색을 맞추어 팔고 있으니 모든 귀객(貴客)과 토상(土商)이 찾아오신다면 염가로 팔 것입니다. 은양(銀洋)은 시세에 맞게 계산하여 아이나 노인이 온다 해도 속이지 않을 것입니다. 아울러 바라건대 본행(本行)의 패(牌, 상표)를 확인하시면 거의 잘못이 없을 것입니다.

이와 같은 광고를 시작으로 세창양행은 약 2년 반 동안 계속 「한성주보」에 여러 가지 상품 광고를 냈다. 그러나 1888년 7월 7일 「한성주보」가 폐간된 후 8년 동안이나 우리나라에서 모든 신문이 사라지자, 자연히 신문광고도 사라지고 말았다. 그러다가 1896년 4월 7일 우리나라 최초의 민간 신문인 「독립신문」이 등장하면서 신문광고도 다시 등장하게 되었다.

「독립신문」 창간호를 보면 3면에 모두 3개의 영문 광고와 5개의 한글 광고가 실렸다. 이들 중 한글 광고는 주지회샤, 가메야회샤, 안창회샤의 안내광고와, 『스민필지』와 『한영자뎐-한영문법』이라는 책 광고였다. 주지, 가메야, 안창 회샤는 모두 서양인 경영의 무역회사로서 정동(貞洞)에 있었다. 이들 회사의 안내광고를 보면, 주지회샤는 "각색 외국 샹등 물건을 파눈대 갑도 빗스지 아니 ᄒ더라. 각색 담배와 다른 물건이 만히 잇더라"라고 광고했다. 가메야회샤는 "외국 샹등 물건을 파눈대 물건이 다 죠코 갑도 외누리 업더라"라고 광고했다. 안창회샤는 "서양 물건과 쳥국 물건을 파눈대 샹등 서양 슐과 각색 담배가 잇더라"라고 광고했다.

「독립신문」에 금계랍 광고가 처음 등장

요즘은 의사의 처방 없이는 함부로 의약품을 팔지 않아서 그런지, 비타민이나 건강 보조 약품 등의 광고를 제외하고는 신문에 의약품 광고가 그리 나지 않는다. 그러나 내가 대학교 다닐 때만 해도 각종 의약품 광고들이 신문 지면을 도배하다시피 하기도 했다. 건뇌환·생명수·활명수·됴고약·이고약·영신환·팔보단·청심환 등등을 비롯, 매독·임질·곤지름 등 성병 치료 약품 광고도 하도 많이 나와서 그게 어떤 병의 치료약인지도 모르면서 그 약품 이름들이 아직도 내 입에서 줄줄 나올 정도였다.

우리나라 신문에 어떤 의약품 광고가 맨 처음 나왔는지는 찾아보지 않았다. 그러나 며칠 전 옛날 「독립신문」의 영인본을 뒤적거리다가 보니, 1896년 11월 7일 자 지면에 금계랍 광고가 눈에 띄었는데, 금계랍은 학질이라는 병의 치료약이었다. 학질이란 말라리아(malaria)를 말하는데, 이는 학질모기가 옮기는 전염병으로 당시는 전 세계에서 매년 2억에서 3억 명이 감염되어 수백 명이 사망하는 위험한 질병이었다. 이러한 학질은 조선시대 이전부터 매년 여름마다 유행했는데, 이 병에 걸리면 열이 나고 구토가 나고, 두통이 심했으며, 특히 견디기 어려운 것은, 몸에 열이 심하게 나면서도 몹시 추워서 아무리 두꺼운 솜이불을 뒤집어써도 몸이 덜덜 떨려 아래위 이빨이 서로 부딪치면서 딱딱하는 소리가 날 정도였다. 그래서 아주 고약한 상황이나 사람에게서 벗어났을 때 "학을 뗐다"는 속담까지 생긴 것 같다. 그런데 신기한 것은, 학질을 하루 동안 앓고 나면 그 이튿날은 멀쩡해져 학교에 갈 수 있었다. 그러나 그 이튿날이 되면 또 아프기 시작했는데, 이런 패턴이 이틀마다 주기적으로 반복되어서, 흔히 '하루거리'라고 부르기도 했다.

이처럼 고약한 학질을 떼는 데 신기한 약이 서양에서 들어와서 큰 인기를 끌었는데, 그것이 바로 '금계랍'이라는 약으로 곧 키니네(quinine)였다. 바로 이러한 금계랍 광고가 우리나라 신문에 처음 등장한 것은 1896년 11월 7일이었는데, 이 날짜 「독립신문」 제1권 93호 2면 하단 가운데를 보면, "고샬기 금겨랍을 싸게 파오"라는 두 줄짜리 광고가 나온다.

이 광고에서 '고샬기'는 독일인 이반 고샬키(Ivan A. Gorshalki)가 경영한 무역회사로서 덕수궁 남문(현재는 폐쇄) 근처 정동에 있었다. 이 회사가 언제 설립되었는지는 알 수 없으나 「독립신문」 제1권 21호(1896.5.23)부터 이 회사의 광고가 매호 마다 줄곧 나온다. 그 중 첫 번째 광고를 보면, '고샬기 상회 명동'이라는 13 포인트 크기의 굵은 활자 제목 아래 "이 집에 각색 셔양 물건이 쉬 올터이요 지금 샹품 바눌과 실이 만히 잇고 죠흔 북갑즈가 여러 셤이 잇눈대 갑도 빗사지 안코 물품도 다 훌융ㅎ더라"고 적혀 있다.

바로 이러한 고샬기상회가 1896년 11월 7일 자 「독립신문」 제1권 93호 2면에 처음으로 "금겨랍을 싸게 파오"라는 광고를 냈다. 이러한 금계랍 광고를 「독립신문」 제1권 제114호(1896.12.26.)까지 매호 마다 2면이나 3면에 계속 싣다가 무슨 까닭인지 중단했다. 그런데도 고샬기상회의 영문 안내광고는 계속 나왔다. 이 영문 광고에는 유럽과 미국에서 수입했다는 식료품들만 들어 있고 금계랍은 포함되어 있지 않았다.

고샬기상회의 금계랍 광고가 사라진 지 보름만인 1897년 1월 12일 자 「독립신문」(제2권 4호) 4면에 다시 금계랍 광고가 나타났다. 그러나 이는 제물포(인천)에 있던 세창양행(世昌洋行)이라는 무역회사에 낸 4줄짜리 광고로, "世昌洋行 제물포. 셰계에 데일 죠흔 금계랍을 이회샤에서 만히 파니 누구던지 금계랍 쟝사 ᄒ고 스픈이는 이회샤에 와서 사거드면 도매금으로 싸게 주리다"라는 것이었다.

이러한 광고를 낸 세창양행은 앞서 말했듯이 독일인이 경영한 무역회사로, 1886년 2월 22일 자 「한성주보(漢城周報)」 제4호에 우리나라에서 신문에 최초로 광고를 낸 회사였다. 그러나 그 뒤 1896년 4월 7일 「독립신문」이 창간되었음에도, 이 신문에는 광고를 내지 않다가 8개월 뒤인 1897년 1월 12일 자 4면에 금계랍 광고를 내기 시작했는데, 당시는 거의 모든 광고들이 문안(文案)만으로 이루어졌다. 그러나 동년 5월 15일 자부터 세창양행은 종전의 금계랍 광고 문안 위에 두 개의 조그만 삽화, 즉 거북이 등에 올라탄 토끼 그림과 학(鶴)을 타고 피리를 부는 옥동자(玉童子) 그림을 곁들인 삽화 광고를 싣기 시작했다. 이는 비록 우리나라 최초의 삽화 광고는 아니었지만, 우리나라 신문광고 역사에서 선구적 역할을 했다.(＊)

기생충과 산토닌(santonin)

　작년에는 「기생충」이라는 영화가 많은 사람들의 입에 오르내리더니, 올해는 기생충 박사인 단국대학교 의과대학 교수가 인구(人口)에 회자(膾炙)하고 있다. 그런데 그는 기생충 박사답지 않게 전(前) 법무부 장관 조국(曺國)을 기생충에 비유하지 않고 '말라리아'에 비유한 글을 SNS에서 보았다.

　내가 초등학교에 다니던 1948~53년에는 사람들 뱃속에 여러 가지 기생충들이 참 많았다. 그래서 초등학교에서는 1년에 한 번씩 '산토닌(santonin)'이라는 구충제를 나누어 주면서 강제로 먹이다시피 했다. 그런데 이 약을 먹으려면 점심과 저녁 두 끼를 굶고 나서 그 이튿날 아침 공복에 먹어야 했다. 그 이유는 잘 모르겠으나, 아마도 밥을 먹은 뒤에 구충제를 먹으면 배가 잔뜩 부른 기생충들이 그걸 잘 먹지 않았기 때문이었던 것 같다.

초등학교서 나눠주는 산토닌 먹으면 회충이 쏟아져 나와

학교에 갔다가 귀가하면 밥부터 달라고 어머니를 동네방네 찾아다니던 초등학생들이 두 끼나 굶는다는 것은 일종의 고문(拷問)이었다. 그러나 학교에서 산토닌을 나누어주었다는 소식을 접한 어머니들이 아이들에게 밥을 줄 리는 만무했다. 그러자 내 친구 강식(康植)이는 울면서 집을 빙빙 돌아다니며 밥 달라고 데모(시위)를 벌이기도 했다.

산토닌 약을 먹고 나서 좀 있으면 변이 마려워진다. 변소에 가서 대변을 보면, 회충을 비롯하여 편충, 십이지장충, 요충, 분선충 등 온갖 기생충들이 쏟아져 나왔다. 그때는 거의 모든 가정의 변소들이 배변을 하면 그 아래 X통에 뚝뚝 떨어져 쌓이는 구식변소들이었다. 그래서 자기가 내보낸 거시기를 내려다볼 수 있었는데, 그 속에 기생충들도 보였다. 그중에서 가장 흔한 것은 회충이었는데, 이들은 커다란 지렁이처럼 생겼으나 흰색이었다. 이들이 완전히 죽지 않은 상태로 나와 변소통에서 꿈틀대는 것을 보면, 욕지기(구토증)가 나왔는데, 국화과 식물에서 추출했다는 산토닌은 기생충을 죽이지는 못하고 몸 밖으로 배출하는 역할만 했기 때문이다.

당시 우리나라 삼천만 동포의 뱃속에 온갖 기생충들이 들끓었던 이유는, 요즘처럼 백발백중 특효의 구충제가 없었기 때문일 것이다. 그러나 또 하나 주요 이유는 채소를 기를 때 인분(人糞)을 사용했기 때문이다. 그래서 인분에 섞인 기생충 알들이 채소에 묻어서 다시 사람 뱃속으로 들어갔다. 고로 채소를 충분히 삶아 먹지 않으면, 기생충 알들이 다시 사람 뱃속에서 사람들의 영양분을 빼앗아 먹으며 알을 낳고, 그것이 배출되어 채소를 기르는 거름으로 사용되면, 채소에 묻었다가 다시 사람 뱃속으로 들어가는 악순환을 되풀이했다. 그 결과, 우리나라 삼천만 동포의 뱃속에선 온갖 기생충들이 들끓었던 것이다.

1960년대 초에도 지금 신논현역 부근엔 밭마다 분뇨통

내가 대학교에 다니던 1960년대 초반만 해도 채소는 거의 인분으로 길렀다. 당시 나의 고등학교 절친인 이건일(李健一)은 지금 지하철 9호선 신논현역 근처에 살았다(지금도 거기 살고 있다). 그때 그곳은 시흥군 신동면 반포리 언구비였는데, 그의 집에 놀러 가서 보면 동네 채소밭 모서리마다 시멘트로 만든 커다란 분뇨통들이 설치되어 있었다. 그래서 서울에서 분뇨차들이 와서 그 분뇨통들에 거시기를 가득 채워 놓으면 농부들이 그걸 군인 헬멧으로 만든 똥바가지로 퍼다가 채소밭에 뿌리면서 채소를 길러 서울에 내다가 팔았다.

가을이 되어 김장 무우·배추까지 다 기르고 나면, 분뇨통들이 비게 되었다. 그러면 농부들은 거기에 '다쿠왕'이라고 부른 기다란 무들을 뽑아 넣고, 쌀겨와 소금을 뿌리고 그 위에 가마니 등을 덮고 숙성시켜 단무지를 만들었다. 그러면 시흥군청(始興郡廳) 위생과 직원들이 출장을 나와서 분뇨통에 숙성 중인 단무지를 파헤쳐 버리면, 농부들이 악다구니를 쓰면서 싸우곤 했는데, 그 장면을 나도 몇 번 목격한 바 있다.

이러한 장면이 언제까지 연출되었는지는 알 수 없다. 그러나 내가

1967년 9월 미국으로 유학 갔다가 5년 만인 1972년에 돌아와서 건일이가 사는 언구비를 찾아가 보았더니 그야말로 상전벽해(桑田碧海)가 되어있었다. 분뇨통들이 있던 밭들에는 대로(大路)가 뚫리고 그 주변에는 주택들이 즐비(櫛比)하게 들어서 있었다.

하지만 1960년대 후반까지도 우리나라에는 기생충 많았던 것 같다. 내가 미국에 유학 가서 학부생 기숙사에 살고 있을 때, 옆방에 생물학을 전공하는 학부 1학년 학생이 있었다. 1968년 5월 어느 날 그 녀석이 내 방을 찾아와서 왈(曰), "오늘 강의 시간에 교수님이 너희 나라 이야기를 했다"는 것이었다. 그래서 뭔가 좋은 이야기를 했는가 싶어 "무슨 이야기를 했느냐?"고 다그쳐 물어봤더니, 그 녀석 왈, "그 교수님 전공이 기생충학인데, 너희 나라에 기생충이 가장 많아서, 이번 여름방학에 너희 나라로 기생충 연구를 하러 간다"고 말했다는 것이었다. 이 말을 듣자 난 기분이 팍 상하고 창피한 생각이 들어서 그다음부터는 그 녀석을 슬슬 피해 다녔다.(※)

※ 매년 봄과 가을, 한 차례씩 구충제를 복용합시다.

도시락 단골 반찬 멸+콩

엊그제 잔멸치 한 박스가 우체국 택배로 우리 집에 도착했다.

정년퇴임 후, 전남 보길도로 낙향한 김민환 교수가 명절(설날) 선물로 올해도 어김없이 보내온 것이었다.

"보내주신 멸치를 볶아서 콩자반과 함께 잘 먹겠소. 멸콩."

이런 감사의 말을 핸드폰 카톡으로 날렸다.

곧바로 답신이 왔다.

"미제 베이컨과 함께 곁들여 드셔도 좋을 겁니다."

난 무슨 뜻인지 금방 알고 빙그레 미소 지었다.

거, 무슨 간첩들이 서로 주고받는 암호 같은 소리를 하느냐고 묻는 사람도 없지 않을 것이다. 하지만, 눈치 빠른 사람들은 아마도 '알겠다'는 회심의 미소를 지을 것이다.

늙은 세대는 도시락에 관한 추억 한 가지씩은 가져

지난 1월 18일, 모(某) 재벌그룹 부회장의 SNS에서 멸공 발언 이후, 멸치볶음과 콩자반을 함께 먹는 것도 이제는 눈치를 보게 되었다. 자칫 잘못했다가는 '우파반동'으로 몰리기 십상이기 때문이다. 참으로 살기 어려운 세상이다.

난 좌파도 우파도 아닌 경계인이지만 멸+콩은 지금도 무척 싫어한다. 내가 초등학교 때부터 대학을 졸업할 때까지 거의 16년 동안 맨날 점심 도시락을 싸가지고 다녔고, 도시락 반찬은 으레 반찬통 왼쪽에는 멸, 오른쪽에는 콩이었기 때문이다. 간혹 마른오징어를 가위로 잘게 썰어 간장에 볶은 것을 넣어주는 때도 있긴 하였지만.

그땐 선생님들의 도시락 반찬도 역시 그랬던 것 같다. 지금은 작고하셨지만 내가 잘 아는 분이자, 내 아내의 고등학교 은사로서 모 대학 학장을 역임했던 분의 별명이 '콩자반 선생님'이었기 때문이다. 그 선생님이 S 여고 교사로 재직할 때, 학생들과 함께 버스를 타고 어디를 가다가 버스가 급정거하는 통에 그 선생님의 도시락이 버스 바닥에 굴러떨어지면서 도시락 반찬이 쏟아졌는데 그게 콩자반이었다고 한다. 그래서 그 선생님 별명이 '콩자반 선생님'이 되었다는 것이 내 아내의 설명이었다. 이런 말을 처음 들을 땐 재미있다고 웃었지만, 지금 생각하면 왠지 모르게 마음 한구석이 짠해진다.

비록 반찬은 맨날 멸+콩인지라 지긋지긋했지만, 도시락 자체에 관한 추억은 그리 나쁘지 않다. 그때의 도시락에는 그 무엇인가 애잔한 그리

움과 같은 추억이 서려 있기 때문이다. 또한 '도시락'이란 말은, 비록 가난했지만 그래도 즐거웠던 어린 시절을 회상시켜 주기 때문이다.

나이가 40대 이상이라면 그 누구나 아마도 도시락에 얽힌 추억이나 에피소드를 한두 가지쯤은 갖고 있으리라. 선생님의 도시락 검사, 남의 도시락 반찬 빼앗아 먹기, 3교시가 끝나면 미리 도시락을 먹어 치운 탓에 점심시간에는 쫄쫄 굶어야 했던 일, 겨울애는 난로에 도시락을 뜨끈뜨끈하게 데워 먹던 일 등등….

1960년대까지만 해도 쌀이 턱없이 부족하여 정부에서 잡곡 섞어 먹기를 강요하며 점심시간이면 선생님들이 학생들의 도시락을 검사해서, 만약 잡곡밥을 싸 오지 않으면 벌을 주기도 했다. 그래서 어떤 아이들은 도시락에 먼저 쌀밥을 담은 뒤에, 그 위에다가 삶은 콩을 여기저기 박아 놓아서 잡곡밥으로 위장하기도 했다.

겨울엔 학교 난로 위에다 도시락을 덥혀 먹었지

도시락에 대한 추억을 한 가지만 들라고 한다면, 난 난로에 도시락을 덥혀 먹던 것을 들고 싶다. 내가 중고등학교에 다닐 때만 해도 도시락은 양은이나 알루미늄이라는 얇은 금속판으로 만든 것으로, 모양은 직사각형이었고, 크기는 국판형 참고서(가로 15×세로 21×높이 3cm)만 했다. 물론 보온은 전혀 되지 않았다. 그래서 겨울에는 교실마다 피워 놓는 장작이나 석탄 난로 위에 도시락을 올려놓고 덥혀 먹었다. 3교시가 끝나면, 학생들이 자기 도시락을 재빨리 난로 위에 올려놓았다. 그러면 아래

쪽에 놓은 도시락의 밥과 반찬은 타면서 음식 냄새가 온 교실을 진동시켜 선생님들이 질색하셨다. 그러나 선생님이 4교시 수업을 열심히 하시는 동안, 난로 위에서 뜨끈뜨끈하게 데워진 도시락을 점심시간에 까먹는 맛은 그야말로 진수성찬 부럽지 않았다.

난 중학교까지는 강원도 시골에서 다녔다. 그때 시골에선 책가방이 무척 귀해서 거의 대부분의 학생들은 '책보'라는 보자기에 교과서와 공책(노트북) 등을 싸서 들고 다녔다. 그러다가 등교 시간에 좀 늦을성싶으면 책들을 책보에 둘둘 말은 다음, 책보의 양 끝을 허리에 질끈 동여매고 냅다 내달렸다. 이런 날은, 점심시간에 점심을 먹으려고 도시락 뚜껑을 열어보면 반찬과 밥이 온통 뒤섞여 자동적으로 비빔밥이 되어있었다. 그래도 그 맛은 꿀맛이었다.

하교할 때도 책들을 책보에 둘둘 말아서 허리에 동여매거나 또는 마치 어깨띠를 두르듯이 대각선으로 어깨에 메고 친구들과 달음박질하면서 귀가하는 경우가 많았다. 그러면 빈 도시락의 반찬통이 이리저리로 마구 굴러다니면서 왈캉달캉 댕그랑뎅그렁 요란한 소리를 냈던 생각이 난다.

물론 그땐 요즘 같은 보온 도시락이나 마호병이니 하는 것은 공상과학소설 속에서도 찾아볼 수 없었다. 그래서 점심시간이 되면 대부분 찬밥과 찬물을 먹었다. 물(음료수)은 매일 당번이 한 말(10ℓ) 짜리 커다란 주전자를 들고 우물에 가서 두레박으로 물을 퍼 올려서 교실로 길어다 놓았다. 그러면 그 물을 주전자 꼭지로 빈 도시락에 따라서 마셨다. 모두가 호랑이가 담배 피던 시절 이야기이다. 그러나 그때가 왠지 그립기도 하다.

멸치볶음과 콩자반이라는 소리만 들어도 기겁하면서 입에 거품을 무는 모(某) 좌파 인사 왈, "남조선과는 달리, 북조선에서는 해방 직후 친일파와 일제 잔재를 모두 말끔히 청산해 버렸기 때문에 토착 왜구가 한 놈도 없다"기에 난 그런 줄로만 알았다. 그런데 며칠 전, 탈북민이 꾸리는 유튜브를 보다가 깜짝 놀랐다. 북조선에는 '도시락'이라는 우리말은 없고, 아직도 일본말로 '벤또'라고 부른다는 것이다. 북조선 인민들은 '벤또' 반찬으로 '다꾸왕'(단무지)을 먹는지, 아니면 남한 국민들처럼 멸치볶음과 콩자반도 먹는지 궁금하다.(＊)

내 어릴 적 게임 노래

　얼마 전 세계적으로 히트한 넷플릭스 드라마 「오징어 게임」(감독 황동혁)을 흥미 있게 보았다. 이를 보면 '무궁화꽃이 피었습니다'를 비롯하여 우리나라의 여러 가지 게임들이 나온다. 이들과는 성격이 좀 다르긴 하지만, 내가 어렸을 때도 여러 게임을 하며 놀았다. 그러나 70~80년이 지나고 보니까 그때 게임을 하며 부르던 노랫말들도 거의 잊어버리고 말았다. 하지만 가끔 불현듯 몇 구절이 머리에 떠오르기도 한다. 그 중 하나는 내가 어릴 적에 어머니와 마주 앉아 서로 손목을 맞잡고 밀었다 당겼다 하며 함께 불렀던 '풀목 딱딱'이라는 놀이의 가사이다.

　　풀목 딱딱
　　어디 갔다 오다가 밤 한 톨을 주워서
　　실궁 끝에 티쳤더니
　　생쥐가 물어가서 생쥐를 잡아서 실궁 끝에 티쳤더니
　　고양이가 물어가서 고양이를 잡아서 실궁 끝에 티쳤더니

개가 물어가서 개를 잡아서 실궁 끝에 티쳤더니

돼지가 물어가서 돼지를 잡아서 실궁 끝에 티쳤더니

소가 물어가서 소를 잡아서 냠냠.

아이구 맛있다.

'풀목 딱딱'은 무슨 말인지 모르겠으나, '실궁'은 '시렁', '티쳤다'는 '위로 던졌다'는 뜻의 평안도 사투리이다. 나의 어머니는 피양(평양) 출신이었다. 20대 후반에 남한으로 이주하셨으나, 94세에 돌아가실 때까지 피안도(평안도) 사투리를 끝내 고치지 못하시고 평생 니북(북한) 말을 쓰며 사셨다.

그때 내가 몇 살이었지는 정확히 기억나지 않는다. 아마도 너더댓 살 무렵이었을 것으로 추정된다. 내가 어머니에게 "풀목 딱딱하자"고 조르면 어머니는 일손을 멈추시고 나와 마주 앉아 나의 손목을 맞잡고 밀었다 당겼다 놀아주면서 위와 같은 노래를 함께 불렀다.

밤 한 톨이 마침내 소가 되자 잡아서 냠냠하고 먹으며 "아이구 맛있다"고 할 때는 실제로 입맛까지 다시곤 했다. 이렇게 소 몇 마리를 맛있게 잡아먹고 나면, '풀목 딱딱' 놀이가 점점 시들해지며 재미없게 되었다. 그러면 내일 또다시 하기로 약속하고 어머니의 손목을 놓았다.

주로 어머니와의 놀이었던 '풀목 딱딱'과는 달리, 작은누나와 놀았던 '하날 똥 두알 똥'이라는 놀이의 가사도 생각난다. 이 놀이는 작은누나와 마주 앉아 두 다리를 하나씩 상대방 다리 사이에 뻗은 다음, 누나가 모두 네 개의 우리 다리들 중에서 무작위적(랜덤)으로 한 다리를 손바닥으로 살짝 두드리기 시작하여 네다리를 순서대로 하나씩 차례로 두드리며 나갔다가 다시 반대 방향으로 되돌아오며 노래를 부르는 것이었는데, 그 노랫말은 아래와 같았다.

하날 똥 두알 똥

삼사 네피

오도독 빠드득

제구사니 구사니

종제비 팔땅

이 노래는 보다시피 모두 열 개 음절로 구성되었다. 하날 똥(하나), 두알 똥(둘), 삼사(셋), 네피(넷), 오드득(다섯), 빠드득(여섯), 제구사니(일곱), 구사니(여덟), 종재비(아홉), 팔땅(열). 그리하여 열 번째 음절인 '팔땅'에 끝나는 다리의 임자(주인)가 일종의 술래가 된다. 그러면 술래는 사전 약속에 따라 꿀밤을 맞기도 하고, 심부름을 하기도 하고, 또는 자기가 가진 밤톨 하나를 상대방(승자)에게 주기도 하는 게임이었다.

이 게임도 노랫말을 보면 본래는 평안도 지방 것으로 어머니가 우리에게 가르쳐 준 것 같다. 이 노랫말의 일부를, 평안도 출신(부모님)인 내 아내도 기억하고 있는 것으로 미루어 볼 때, 평안도 지방에서는 널리 불렸던 것 같다. 그러나 '제구사니', '구사니', '종제비', '팔땅' 등등의 낱말이 무슨 뜻인지는 통 모르겠다.

어머니가 피안도 출신인 까닭에 우리 가족은 윷놀이 용어도 피안도

식으로 불렀다. 알다시피 윷 패의 5개 이름은 도·개·걸·윷·모이다. 그러나 우리 집에서는 모는 '메', 윷은 '쑹'이라고 불렀다. 그래서 도·개·걸·쑹·메라고 불렀다.

내가 어렸을 때 음력 정월이 되면 저녁밥을 먹은 뒤 어머니가 우리 6남매를 모아놓고 윷놀이를 하곤 했다. 윷은 나무막대로 만든 것이 아니라, 약간 기다랗고 납작한 강낭콩을 절반으로 쪼개 만든 것이었다. 이들을 방석 위에다 던지되, 그냥 던지는 것이 아니라 토시(추위를 막기 위해 팔뚝에 끼는 것) 한쪽을 손으로 세워 잡고, 강낭콩 윷들을 손바닥 안에 움켜쥐고 흔들다가 토시 구멍 속으로 던져 넣으며 "메냐? 쑹이냐? 상사 두르메"라고 외쳤다. 그런 다음, 토시를 들어서 치우면 도인지, 개인지, 걸인지, 쑹인지, 메인지 판결이 났다. 조마조마했던 그 순간의 스릴은 아직도 마음속에 짜릿하게 느껴지는 것 같다.

모두 벌써 80년 전의 덧없는 옛이야기들이다. 그러나 아직도 '풀목딱딱'이니, '하날 똥, 두알 똥' 등의 놀이와 그 노랫말이 가끔 기억나곤 하는 것은 어인 까닭일까? 이들 노래가 언제부터 불렸는지는 알 수 없다. 만약 나의 어머니가 어렸을 때부터 불렀던 것이라면, 어머니는 1912년 임자생(壬子生)이니까 최소한 1백 년이 넘는 놀이의 노래들이다. 그러나 내가 죽고 나면, 이들 노래는 이 세상에서 흔적도 없이 영원히 잊히고 말 것이다. 내 자식들에게도 전수해 주지 못했기 때문이다. 또한 북한에서도 어린이들에게 어버이 수령 찬가만 가르쳤지, 케케묵은 봉

건 동요를 가르칠 가능성은 전무하기 때문이다. 그래서 여기 그 노랫말
들이라도 적어 본다. 그러면서 이것이 혹시 한 줄의 기록으로라도 후세
에 전해졌으면 하는 생각도 해 본다. 허나 이런 바람은 망구(望九) 노옹
의 한낱 부질없는 망상에 불과할 것이리라.(✳)

누렇게 빛바랜 초교 졸업사진

　죽기 전에 내 사진들도 좀 정리해 놓으려고 오래된 사진첩을 들추었다. 누렇게 빛이 바랜 초등학교 졸업사진이 눈에 들어왔다.

　　갑천초등학교 제28회 졸업생기념. 4287.3.22

　사진 아랫부분 여백에 이런 캡션(사진설명)이 한자로 백발로 적혀 있다. 그러니까 이 사진은 단기 4287년 3월 22일에 박은 것이었다. 당시는 학년 말이 3월 말이었고, 새 학년 1학기는 4월 1일 시작되었다. 때문에 졸업식은 대개 3월 하순에 했다. 그래서 우리도 단기 4287년 3월 22일 졸업사진을 찍었던 것 같다.

　당시 우리나라는 오늘날처럼 서기(西紀)를 사용하지 않고(1962년부터 사용), 우리나라 시조 단군왕검이 고조선을 세운 해를 기원으로 하는 '단기'(檀紀)를 사용했는데, 단기 1년은 서기로 기원전 2333년이었다. 그래서 단기를 서기로 환산하려면, 단기에서 2333년을 빼면 되고, 반대로 서기를 단기로 환산하려면 서기에다가 2333을 더하면 되는데, 이것이 나의 초등학교 시절에는 산수(수학) 시험에 자주 나오는 단골 문제였다.

졸업사진에 박혀 있는 동창생들의 그리운 얼굴

졸업사진의 크기는 가로가 15cm, 세로가 11cm로 매우 작아서 졸업생들의 얼굴이 콩알만 해서 잘 보이지 않았다. 그러나 내 눈에는 누가 누군지 그 얼굴들이 환하게 떠올랐다.

사진 맨 앞줄에는 여학생들이 모두 한복 치마저고리를 차려입고, 맨땅 위에 가마니를 깔고 그 위에 한쪽 무릎들을 세우고 나란히 쭉 앉아 있다. 세어 보니 모두 열두 명이다. 그런데 그 뒷줄을 보니 선생님들 오른쪽(사진 전면에서 보았을 때)에 두 명의 여학생이 더 보인다. 이들은 아마도 앞줄에서 밀려나서 거기 앉은 것 같다. 도합 열네 명의 여학생들 사진을 들여다보니 얼굴에 대한 기억은 생생한데, 이름은 노복희·박승자·원현숙 밖에 통 생각이 나지 않는다.

사진 둘째 줄을 보니, 교장 선생님을 중심으로 그 좌우의 의자에 선생님들이 쭉 줄지어 앉아 있다. 교장 선생님을 포함하여 모두 여덟 분이며, 그중 두 명은 한복을 입은 여선생님이다. 교장 선생님 바로 오른쪽에는 우리 6학년 담임이었던 권 선생님이 앉아 있는데, 죄송하게도 그의 이름이 갑자기 생각나지 않는다.

교장 선생님은 어떤 학교를 나오셨는지 모르겠다. 그러나 우리 담임 권 선생님은 당시 일곱 명의 선생님(교장 선생님 제외) 중에서 유일하게 춘천사범학교를 나온 엘리트 교사였다. 그래서 6학년 담임을 맡았다는 소문도 돌았다. 다른 선생님들은 사범학교 아닌 다른 고등학교를 나왔고, 그중 강사 선생님 한 분은 중학교만 졸업했다고 했다.

당시 초등학교 교사가 되는 정식 코스는 사범학교를 나오는 것이었다. 그때 사범학교는 오늘날의 교육대학과는 달리, 고등학교와 똑같은 3년제였다. 따라서 중학교를 졸업하고, 사범학교에 입학해서 3년 동안 공부하고 졸업하면 초등학교 2급 정교사 자격증을 주었다. 내가 고등학교에 입학할 당시에도 사범학교에 들어가기가 무척 어려웠다. 그때는 초등학교 선생님이 시골에서는 최고의 지성인으로 존경받은 데다가 사범학교에서는 수업료를 받지 않고, 장학금까지 주었기 때문이다. 그래서 시골 중학교의 가난한 수재들이 사범학교에 많이 진학하는 통에 소위 '커트 라인'이라는 것이 무척 높았다. 때문에 사범학교에 지원했다가 낙방을 해도 자랑거리가 되었다.

우리 동네 형 하나는 자기가 '춘사(춘천사범학교)'에 지원했다가 떨어진 사람이라고 우리 후배들에게 자랑해 쌓고 다녔다. 비록 낙방은 했지만 자기가 춘천사범학교에 지원할 정도로 공부를 잘했다는 것이었다. 그런데 나보다 한 살 많은 나의 형수(김정희)는 '춘사' 출신으로 우리 집에 시집올 당시는 횡성초등학교 정교사였다(나도 자랑).

졸업사진 이야기하다가 잠시 삼천포로 빠졌다. 다시 졸업사진 이야기로 돌아가 보자. 셋째 줄부터 다섯째 줄까지 세 개 줄에는 남학생들이 쭉 늘어서 있는데, 숫자를 세어 보니 모두 마흔한 명이다. 그런데 셋째 줄 맨 오른쪽에 서 있는 남자를 가만히 들여다보니, 그는 졸업생이 아니라, 열일곱 여덟 살 났던 우리 학교 사환이다. 그의 주요 업무 중 하나는 각 교시가 시작되고 끝날 때마다 교무실 앞에 달린 학교 종을 땡땡 치는 것이었다. 그때 교무실로는 전란 때 겨우 폭격을 면한 교장 선생님 관사의 사랑방을 사용하고 있었다.

그건 그렇고 우리들 졸업사진에도 함께 찍혀 있는 그 사환 형을 나는 되게 싫어했다. 한겨울 어느 날 저녁, 나와 동네 친구 몇이 강식이네 집에 모여 몰래 화투놀이를 하다가 밤늦게 집에 가려고 방 밖으로 나와 보니 마루 아래 댓돌 위에 벗어 놓았던 내 신발이 보이지 않았다. 유독 내 고무신만 사라진 것이었다. 할 수 없이 강식이의 헌 검정 고무신을 빌려 신고 집에 왔다. 이튿날 아침 학교에 갔더니 담임 선생님의 호출이 날 기다리고 있었다. 난 영문도 모른 채 덜렁덜렁 교무실로 갔더니, 선생이 내 고무신을 보여 주며 쪼그만 학생 놈들이 화투놀이를 했다고 야단쳤다. 우리가 화투를 쳤다는 사실을 선생님께 고자질한 장본인은 바로 그 사환 형이었음을 직감적으로 알 수 있었다. 그가 엊저녁에 내 고무신을 증거물로 몰래 가져다가 오늘 아침에 선생님께 꼬나 받쳤던 것임이 틀림없었다. 내가 그를 범인(?)으로 지목했던 것은 그도 날 싫어했기 때문이기도 한데, 그가 마치 선생님이나 되는 양 우리 학생들에게 잔소리를 해 쌌자, 내가 한번은 대든 적이 있기 때문이다.

졸업사진을 다시 들여다보니, 남학생들의 복장이 특히 눈에 띄었다. 모두 마흔 명 중에서 아홉 명만 양복을 입었고, 나머지 31명은 모두 바지저고리에 주로 검은색 조끼들을 입고 있다. 나는 양복을 입고 맨 뒷줄 중간에 서 있는데, 키가 제일 커 보인다. 그러나 당시 난 실제로는 우리 6학년에서 다섯 번째로 키가 컸다. 그런데 사진기사가 사진기 셔터를 누를 때, 아마도 내가 발뒤꿈치를 들어서 제일 키가 커 보이게 되었던 같다. 내 사진 뒤로는 초가지붕이 보이는데, 그게 바로 내가 공부했던 교실의 지붕이었다. 이걸 보니까 그 시절 생각들이 새록새록 되살아나기 시작했다.

초등학교 때 기억들도 졸업사진에 각인돼 있어

1950년 6월 25일 한국전쟁이 일어났을 당시, 난 강원도 횡성군 횡성 읍내에 있는 횡성초등학교 5학년에 다니고 있었다. 그러나 전쟁이 일어나자 우리 가족은 충청북도 보은까지 피난 갔다. 거기서 나는 거의 2년 동안이나 빈둥거리고 놀다가 1952년 4월 속리초등학교 5학년에 들어가서 1년 동안 다녔다. 그러다가 이듬해 4월 관기초등학교로 전학을 갔다.

1953년 7월 27일 휴전이 되자, 가친이 먼저 강원도로 복귀하여 횡성군 갑천면 면소재지인 매일리에 약방을 차려 놓고 나서, 그해 10월, 보은에 있던 우리 가족들을 갑천으로 데리고 왔다. 그리하여 난 갑천초등학교로 전학하게 되었던 것이다. 학교에 가 보니, 본래의 교사 건물들은 모두 폭격을 맞아 몽땅 타버리고, 그 터 위에다가 임시로 초가집 세 칸을 짓고 거기서 수업하고 있었다. 그것도 고학년(4~6학년)만 그랬고, 저학년(1~3학년)은 미군이 준 군대 천막을 치고 그 안에서 공부했다. 겨울에 천막 안에 장작 난로를 피우면 실내의 더운 공기가 올라가서 차가운

천막 천정에 닿으며 물방울이 생겨 아래로 뚝뚝 떨어지면서 학생들의 옷은 물론, 교과서와 공책(노트북)까지 적셨다.

우린 그래도 6학년이라고 특별대접을 해주어 임시로 지은 초가 교실에서 공부했다. 창문들에는 유리가 없어서 그 대신 창호지를 발라 놓아서 교실 안은 어두컴컴했다. 책상과 걸상도 없어, 흙바닥에 가마니를 깔고, 그 위에 '유엔목(유엔에서 보내준 구호 목재)'이라고 부른 기다랗고 넓적한 나무판자 몇 개를 약 40센티 미터 높이로 걸쳐 놓고, 그걸 여러 학생들이 공동책상으로 삼아서 공부했다. 그리고 걸상 대신, 교실 땅바닥에 가마니를 깔고 그 위에 앉아 공부했다. 한겨울에는 가마니 밑 땅바닥에서 냉기가 올라와서 엉덩이가 시려왔다. 그러면 쉬는 시간에 학교 옆 논으로 나가서 모닥불을 피워 놓고 엉덩이도 녹이는 한편, 모닥불 속에 넓적한 돌멩이를 넣어서 뜨끈뜨끈하게 달군 다음, 그걸 교실로 들고 와서, 앉는 자리의 가마니 밑에 놓고 깔고 앉으면 엉덩이가 뜨듯해졌다. 그러나 돌을 너무 달구어오면 엉덩이가 너무 뜨거워 마치 똥 마려운 강아지처럼 엉덩이를 '들었다 놓았다' 하다가 '수업 자세가 불량하다'고 선생님의 꾸중을 듣기도 했다.

학교가 끝나면, 겨울에는 냇가로 나가서 친구들과 앉은뱅이 '쓰께(스케이트의 일본말)'를 타며 저녁 늦게까지 신나게 놀았다. 앉은뱅이 쓰께는 앉은뱅이 나무 의자 같이 만든 것 밑에 약 10cm 높이의 발을 달고, 그 밑창에 굵은 철사줄을 대어서 얼음 위에서 잘 미끄러지도록 한 것이었다. 당시는 목장갑도 매우 귀해서 앉은뱅이 쓰께를 탈 때, 얼음을 지치는 쇠꼬챙이를 맨손으로 쥐었는데, 손이 무척 시렸다. 그러면 얼은 손을 가끔 입으로 호호 불면서 쓰께를 타곤 했다.

그러다가 누군가가 기발한 아이디어를 내어서, 빈 깡통을 구해다가 그 둘레에 수십 개의 구멍을 뚫고, 그걸 앉은뱅이 쓰께 앞에 달았다. 그리고 냇가에서 마른 소똥들을 주어다가 빈 깡통 안에 넣고 불을 붙이면 서서히 타면서 열을 발산했다. 그러면 그 쇠똥 불에 얼은 손을 쬐면서 쓰께를 타면 추위를 많이 줄일 수 있었다. 그러나 쇠똥 연기에 콧구멍이 온통 새까맣게 되었고, 가끔은 쇠똥 불에 바지를 태우는 통에 어머니에게 꾸중을 듣기도 했다. 그러나 이제는 모두가 70년 전의 지나간 일들이다.

졸업사진에 찍힌 도합 54명의 내 동창들은 지금 어디서 어찌들 살고 있을까? 졸업 후 그간에 대부분 연락이 끊겨 몇몇을 제외하고는 생사조차 알 수 없다. 이젠 나이가 모두 여든을 넘겼으니, 하늘나라로 간 친구들도 적지 않으리라. 모두들 그립다. 하늘나라에서라도 다시 만나보고 싶다.(*)

옛 시절 나무꾼과 콩나물 해장국

설날이었다. 코로나 땜에 큰딸아이만 찾아왔다. 이 얘기 저 얘기하다가 딸아이가 지 엄마하고만 수다를 떨기에 뻘쭘해진 나는 슬며시 일어나서 안방에 들어가 침대에 누워 유튜브를 보다가 그만 잠이 들어버렸다. 한참 동안 늘어지게 자고 나서 잠은 깨었으나 비몽사몽(非夢似夢) 상태로 누워있는데, 머리맡에 놓아두었던 '핸드폰'이 울렸다.

전화를 받았더니 "차배근이냐?"는 것이었다. "그렇다"고 했더니 저쪽에서 왈 자기는 "갑천초등학교 동창생 권만수"라고 했다. "권만수? 권만수?" 난 통 생각나지 않았다. 그렇다고 해서 '모른다'고 할 수도 없어, 아는 척하면서 기억을 되살려보려고, "너, 병지방 가는데 밤골에 살았지?"라고 물으니까 자기는 "잔골에 살았다"는 것이었다. 그래서 "아, 그래, 너 잔골 쌍둥이네 집 아래 살았지!" 하고 아는 척했더니 "그건 허진 구였고, 난 그 아래 동네에 살았다"는 것이었다. 미안하고도 민망하게 난 계속해서 헛다리만 짚고 말았다.

설날 아침 초등학교 동창생으로부터 받은 뜻밖의 전화

권만수는 부산에서 목사님을 하다가 일흔 살에 은퇴하고 지금은 봉사활동만 하고 있다는 것이었다. 별안간 내 생각이 나서 이 친구, 저 친구한테 전화를 걸어 내 전화번호를 알아냈다고 한다. 그와 전화 너머로 초등학교 때 이야기를 늘어놓으면서, 난 생각하기를, 그가 나에게 몇십 년 만에 전화한 것은, 내가 그에게 잘 해줘서 아직까지 날 잊지 못해서였거니 지레짐작했다. 그런데 전화를 끊기 전에 그가 나에게 한 말은, "배근아, 넌 공부는 잘했지만 너무 짓궂어서 날 많이 괴롭혔지"하는 것이었다. 아뿔싸! 내가 그랬다면 늦게나마 용서를 빈다. "차배근이란 놈이 초등학교 때 날 괴롭혔으니, 처벌해 달라"고 청와대 청원게시판에 제발 올리지는 말아 주기 바란다.

만수가 살던 '잔골'이라는 마을은, 내가 살던 갑천 면소거리에서 냇물을 건너 오른쪽으로 쭉 들어가면 있었다. 냇물 이름은 갑천(甲川)이었는데, 삼한 시대 말기에 진한(辰韓)의 마지막 왕인 태기왕이 신라의 시조 박혁거세에게 쫓겨, 이곳까지 와서 갑옷을 빨았다고 해서, '갑천'이라고 부른다는 전설이 있다. 그래서 이곳 행정구역명 역시 갑천면(甲川面)이다.

갑천 냇물 건너 마을 잔골의 산골짜기에는 소나무가 많았다. 그래서 이 마을 사람들은 소나무를 베어 장작(통나무를 길게 잘라서 쪼갠 땔나무)을 만들어서 갑천 면소거리에 내다가 파는 '나무꾼'들이 많았다. 이들은 통상 이른 아침에 장작 짐을 지고 왔다. 그러면 면소거리 사람들이 냇가

제방에 나가서, 나무꾼들과 장작값을 흥정한 다음, 흥정이 이루어지면 나무꾼들을 집으로 데리고 와서 나무 짐을 내려놓게 했다.

당시 이처럼 장작을 사는 일을 우리 집에서는 내가 담당했다. 그건 내가 초등학교 6학년 때부터 중학교 1~2학년 때까지였다. 그렇다고 매일 장작을 산 것은 아니며, 집에 장작이 떨어질 만하면, 어머니가 "낼 아침 장작 좀 사오거라"고 하면, 난 아침 일찍 일어나서 눈곱을 비비면서 냇가에 나가 있다가 저만치 나무꾼이 나타나면 뛰어가서 우리 집으로 데려오는 것이 내 임무였다. 이렇게 장작을 사는 일은 주로 겨울에 이루어졌다. 그래서 추운 겨울 새벽에 일찍 일어나서 냇가에 나가서 나무꾼을 데려왔는데, 허탕을 치는 날도 적지 않았다. 그건 나무꾼들이 오지 않는 날도 있었고, 비록 왔다고 하더라도 "뛰는 놈 위에 나는 놈"이 먼저 나무꾼을 채가는 일이 항상 있게 마련이었기 때문이다.

상윤이 증조부모님네 해장국집 손님들의 양심

나무꾼 이야기가 나오니 김상윤(金相潤) 생각이 난다. 그는 내 고등학교 단짝이었는데, 홍제동에서 홍은동으로 넘어가는 고갯마루에 살았다. 그곳에 가 본 지 근 50년이나 되는 것 같다. 그간에 홍은동이나 구파발에 가 본 적은 몇 번 있으나 지하철을 타고 갔기 때문에 어떻게 변했는지 통 알 수 없었다. 그러나 내가 대학교 3학년 때인 1964년 때까지 상윤이네 집에 갈 때는 홍제천을 건너 구파발 방향으로 버스로 한 정거장을 더 가면 홍은동으로 넘어가는 야트막한 고개가 나왔다. 버스 정거장 이름이 무엇이었는지는 생각이 나지 않으나, 아마도 '산골광산 앞'이었던 것 같기도 하다. 거기 고갯마루 오른쪽에 동굴이 있었는데, 그게 바로 산골광산이었기 때문이다.

산골(産骨)이란 '생골(生骨)'이라고도 불렸는데, 뼈를 다쳤을 때 물에 타서 마시는 한방(韓方)약으로 일종의 돌가루였다. 이러한 산골을 캐던 산골광산은 상윤이네 것이었다. 이곳이 예전에는 고양군이었으나, 서울특별시로 편입되자 서울 지역 유일의 광산이자 제1호 광산이 되었다고 한다. 이러한 산골광산 맞은쪽을 보면 바위산 아래 세 채의 커다란 기와집들이 동쪽을 향해 나란히 붙어 있었다. 그중에서 북쪽의 가장 큰 기와집이 상윤이네 집이었고, 나머지 두 채는 상윤이네 작은집들이었다. 상윤이 둘째 작은 집에는 얼굴이 곱상한, 상윤이 사촌 누나가 있어 나의 마음을 설레게 만들기도 했다. 그러나 그녀는 나보다 나이가 많았기 때문에 나를 동생 취급하며 남자로 상대해 주지도 않았다.

내가 대학교 2학년 때인 1961년 늦가을 상윤이 할머니가 돌아가셨다. 그래서 문상을 가서 밤을 지새운 적이 있다. 그때 인근의 동네 노인네들이 문상을 와서 대화를 나누고 있었다. 그중 나이가 지긋한 노인 한 분이 상윤이네가 어찌하여 부자(富者)가 되었는지 그 내력을 이야기하고 있었다. 가만히 엿들어보았더니 상윤이 증조부와 증조모가 옛날에 이곳에서 나무꾼들을 상대로 콩나물 해장국집을 해서 큰돈을 벌어서 고래등 같은 기와집을 세 채나 지었다고 한다.

당시 서울 장안에 공급하는 땔감들은 주로 홍은동 쪽에서 넘어왔는데, 새벽이면 나무꾼들이 장작이나 솔가리를 한 짐씩 지게에 지고 서울로 팔러 가다가 홍은동 고갯마루에 다다르면 나뭇지게를 길가에 받쳐 놓고 상윤이 증조부네 해장국집으로 들어왔다고 한다. 그러면 들어오는 대로 큰 국사발에 해장국을 듬뿍 담아 주면 그걸 먹고 돈도 내지 않고, 이름도 적어 놓지 않은 채 나가서 다시 나뭇짐을 지고 서울 시내로 들어갔다고 한다. 그런데 나무꾼들은 서울 장안에 가서 땔감을 팔고 돌아갈 때 상윤이 증조부네 해장국집에 들러 아침에 먹은 해장국 값을 꼬박꼬박 내고 갔다고 한다. 해장국값을 내지 않고 가는 사람은 하나도 없었다는 것이다. 이런 이야기를 하며 그 노인네는 옛날 나무꾼들의 그러한 양심이 이제는 모두 사라진 데 대하여 아쉬움을 토로하는 듯 긴 한숨을 내뱉었다.

확 바뀐 청진동처럼 연료도 나무에서 가스 등으로 바뀌어

언제까지 그랬는지는 알 수 없으나, 옛날에 서울 교외에서 시내로 들어오는 땔감들의 집결지는 종로의 청진동이었다고 한다. 나무꾼들이 서울 장안으로 들여오는 땔감에는 크게 세 종류가 있었다. 첫째는 장작이었는데, 이는 앞서 말했듯이 소나무 등의 통나무를 길게 잘라서 쪼갠 땔나무로서 가장 대표적인 땔감이었다. 둘째는 솔가리였다. 이는 소나무에서 떨어진 마른 솔잎으로서, 내 고향 강원도 횡성에서는 '솔갈비'라고 불렀으나, 고장에 따라 '솔가리', '솔갈비', '소가래', '솔가시', '솔갈루' 등으로 불렀다고 한다. 셋째는 싸리나무였는데, 이것은 내가 중학교 3학년 때인 1957년 겨울에도 서울 시내에서 트럭에 가득 싣고 다니면서 팔았다.

나무꾼들이 온갖 땔감들을 지게에 지고 청진동에 와서 나무지게를 지게 작대기로 받쳐 놓고 있으면, 거간꾼들이 와서, 땔감을 살 사람들과 흥정을 붙여주고 구전(口錢)을 받았다고 한다. 내가 대학교 때 우리나라 최고의 아버지나 영감역 배우였던 김승호 씨가 라디오방송에 나와서 하는 것을 들은 이야기인데, 그의 아버지가 옛날에 청진동 골목에서 땔감나무 거간꾼 노릇을 했다고 했다.

땔감 중에서 솔가리는, 나무꾼들이 산에서 땅에 떨어진 솔잎들을 갈퀴로 긁어 지게에 실을 때 그 속에 나뭇가지나 마른풀 등의 검불을 잔뜩 집어넣고 겉에만 솔잎들을 붙여서 보기 좋게 솔가리 짐을 만들었다고 한다. 그래서 이런 솔가리를 거간꾼들이 흥정붙일 때는 지게 작대기로 솔가리 짐을 쿡쿡 찔러서 솔잎과 검불이 각각 얼마나 섞였는지를 감정해서 값을 매겨 주었다고 한다.

나무꾼들은 서울로 들어오다가 중간에서 해장국을 먹고 오기도 했지만, 청진동에 와서 땔감을 팔고 나서 아침으로 해장국을 먹었다. 그래서 청진동 해장국이 유명하게 되었다고 한다. 나도 대학교 다닐 때 그 전날 저녁에 술을 잔뜩 마시게 되면, 그 이튿날 아침 청진동에 들려 선지가 듬뿍 든 해장국 한 그릇을 사 먹고 등교하기도 했다. 그런데 언젠가 내가 청진동에 가봤더니 그 옛 골목은 흔적도 찾아보기 힘들었다. 왠지 서글픈 생각이 들었다.

청진동이 확 바뀌었듯이 그간에 취사나 난방용 연료도 확 바뀌어 요즘은 모두가 나무 대신 전기나 가스 또는 기름을 사용하고 있다. 이는 시골에서도 마찬가지이다. 재작년에 시골 고향에 내려가 봤더니 집집마다 취사는 프로판 가스로, 난방은 연탄이나 난방용 석유로 하고 있었다. 그래서 집 옆 산속에 죽은 나무들이 지천으로 깔려 있는데, 왜 나무를 사용하지 않고, 값비싼 프로판 가스와 난방용 석유를 사용하느냐고 물었다. 그랬더니 "바보 같은 소리 작작하라"는 식의 대답이 돌아왔다. 땔나무는 하루 종일 해 봐도 사흘밖에 못 때지만, 나무하는 대신 하루 동안 날품을 팔면 그 품삯으로 한 달 치 난방유나 취사용 프로판 가스를 살 수 있는데, 그 어떤 바보가 산에 가서 힘들게 나무를 하겠느냐는 것이었다. 난 잘 알지도 모르고, 괜스레 한마디 했다가 그만 바보가 되고 말았다.

우리나라 산에 나무들이 울창하게 된 것은 물론 산림녹화사업 때문이었다. 하지만 나라 경제가 발전하면서 땔감이 나무에서 연탄, 가스, 기름, 전기 등으로 바뀌었기 때문인 것도 같다. 예전에 우리나라가 못 살때는 산들이 헐벗어서 거의 민둥산이었다. 그때는 백성들이 가난하여 산에 가서 나무를 베어다가 땔 수밖에 없었기 때문이다. 그래서 내가 어렸을 때는 이런 수수께끼도 있었다.

"이 산 저 산 다 잡아먹고, 입을 딱 벌리고 있는 것은 무엇이냐?"

정답은 부엌의 '아궁이'였다.(✽)

서울서 낳은 내 딸들도 '감자바위'

　지금은 호적이라는 것이 없어지고, 그 대신 가족관계등록부라는 것이
생겨 부모·배우자·자녀 등의 인적 사항을 증명하려면 아무 동회나 면사
무소에 가서 가족관계증명서를 떼다가 제출하면 된다. 하지만 2008년
1월 1일 이전에는 호적초본이나 호적등본이라는 것은 호적원본이 비치
되어있는 행정관청에 가서 떼야만 했다.

　예컨대, 나의 경우, 1957년 이후 줄곧 서울에 살았으나, 호적원본이
강원도 횡성군 횡성면사무소에 있었다. 때문에 호적초본이나 호적등본
을 떼려면 하루 종일 발품을 팔아서 횡성면사무소 호적계에까지 가야
만 했다.

　그래서 호적초본이나 호적등본을 떼야 할 때 그걸 아내에게 부탁하
면, 아내가 늘 하는 소리가 "호적을 서울로 옮깁시다"였다. 하지만 난 항
상 머리를 가로로 절레절레 흔들었다.

난 고향에서 서울로 호적 파오기를 단호히 거절

내가 1973년 4월 16일 장가가고 나서, 아내 이름을 우리 집 호적에 올리기 위해 횡성면사무소에 찾아갔더니, 호적계 담당 서기 왈, 내가 둘째 아들이니까 결혼했으면 분가(分家)해서 따로 호적을 만들어야 한다면서 나의 생활근거지가 어디냐고 묻는 것이었다. 그래서 '서울'이라고 대답했더니, 이참에 호적을 아예 서울로 옮기라고 권유했다.

"싫어유."

난 강원도 사투리(충청도 사투리는 말끝의 '유'가 길으나, 강원도 사투리는 아주 짧음)로 한마디로 단호하게 거절했다. 그 이유는 간단하고도 분명했다. 내가 태어난 고향에서 호적을 서울로 파오고 싶지 않았기 때문이다. 그땐 호적을 옮기는 것을 흔히들 '파온다', '파간다'고 말했다. 예컨대, 결혼한 딸이 호적을 시댁으로 옮기는 것을 "호적을 파간다"고 했다. 그런가 하면, 큰 잘못을 저지른 가족 성원을 집안에서 내쫓는 것은 "호적에서 파버린다"고 표현했다.

내가 결혼 후 분가하고서도 호적을 고향에서 서울로 옮기지 않았다고 친구에게 이야기했더니 그 친구 왈, "너, 혹시 나중에 고향에서 국회의원 나오려고 그런 것 아니야?"라고 말했다. 당시는 그런 사람도 없지 않았기 때문이다. 친구 말마따나 횡성에서 국회의원이라도 출마해볼 걸 그렇지도 못하고, 괜스레 호적만 고향에 그대로 두겠다고 내가 고집한 통에 2008년 호적법이 바뀌기까지 난 호적초본이나 호적등본을 떼려면 저 멀리 강원도 횡성군 횡성면사무소까지 몇 시간씩 걸려서 가야만 했다. 게다가 서울에서 출생해서 횡성이 어디에 붙어 있는지조차 잘 모르는 내 아내와 아이들까지도 애꿎게 '강원도 감자바위'로 만들고 말았다.

강원도 사람을 흔히들 감자바위라고 부르는데, 그 이유와 유래는 확실치 않다. 일설에 의하면, 강원도는 바위가 많은 산간 지역으로 주식이 감자였기 때문에 이곳 사람들을 감자바위라고 부르게 되었다고 한다. 그러나 감자바위라는 별명 속에는, 강원도 사람들은 우직스럽고 순박하여 좀 바보(?)스럽다는 뉘앙스도 섞여 있다.

강원도 사람을 감자바위로 부르게 된 이유에 대한 속설

언제부터 강원도 사람을 감자바위라고 부르기 시작했는지도 정확히 알 수 없다. 그러나 1956년 5·15 정부통령선거 이후부터였다는 속설이 있다. 이 선거에서 강원도 지역에서는 90%의 유권자가 자유당 대통령 후보 이승만에게 몰표를 몰아줌으로써 그가 대한민국 제3대 대통령으로 재선되었다. 그러자 전국 각지에서 강원도 사람들에 대한 원성이 자자했는데, 당시 아래와 같은 웃지 못할 에피소드도 떠돌았다.

선거 직후 어떤 강원도 사람이 서울에 볼일이 있어 서울에 올라가서 여관에 묵으려고 여관주인에게 "빈방이 있느냐?"고 물었더니 주인이 "있다"고 하면서, "어디서 왔느냐?"고 묻기에 "강원도에서 왔다"고 하니까, 여관주인이 갑자기 "빈방이 없다"고 하며 내쫓았다는 것이었다. 그러면서 되돌아 나가는 그 강원도 사람을 뒤에서 "감자바위"라는 욕설(?)을 했는데, 이때부터 감자바위라는 말이 널리 쓰이기 시작했다 한다. 이런 속설의 진위는 알 수 없다. 하지만 강원도 사람이 서울의 여관에서 쫓겨났다는 이야기는 나도 들은 기억이 나는데, 그때 난 중학교 3학년생이었다.

비록 그것이 강원도 사람을 비하하고 놀리는 표현이긴 하지만, 난 감자바위라는 말을 나쁘게 생각하지 않는다. 그건 결코 욕이 아니라, 강원도 사람들은 산골 사람 그대로 우직스럽고 순박하다는 뜻이기 때문이기도 하다. 그러나 그건 내가 너무 똑똑한 사람보다는 조금은 '바보'처럼 사는 사람을 좋아하기 때문에 그런지도 모르겠다. 그래서 난 내 호(號)를, 감자 '서(薯)' 자에 바위 '암(岩)' 자를 나를 써서 '서암(薯岩)'이라고 지을 생각을 한 적도 있었다.

내가 또한 좋아하는 강원도 사람들의 성품은 '암하노불(岩下老佛)'이다. 조선왕조의 태조 이성계가 개국공신 정도전에게 조선팔도 사람들의 성품에 관하여 묻자, 그가 각도 사람들의 성품을 '사자성어(四字成語)'로 간단하게 평가했는데, 강원도 사람들은 암하노불, 즉 "바위 아래 늙은 부처" 같다고 평가했다고 한다. 그 이유에 관해서는 여러 가지 해석이 있기는 하지만, 강원도 사람들의 성품은 마치 큰 바위 아래에 있는 부처님처럼 점잖고 어질고 인자하고 도량이 넓기 때문이었다고 한다.

나는 바로 이러한 성품의 사람이 되고 싶다. 특히 나이가 들면서 이런 생각을 많이 하고 있다. 그래서 내가 결혼 후 분가(分家) 신청을 할 때, 횡성면사무소 호적계 서기가 나의 생활근거지인 서울로 호적을 옮기라고 권유했는데도 난 호적을 서울로 파오지 않았는지도 모르겠다. 지금 생각해 보아도 그건 잘한 일이었다. 난 내가 강원도 '감자바위'임을 항상 자랑스럽게 생각하고 있기 때문이다. 강원도 사람들을 약간 무시하는 다른 지역 사람들은 좀 있었으나, 나쁘게 욕하는 사람들을 난 거의 보지 못했다. 자의적으로 강원도에서 태어난 것은 결코 아니지만, 난 강원도에서 태어난 것을 참으로 다행한 일이라고 생각한다.(✹)

우스갯소리 읽고 열흘 뒤에야 웃어

지금은 어떤지 모르겠으나, 내가 중고등학교에 다닐 때는 각 나라의 국민성을 나타내는 여러 가지의 '믿거나 말거나(believe it or not)' 식의 이런저런 이야기들이 사람들 사이에 많이 떠돌았다.

찻잔에 파리가 빠지면, 미국 사람들은 차를 몽땅 쏟아버리고, 영국 사람들은 파리만 건져 내고 마시고, 소련(현 러시아) 사람들은 파리를 건져서 쪽 빨아 먹은 뒤에 차를 마신다는 것이었다. 그런가 하면, 어떤 유머를 들으면 프랑스인들은 즉각 깔깔 웃고, 영국인들은 10분 뒤에 빙그레 웃고, 독일인들은 집에 가서 자다가 피식 웃는다는 이야기도 있었다.

근데 난 독일인도 아닌데, 『고금소총』 책에서 어떤 우스개 이야기를 읽고 열흘 뒤에야 버스 칸에서 비로소 무릎을 치며 웃은 적이 있다. 그 이야기는 『고금소총』에 들어 있는 「진담록(陳談錄)」이라는 문헌소화(유머집)에 나오는데 그 내용은 아래와 같다.

양반댁 사당(祠堂)이 뒷동산에 있었는데, 이곳에 손자 녀석들이 몰래 들어와서 날마다 담배 피우기를 일삼았다. 그 결과, 담뱃대, 마른 담뱃잎, 깨진 재떨이 등이 사당 바닥에 널브러져 있었다. 이러한 것들을, 하루는 양반댁 주인 영감이 사당에 올라왔다가 보고서 놀라서 말하기를 "이놈의 자식들이 이곳에 숨어서 담배만 처먹었구나" 하였다.

이와 같은 내용의 이야기를 읽고 나서 난 이것이 도대체 왜 우스운지 도저히 알 수 없었다. 그 이유를 계속 생각해 보았으나 통 알 수가 없었다. 그러다가 하루는 시내버스를 타고 어디로 가다가 서울역 앞을 지나는데, 갑자기 그 이유가 생각났다. 그리하여 마치 저 고대 그리스의 과학자 아르키메데스가 목욕하다가 금관의 순도를 알아내는 방법을 깨닫고, 목욕탕에서 뛰쳐나와 "유레카(Eureka)"라고 외쳤듯이, 난 "이제야 알았다"고 무릎을 쳤다.

위와 같은 이야기가 우스운 이유는, 양반댁 주인은 손자 녀석에게 욕을 한 것이지만, 다른 사람들이 듣기에는 사당에 모신 조상들을 향하여 "이놈의 자식들이 이곳에 숨어서 담배만 처먹었구나"라고 욕한 것으로 들릴 수도 있기 때문이었다.

사당 이야기가 나왔으니, 이에 관련된 또 하나의 우스개 이야기를 소개하면, 이는 조선조 영조와 정조 때의 저명한 문장가 겸 화가였던 장한종(張漢宗)이 편찬한 「어수신화(禦睡新話)」라는 문헌소화에 나오는 이야기로 『고금소총』 책에도 들어 있는데 그 내용은 다음과 같다.

한 시골 선비 집 사당이 무너졌다. 하루는 그 시골 선비가 그의 친구에게 말하기를, "내가 가난하여 사당을 고칠 수 없어 몹시 민망하다"고 하였다. 네다섯 달 뒤에 그의 친구가 다시 시골 선비 집을 찾아왔더니, 사당이 말끔하게 고쳐져 있었다. 이를 보고 그 친구가 시골 선비에게 축하해 주었더니, 시골 선비 왈(曰), "목수를 쓰지 않고 나와 머슴들이 직접 고쳤으나, 사당에 소 두 마리가 들어갔네"라고 하였다. 이 말을 들은 사람들이, 시골 선비가 망발을 했다고 비웃었다.

이 이야기도 얼핏 읽어보면, 왜 우스운지 아리까리, 알쏭달쏭하다. 그러나 "사당에 소 두 마리가 들어갔다"는 시골 선비의 말은, 사당에 조상이 아니라 소가 두 마리 들어갔다는 것, 바꾸어 말해서 사당에 소 두 마리를 모셨다는 말이 아니고, 사당을 고치는데 소 두 마리를 판 값이 몽땅 들어갔다는 뜻이었다.

『고금소총』 책을 음담패설 책으로 잘못 알고 있는 사람들도 적지 않다. 그러나 이 책에는 위와 같은 이야기들도 많이 실려 있다. 조선조 초기의 성리학자로 조선왕조의 자주성을 강조했던 양성지(梁誠之, 1415~1482)가 편찬한 우리나라 유머집인 『동국골계전(東國滑稽傳)』이라는 책의 서문을 보면, "공자께서도 말씀하시기를 전혀 마음을 쓰지 않는 것보다 장기나 바둑이라도 두는 것이 어질다고 하셨는데, 장기·바둑에 비하면 차라리 이 우스개 책이 몇만 배나 더 낫지 않은가"라고 적어 놓았다. 무료할 때 장기·바둑보다는 유머책을 열심히 읽기 바란다. 웃으면 복이 온다.(✽)

이 슬픈 동요를 왜 고무줄놀이에?

내가 현재 살고 있는 시골 동네는 25가구 정도가 사는데, 초등학교 학생은 물론이고 고등학교 학생도 한 명도 없다. 동네 사람 대부분은 70세를 넘은 노인네들이다. 그래서 요즘 어린이들은 무엇을 하며 노는지 통 알 수 없다.

내가 초등학교에 다닐 때는 남자아이들은 동네 공터에서 새끼줄을 둘둘 감은 새끼줄 공(?)을 차거나 자치기를 하며 놀았다. 자치기란 야구와 비슷한 놀이로 '자'라고 부른 약 50cm 정도 길이의 막대기로 '메뚜기'라고 부른 짤막한 나무토막을 쳐서 그것이 날아간 거리의 멀고 가까움으로 승부를 겨루는 게임이었다. 이때 야구의 내야수들처럼 메뚜기가 날아가는 방향에 반대편 아이들이 쭉 서 있다가 날아오는 메뚜기를 손으로 잡으면 타자는 죽었다.

남자아이들은 이러한 놀이를 한 반면, 여자아이들은 마을 골목길 입구에서 주로 고무줄놀이를 하며 놀았다. 그러면 짓궂은 남자아이들이 여자아이들의 고무줄을 창칼로 끊어버리며 훼방을 놓기도 했다. 그러나 그것은 고무줄놀이를 하는 어떤 여자아이에게 관심이 있다는 표현이기도 하였다. 고무줄놀이를 할 때는 동요를 부르며 그 리듬에 맞추어 종다리로 고무줄을 감았다가 놓았다 하며 팔짝팔짝 뛰었다. 그 동요들은 가지각색이었다. 이는 시대에 따라 동요가 바뀌었기 때문이기도 했다.

1945년 일제로부터 해방 직후에는 "피었네 피었네 우리나라 꽃…", "백두산 뻗어내려 반도 삼천리…", "고기를 잡으러 바다로 갈까나…", "새야 새야 파랑새야…", "푸른 하늘 은하수 하얀 쪽배에…", "아가야 나오너라 달맞이 가자…" 등등의 동요를 많이 불렀다. 그러다가 1950년대 초 한국동란 이후에는 "무찌르자 오랑캐…", "전우의 시체를 넘고 넘어…" 등등의 군가를 고무줄놀이의 노래로 많이 불렀다.

이들 중, "전우의 시체를 넘고 넘어(정식 곡명은 「전우야 잘 자라」, 유호 작사, 박시춘 작곡)"는 내가 대학 1학년이었던 4.19 학생혁명 때 데모가로도 많이 불렀다. 그때 동료대학생들과 어깨동무를 하고 경무대(청와대의 옛 이름)를 향하여 뛰어가면서 "전우의 시체를 넘고 넘어 앞으로 앞으로, 낙동강아 잘 있거라, 우리는 전진한다, 원한이야 피에 맺힌 적군을 무찌르고서, 꽃잎처럼 떨어져 간 전우야 잘 자라"고 목청껏 소리 높여 불렀던 기억이 난다.

여자아이들이 고무줄을 하면서 불렀던 여러 가지 동요 중 나의 인상에 가장 깊이 박혔던 노래는 1956년 발표한 윤석중 작사, 한용희 작곡의 「고향 땅」이었다. 이 노래는 4분의 4박자 다장조의 서정적 동요이자, 망향(望鄕)의 노래로서 특히 실향민들의 애창곡이었다. 나는 이 노래를 듣거나 부르면서 눈시울을 적시기도 했다. 그 주요 이유의 하나는, 실향민이었던 나의 부모가 북녘 하늘을 쳐다보면서 고향 땅을 그리던 모습을 무수히 보며 자랐기 때문이었는지도 모르겠다.

고향 땅이 여기서 얼마나 되나
푸른 하늘 끝 닿은 저기가 거긴가
아카시아 흰 꽃이 바람에 날리니
고향에도 지금쯤 뻐꾹새 울겠네

고개 넘어 또 고개 아득한 고향
저녁마다 놀(노을)지는 저기가 거긴가
날 저무는 논길로 휘파람 날리며
아이들도 지금쯤 소 몰고 오겠네

이처럼 사람의 심금을 애잔하게 울려주는 슬픈 노래를 왜 철모르는 여자아이들이 고무줄놀이의 노래로 불렀을까? 도대체 왜 민족의 애환이 서린 이 노래를 어린 여자아이들이 고무줄놀이의 동작에 맞추어 노래불렀을까? 그것은 당시의 시대적 상황이나 분위기가 철모르는 아이들에게까지도 그렇게 만들어 주었기 때문인지도 모르겠다. 난 아직도 이 노래를 생각하면 내가 어린 시절에 자랐던 제2의 고향을 그리며, 나도 모르게 흥얼흥얼 부르다가 눈시울을 적시곤 한다.(※)

세정기 위에서 회상

화장실에서 흔히 '비데'라고 부르는 세정기에 앉아서 큰일을 볼 때마다 나는 옛날을 생각하며 문명의 이기에 감사하곤 한다. 아니, 우리나라가 이만큼 잘살게 된 데에 감사하곤 한다. 아직도 일반 서민은 세정기 구경도 못한 나라가 북한을 포함하여 무수히 많다고 들었기 때문이다. 하기야 우리나라도 일반가정에서 세정기를 쓰기 시작한 것은 20년 정도밖에 되지 않지만.

내가 어렸을 때, 그러니까 1950년 6.25 동란 이전에는 큰일을 보고 나서 무엇으로 뒤처리를 했는지 통 생각나지 않는다. 그러나 6.25 동란이 일어나서 피난 갈 때 생각은 나는데, 휴지가 없어 넓적한 나뭇잎이나 풀잎을 따서 그걸로 뒤처리할 때 그곳이 무척 쓰리고 아팠던 기억이 난다. 그리고 그 이듬해 1월 또다시 피난 갈 때는 지푸라기를 10cm 정도 길이로 몇 겹 접어서 그걸로 거기를 닦았던 기억이 난다.

그때는 우리와 같은 피난민뿐 아니라, 시골의 가난한 백성들은 거의 모두가 이런 식으로 뒤처리를 했다. 여름에는 호박잎 등 넓적한 식물 잎사귀로 해결했고, 겨울에는 주로 지푸라기로 마무리했다. 진짜인지, 아니면 우스갯소리인지는 모르겠으나, 시골에서는 변소에 기다란 새끼줄을 매어 놓고, 큰일을 보고 난 뒤에 그곳을 새끼줄에 대고 앞으로 쭉 밀고 나가면서 닦았다는 이야기도 있다.

난 이렇게 처리한 적은 없으며, 충청북도 보은에서 피난 생활을 하고 있을 때도 어머니가 장터에 가서 마분지(馬糞紙)라는 누렇고 질 낮은 두꺼운 종이(주로 짚을 원료로 하여 만들었음)를 사다가 약 10㎠ 크기로 잘라 놓으면 그걸 온 식구들이 한두 장씩 변소로 들고 가서, 손바닥으로 비벼서 좀 부드럽게 만든 뒤에 큰일 뒤처리에 사용했다. 그런데 이런 마분지 휴지를 학교에 갖고 가는 것을 깜빡 잊은 통에, 열심히 필기해 놓은 노트북에서 한 장을 쭉 찢어서 일을 봤던 생각이 난다.

1953년 7월 휴전 이후, 고향인 강원도로 돌아와서는 주로 신문지를 사용했다. 신문을 다 읽고 나면 그걸 10×10cm 크기로 잘라 놓고 온 식구가 휴지로 사용했다. 근데 그때는 신문 인쇄잉크에 석유(지금은 콩기름)를 섞었기 때문에 신문지로 코를 풀면 코가 새까맣게 되었다. 그러니까, 비록 그때 거길 들여다보지 못해 정확히는 알 수 없으나, 신문지로 거길 닦으면 거기도 새까맣고, 반질반질하게 되었을 것임이 틀림없다. 그래서 그랬는지는 모르겠으나 나의 아버지만은 신문지 대신 일일 달력 용지를 사용하셨는데, 일일 달력이란 매일매일의 날짜와 요일을 한 장씩에 인쇄해서 356일 치를 묶어 놓고 날짜가 바뀌면 한 장씩 뜯어 버리게 한 것으로, 크기는 약 10×20cm 정도였으며 종이가 얇고 부드러워 매일 한 장씩 찢어서 휴지로 쓰기에 그야말로 안성맞춤이었다. 그러나 그건 가장인 아버지만 사용하셨고 다른 식구들은 절대 사용할 수 없었다.

그래서 난 신문지만 휴지로 사용하다가 1967년 가을 그러니까 스물 일곱 살 때 미국에 유학 가서 처음으로 요즘 우리가 사용하는 화장실용 두루마리 휴지를 썼다. 그러다가 1972년 귀국해서는 다시 신문지를 사용했는지, 어떤지는 생각나지 않는다. 그러나 아마도 1975년경부터는 요즘 같은 두루마리 휴지를 쓰기 시작했던 것 같다. 유한킴벌리 회사에서 우리나라 최초로 '뽀삐' 화장지를 출시한 것은 1974년 8월이라고 하기 때문이다. 그러나 그때는 그것을 화장실에서만 사용한 것이 아니라, 밥 먹고 입을 닦을 때나 코를 풀 때도 쓰는 등 두루두루 사용했다. 그래서 '두루마리'란 본래 "종이를 가로로 길게 이어서 둥글게 만 것"을 의미하나, 당시 우리나라에서 두루마리 휴지는 여기저기 두루두루 사용하는 범용 휴지가 되다시피 했다.

"그놈의 고리타분한 옛날이야기는 이제 제발 그만둬요."

이렇게 아내는 나에게 엄명하다시피 한다. 하지만 풀이나 나무 잎사귀로 큰일 뒤처리를 했던 내가 두루마리 휴지에다, 그것도 모자라서 요즘에는 세정기까지 설치해서 거기를 물로 깨끗하게 씻은 뒤에 다시 아주 보들보들한 휴지로 마감하다 보니, 자연히 옛날 생각이 나지 않을 수 없다. 나뿐만 아니라, 아마도 현재 40대 이상은 그 누구나 화장실 휴지에 얽힌 한두 가지 에피소드나 추억(?)은 갖고 있을 것이다.(✱)

난, 진짜로 93학번이야

세기(century)가 아니라, 밀레니엄(millennium)이 바뀌어서 서기 2000년이 되었다고 떠들썩하던 때가 엊그제 같은데, 벌써 2023년이 밝았다. 그래서 세월은 '유수(流水)'와 같고, '쏜 살' 즉 활로 쏜 화살처럼 빠르다고 옛사람들은 표현했던 것일까?

"교수님은 몇 학번이세요?"

내 나이를 직접 묻기가 좀 미안했던 듯, 어떤 학생이 이렇게 물었다.

"나? 난 93학번이야."

내가 이렇게 대답하자 그 학생은 내가 거짓말하는 줄 알고, 진짜로 몇 학번이냐고 다시 물었다.

연도 표기 방식으로 옛날에는 연호(年號)를 사용

내가 대학에 입학할 때는 요즘처럼 서기(西紀, 서력기원)를 사용하지 않고, 단기(檀紀, 단군기원) 즉 고조선의 시조 단군왕검의 즉위년을 기원으로 한 연호를 사용했는데, 난 단기 4293년 4월 1일 대학에 입학했다. 그래서 93학번이 되었다. 그러나 1962년부터 우리나라도 서기를 사용하게 되었는데, 예수님이 탄생하신 서기 1년은 단군 2333년이었다. 그래서 단기를 서기로 환산하려면 단기에서 2333을 빼고, 반대로 서기를 단기로 환산하려면 서기에다 2333을 더하면 되는데, 이것이 1960년대 초반에는 초등학교 수학에서 단골 시험문제가 되다시피 했다.

서기니 단기니 하는 연도(年度) 표기 방식 이전에, 옛날 동양에서는 임금마다 특정의 연호(年號)를 제정하여, 예컨대 광무(光武) 원년, 광무 2년 등으로 연도를 나타냈다. 물론, 예컨대 '고종 3년' 식으로도 연도를 표시했고, 또한 간지로 '기미년' 등으로 표시하기도 했다.

우리나라도 삼국시대부터 연호를 사용한 것으로 알려졌는데, 고구려에서는 광개토대왕 때 '영락(永樂)'이라는 연호를 제정하여 영락 1년, 영락 2년 등으로 불렀다고 한다.

신라에서도 법흥왕 때는 '건원(建元)'이라는 연호를 제정하여 사용했다. 그 뒤에도 임금이 바뀔 때마다 대창(大昌)·홍제(鴻濟)·건복(建福) 등의 연호를 각각 사용했다고 한다. 그러나 진덕여왕 때의 연호인 '태화(太和)'를 끝으로, 신라에서는 독자적 연호의 사용을 중지하고, 중국 당(唐)나라의 연호를 사용했다.

고려 때는 왕건(王建)이 나라를 세우면서 '천수(天授)'라는 연호를 사용했고, 제4대 임금 광종(光宗)은 '광덕(光德)'과 '준풍(峻豐)'이라는 연호를 사용했다. 그러나 그 이후에는 중국 송(宋)나라의 연호를 사용했다.

조선시대에는 중국 명(明)나라 연호를 사용했으며, 명나라가 망하고

청(淸)나라가 들어선 뒤에도 명나라를 문화적 종주국으로 여긴 우리나라 성리학자들은 오랫동안 '숭정(崇禎)'이라는 명나라 연호를 계속 사용하기도 했다. 그러나 인조 15년(서기 1637) 병자호란에서 패배 이후, 청나라의 강요에 따라 이듬해부터 청나라 연호를 사용하기 시작했는데, 당시 청나라 연호는 '숭덕(崇德)'이었다. 이후 우리나라는 계속해서 청나라 연호를 사용하다가 고종 31년(서기 1894) 갑오개혁 때 청나라 연호 대신, 조선왕국의 건국 연도를 기준으로 한 '개국(開國)'이라는 연도 표기 방법을 사용하기 시작하며, 광서(光緖) 20년(청나라 연호)을 개국 503년으로 고쳐 불렀다. 하지만 이듬해인 개국 504년 10월 을미사변 이후, 정권을 잡은 개화파가 '건양(建陽)'이라는 연호를 사용토록 하면서, 개국 504년은 건양 1년이 되었다.

나의 짧은 생애에도 연도 표기 방식이 여러 번 바뀌어

개국 506년(서기 1897) 8월 우리나라는 국왕을 '황제'로 칭하고, 국호를 '대한제국'으로 바꾸면서 새로 광무(光武)라는 연호를 제정해서 사용하기 시작했다. 그러나 광무 10년(서기 1907) 고종이 일제에 의해 강제 퇴위당하고 순종이 즉위하면서 연호를 융희(隆熙)로 바꿨다. 하지만 융희 4년(서기 1910) 한일 강제 병합 이후, 우리나라가 일제 식민지가 되자, 일본 연호인 메이지(明治)에 이어, 다이쇼(大正), 쇼와(昭和)를 차례로 사용하게 되었다.

하지만 쇼와 20년(서기 1945) 우리나라가 일제로부터 해방 후, 남한에서는 미군이 군정을 실시하면서 서기를 사용하게 되었다. 그러나 서기 1948년 대한민국 정부를 수립하면서 단군기원(檀君紀元)을 연도의 공식 표기 방식으로 채택했다. 그러다가 단기 4294년(서기 1961) 5·16 군사 정변 이후 서기를 공식적으로 사용하기 시작하여 지금에 이르게 되었다. 그러나 우리나라의 반쪽인 북한에서는, 김일성이 출생한 1912년을 원년(1년)으로 하는 '주체(主體)'라는 연도 표기 방식을 사용하고 있는데, 올해(2023년)는 주체 111년이다.

위와 같은 연도 표기 방식의 변천을 보면, 우리나라 역사는 참으로 파란만장(波瀾萬丈)했다는 생각을 금할 수 없다. 이는 80여 년 동안의 나의 짧은 생애를 돌이켜 보아도 마찬가지 생각이다. 난 쇼와(昭和) 15년 5월 28일 태어나서 쇼와 20년 8월 15일 해방을 맞았다. 서기 1946년 9월 1일 초등학교에 입학하여 단기 4287년 3월 25일 졸업했다. 단기 4293년 4월 1일 대학에 입학하여 서기 1965년 9월 30일 졸업했다.

게다가 난 생일도 세 개나 된다. 음력으로는 경진년(庚辰年) 4월 22일이고, 양력으로는 5월 28일이나, 호적에는 출생신고가 잘못되어 1942년 5월 20일생으로 되어있다. 그런가 하면, 나이에도 우리나라 나이가 있고, 서양식 만 나이가 있어, 누가 내 나이를 물으면 어떤 나이를 말해야 할지 당혹스럽다. 그러나 올해 6월부터는 나이를 서양식으로 고치겠다니, 비록 올해 1월 1일 한 살을 더 먹었지만, 6월에 한 살을 덜어 주겠다니 참으로 고맙게 생각한다. 앞으로는 연도 표기 방식이나 나이 계산 방법도 더 이상 바꾸지 말고, 동해 물과 백두산이 마르고 닳도록 길이 사용하기를 기대해 본다.(✻)

허구적 수필 한 편이 아직도

1965년 봄학기, 그러니까 내가 대학 4학년 때였다. 당시 우리 집에서는 「동아일보」를 구독했는데, 그게 몇 면(面)이었는지는 생각나지 않으나, '남성 코너, 여성 살롱'이라는 고정칼럼이 있었다. 그 표제처럼, 이 칼럼은 남녀 독자들이 자신의 단상(斷想) 등을 공유하는 아주 짤막한 독자란이었다. 나도 이 독자란의 애독자였다. 여러 사람의 다양한 이야기를 읽다가 보니까 나도 한번 투고하고 싶었다. 그래서 「아빠의 편지」라는 제목의 수필을 써서 나의 조카딸 이름(차경희)을 빌려 신문사에 보냈다. 이 글의 소재는 나의 군대 생활과 큰누나에게서 얻었던 것이다. 투고한 지 며칠 만인 1965년 5월 13일 자 지면에 실렸다. 그 내용을 소개해 보면 다음과 같았다.

"아빠의 편지는 참 재미있지?" 아가는 멋도 모르고 저 보고 웃는 줄 알고 해죽거리며 아빠의 편지를 잡으려 한다. 오늘의 아빠 편지는 군대의 기합에 대해서 들려주었다. 원산폭격, 한강철교, 산타클로스…. 거의 십여 가지나 된다. 동작이 굼뜬 아빠를 '모델'로 해서 그려보니 더욱 우습다. 그러나 갑자기 코허리가 시어지면서 두 눈에 눈물이 핑 도는 건 너무 웃어서 그런 때문은 아닌 것 같다. 누가 들으면 웃을지 몰라도 지금 내가 사는 건 아빠의 편지를 받는 즐거움 때문이다. 아빠의 편지를 받고 답장을 쓰고 아빠의 편지 구절을 외다 보면 아빠의 새 편지가 오고…. 나를 즐겁게 해 주려는 아빠의 편지는 때론 희극배우의 사생활을 보는 것처럼 슬픈 마음을 일으키게 한다.

"남들은 같은 졸병이면서도 후방에서 편히 지내던데" 하는 나의 투정에 아빠 이렇게 대답했다. 자기가 지키는 초소에 자기가 없다면 누군가 다른 병사가 그 대신 고생을 해야 할 것이 아니냐는 것과, 민간인이라고는 구경도 할 수 없는 휴전선에 있으니 다른 여자의 유혹이 없어 당신이 마음을 놓을 수 있지 않겠느냐는 것이었다. 난 부정도 긍정도 할 수 없었다. 무사히 임무를 마치고 제대하고 돌아오기만 빌 뿐이었다.

이 글이 신문에 난 뒤, 독자들로부터 100여 통의 편지가 날아들었다. 정말로 당황하지 않을 수 없었다. 특히 남편을 일선에 보낸 젊은 주부들한테서 오는, 동병상련의 정(情)을 담은 편지가 많았다. 이들이 만약 내가 더벅머리 총각이었다는 것을 알았다면 기절초풍했을 것이다. 그래서 나에게 우롱당했던 '남성 코너, 여성 살롱' 독자들에게 사과드리고 싶었다. 그러나 마땅한 기회와 지면을 얻지 못해 10여 년이나 지체하고 있던 차에, 내가 나온 학과 동문들이 문집을 내겠다면서 나에게도 수필 한 편을 청탁해 왔다. 그래서 "1965년 5월 13일 자 「동아일보」의 '남성 코너, 여성 살롱'에 실렸던 「아빠의 편지」라는 제목의 수필은 실제로는 남자인 내가 대학교 4학년 때 썼던 것이며, 이러한 나에게 우롱당했던 독자들에게 용서를 빈다"는 요지의 글을 썼다. 그러면서 변명 비슷하게 아래와 같이 덧붙였다.

"수필이란 자기의 생활감정을 붓 가는 대로 적는 것이다"라고 국어 시간에 배웠다. 그런데 우습게도 내가 처음으로 써서 활자화된 수필은 어처구니없는 허구적 픽션이었다. 여기서 내가 알고 싶은 것은 수필의 허구성 문제이다. 수필이란 자기의 감정과 소감을 붓 가는 대로 담백하게 적어 내려가는 것이라고 하지만, 과연 그러한 수필이 있을 수가 있느냐가 나의 의문이다. 내 좁은 소견으로는 수필이 일기와 다른 점은 그 허구성에 있지 않나 생각한다. 즉 일기란 자기의 감정이나 경험에 대한 단순한 기록적 표시(presentation)라면, 수필이란 그것의 표현(expression)이라고 하겠다. 따라서 표현에는 공시성(公示性)이 포함되고, 독자를 의식하게 되며, 나아가서는 극적인 표현 효과도 뒤따르게 된다. 그렇다면 수필에서 허구성을 완전히 배제할 수는 없지 않을까?

이와 같은 나의 글이 1976년 『관악의 메아리』(관동출판사)라는 단행본에 실리자, 이번에는 수필가들로부터 거센 항의가 들어오기 시작하였다. 이러한 항의는 지금까지도 계속되고 있다. 인터넷 포털사이트인 다음이나 네이버 또는 구글의 검색창에 '수필의 허구성'이라고 쳐보면, 내가 쓴 「아빠의 편지」를 실례로 들면서 나를 아직도 곤혹스럽게 만들고 있다.(*)

원숭이 똥구멍은 빨개

아침에 화장실에서 세정기에 올라앉아 큰일을 보는데, 느닷없이 어렸을 때 불렀던 동요 하나가 나도 모르게 입속에서 저절로 흘러나왔다. 내 나이가 올해로 여든셋이니까, 70여 년 전에 불렀던 동요였다. 이 노래를 지금까지 기억하고 있음을 볼 때, 난 치매가 아닌가 보다.

> 원숭이 똥구멍은 빨개 / 빨가면 사과 / 사과는 맛있어 / 맛있으면 바나나 / 바나나는 길어 / 길으면 기차 / 기차는 빨라 / 빠르면 비행기 / 비행기는 높아 / 높으면 백두산 // 백두산 뻗어나려 반도 삼천리 / 무궁화 이 동산에 역사 반만년 / 대대로 예 사는 우리 삼천만 / 복되도다 그 이름 대한이로세

이런 내용의 동요에서 "높으면 백두산"까지는 작사·작곡 미상의 구전(口傳) 동요라고 하며, "백두산 뻗어나려…"부터는 이은상 작사, 현제명 작곡의 「대한의 노래」 1절이다. 그러니까 구전 동요의 끝에 '백두산'

이란 말이 나오니까, 거기에다가 '백두산'이라는 말로 시작되는 「대한의 노래」를 연결해 놓은 것이다.

듣기에는 좀 민망하겠지만, 이런 노래(?)도 생각난다. "기름 장수 똥구멍은 반질반질, 엿장수 똥구멍은 끈적끈적, 할미새 똥구멍은 깝죽깝죽…." 온통 똥구멍 타령이다. 이처럼 상스러운 노래를 부르며, 내가 어렸을 때는 왜 그리 좋아했을까?

지금은 벌써 쉰 살이 다 되었지만, 내 두 딸도 어렸을 땐 똥 소리만 나오면 깔깔대고 웃었다. 방바닥을 뒹굴며 자지러지게 웃기도 했다. 무엇이 그리 우스웠을까? 난 아동심리학(발달심리학)에 대해서는 문외한인지라, 어린아이들의 심리에 관해서는 모른다. 그래서 책을 찾아봤다.

오스트리아의 심리학자이자 정신분석학자인 지그문트 프로이트(Sigmund Freud, 1856~1939)에 의하면, 인간은 두 가지 기본적 욕구를 지니고 있다고 한다. 하나는 공격 욕구인 타나토스(Thanatos)이고, 또 하나는 성 욕구인 리비도(libido)라는 것이다.

리비도는 사춘기에 갑자기 나타나는 것이 아니라, 태어나면서부터 서서히 발달한다고 한다. 즉 성 본능은 구강기(口腔期, oral stage)와 항문기(肛門期, anal stage)를 거치며 발달하다가 5세 때쯤부터 억압을 받아 잠재기에 이르고, 사춘기에 다시 성욕으로 나타난다고 하는데, 이 시기를 남근기(男根期, phallic stage)라고 한다.

이와 같은 세 단계 중, 첫 번째 단계인 구강기(구순기라고도 부름)의 주요 성적 대상은 엄마나 우유병의 젖꼭지라고 한다. 반면, 두 번째 단계인 항문기에서는 어린이들이 항문의 기능에 특별한 관심을 나타내면서, 배설물과 그 배출을 통해 환경에 대한 조절력을 배운다고 한다. 때문에 이 단계의 어린이들은 항문과 그 배설물 이야기를 좋아한다고 한다. 그런데 이를 억압하면, 어린이들의 성격에 중요한 악영향도 미칠 수 있다는 것이다.

난 이러한 것도 모르고, 내 아이들이 어렸을 때 똥꼬나 똥에 관한 이야기를 하면, 더럽고 쌍스럽다고 그런 말을 못하도록 억제했다. 이러한 나의 억압이 혹시 우리 아이들의 성격 형성에 좋지 않은 영향을 미친 것은 아니었을까 생각해 보니 등골이 오싹한다.

요즘엔 부모들이 유식해져서, 어린이들에게 똥을 소재로 한 책도 사주고, '똥박물관'에도 데리고 간다고 한다. 그리하여 항문기 어린이들의 성적 욕구를 자연스럽게 풀어줌으로써, 남근기가 되었을 때 성 도착 장애 등을 사전에 예방해 준다고 한다. 그러나 우리가 어렸던 시절에는 똥박물관도 똥이야기 책도 없었다. 그렇기에 그 대신 우리는 "원숭이 똥구멍은 빨개", "엿장수 똥구멍은 끈적끈적" 등등의 노래를 즐겨 부르며 낄낄댔던 것 같다.(✱)

창피했던 그곳의 발모

"얼럴레, 꼴럴레, 아무개가 아무개와 어디서 술 마시고 노래를 불렀다네."

얼마 전 뭐 야당 국회의원이 이렇게 폭로(?)했다가 시비거리가 된 적이 있다. 이처럼 하찮은 문제를 놓고, 소위 '국민의 지도자'라는 사람들이 서로 물어뜯고 쌈박질하는 것을 TV에서 보고 있노라니 내가 어렸을 때 생각이 문득 떠올랐다.

인간의 나이가 열세 살 정도 되면 남자는 세 곳에, 여자는 두 곳에 털이 나기 시작한다. 이는 지극히 정상적인 현상이다. 이를 '제2차 성징'이라고 부르던가?

헌데 그땐 그것이 왜 그처럼 창피했고, 부끄러웠으며, 또한 다른 아이들의 놀림감이 되었을까?

내가 어릴 때 살던 시골에서는 수영복이라는 것은 구경도 못했다. 그래서 여름이면 동네 아이들이 냇가에 나가서 모두 발가벗고 '미역'을 감았다. '미역'이란 요새 점잖은 말로는 '수영'을 말한다. 이러한 수영을 동네 아이들이 다 같이 냇가에 나가서 하곤 했다. 근데 어느 날 한 꼬마 한 녀석이, 나의 그곳에 털이 난 것을 보고서 큰소리로 나를 놀렸다.

"얼럴레 꼴럴레, 저 형 ㅈㅈ에 털 났네, 털 났어."

이 소리를 들은 나는 너무 창피해서 그놈에게 달려가서 군밤 한 톨을 세게 먹여 주었다. 그러자 그 녀석이 울면서 더 큰소리로 "ㅈㅈ에 털 난 놈"이라고 나를 놀려댔다. 그곳에 있던 동네 아이들이 모두 깔깔대면서 나의 그곳을 쳐다보았다.

난 그만 집으로 줄행랑을 쳤다. 집에 도착하자마자, 큰형의 안전면도기를 훔쳐다가 골방에 들어가서 몰래 그곳의 털을 싹싹 밀어버렸다. 거기까지는 좋았다. 그런데 삼사일 뒤 그곳에서 새로운 털이 솟아 나오면서 그 부위가 따가워서 환장할 노릇이었다. 지금도 그때를 생각하면 그곳이 따갑고 근질거리는 것 같다.

풍성했던 그곳도 이제는 거의 민둥산이 되다시피 했다. 이를 뭐 국회의원이 보면 '얼럴레 꼴레라'라고 놀릴까 두렵다. 나에게 공연히 시비를 걸까 두렵다. '털도 없는 놈'이라고.(*)

아는 것이 병, 학탄과 탄천

"아는 것이 병이다"라는 속담이 있다. 이를 유식하게 말하면 '식자우환(識字憂患)'이라고 한다. 그러나 나는 이 말을 "아는 척하다가 공연히 망신만 당한다"는 뜻으로 해석하고 싶다. 난 이런 경우가 비일비재(非一非再)했기 때문이다. 가만히 있으면, 50점이라도 얻을 수 있는 것을, 공연히 아는 척하다가 빵점을 맞곤 한다.

내가 살던 곳 근처에 있었던 학여울과 탄천

난 예전에 서울의 양재동과 수서에서 산 적이 있다. 양재동에 살 때는 그 앞에 양재천이 흘렀고, 수서에 살 때는 그 근처에 탄천이 있었다. 양재천이라는 명칭은 양재동(良才洞)에서 비롯되었으나, 조선 성종 12년(1481)에 편찬한 『동국여지승람(東國輿地勝覽)』이라는 책을 보면 '공수천(公需川)'으로 되어있다. 그러나 철종 12년(1861) 김정호(金正浩)가 만든 『대동여지도(大東輿地圖)』에는 상류는 공수천(公須川), 하류는 '학탄(鶴灘)'

으로 되어있다. '학탄'이란 우리말로 '학여울'이라고 부르는데, '학(鶴)'은 두루밋과에 속한 겨울 철새를 말한다. 그리고 '탄(灘)'은 여울을 말하는데, 이는 강이나 바다에서 바닥이 얕거나 폭이 좁아 물살이 빠르게 흐르는 곳을 말한다.

바로 이러한 여울에 백로가 빈번히 날아들었기 때문에 '학여울'이라고 이름이 붙였다고 한다. 지금도 지하철 3호선을 타고 수서 방향으로 가다가 보면 '학여울역'이라는 곳이 나온다. '학여울', 그 얼마나 멋진 이름인가! 맑은 물이 빠르게 흐르는 여울에서 학이 한가히 노닐면서 긴 부리로 물고기를 쫓기도 하는 풍경. 지금은 이런 풍경이 사라지고 말았지만, 난 지하철을 타고 학여울역을 지날 때마다, 옛날의 학여울 풍경을 머릿속으로 그려보곤 한다.

학여울을 빠르게 지난 양재천은 1km쯤 더 흘러내리다가, 성남 쪽에서 흘러 내려오는 '탄천'이라는 하천과 만나 한강으로 흘러들어 가게 된다. 난 여기 탄천의 '탄' 자도 학여울처럼 '여울 탄(灘)' 자를 쓸 것으로 지레짐작해서 한자로 '灘川'이라고 쓰는 줄 알았다. 이는 하천이나 강 이름에, 예컨대 '한탄강(漢灘江)'처럼 '탄(灘)'을 많이 쓰기 때문이기도 했다. 그래서 '탄천'이라는 말이 나오면, 그건 '여울 탄(灘)'에 '내 천(川)'을 써서 '탄천'이라고 부른다고 아는 척했다. 그런데 지금으로부터 30~40년 전인 1980년대의 어느 날, 강남구의 지도를 보다가, '탄천'을 한자로 '숯' 탄(炭) 자에다가 '내' 천(川) 자를 써서 '炭川'이라고 적어 놓은 것을 보고 적이 놀랐다. 도대체 왜 하필 냇물 이름을 '탄천' 즉 숯 냇물이라고 붙였을까? 아주 궁금했다. 그러나 그땐 뭘 찾아보려면 지금처럼 인터넷이 없어, 여러 가지 문헌들을 뒤져보아야 했는데, 그것이 귀찮아서 포기하고 말았다. 근데 며칠 전 지하철을 타고 학여울역을 지나다가 불현듯 예전의 궁금증이 되살아났다. 그래서 주머니에서 핸드폰을 꺼내서 검색창에서 '탄천'이라고 찍고 검색해 보았더니 그 유래에 관하여 크게 두 가지 설명이 나와 있었다.

'탄천'이란 이름의 유래에 관해서는 두 가지 전설 있어

첫 번째는 탄천의 상류인 용인시에서 전해 내려오는 전설인데, 하루는 염라대왕이 저승사자에게 삼천갑자(18만 년)를 살았다는 동방삭(東方朔)을 잡아 오라고 명령했다. 그러나 동방삭은 워낙 둔갑술이 뛰어나서 저승사자도 동방삭을 찾을 수조차 없었다. 이에 저승사자는 한 가지 꾀를 내서 오늘날의 탄천 냇물에 가서 검정 숯이 하얗게 되도록 빨고 있었다. 이 모습을 본 한 행인이 "내가 삼천갑자를 살았어도 숯을 빠는 놈은 처음 봤네"고 하자 저승사자는 그 사람이 바로 동방삭인 것을 알아채고, 그를 붙들어서 염라대왕에게 데려갔다. 그래서 이때부터 오늘날의 탄천을 '숯내' 또는 한문으로 '탄천(炭川)'이라고 부르게 됐다고 한다.

하지만 이러한 전설은 믿기 어렵다. 옛날 중국의 전한(前漢, 기원전 202년~기원후 82년) 시대에 살았던 동방삭이 아무리 둔갑술이 뛰어났다고 하더라도 우리나라의 탄천까지 왔다는 것은 믿기 어렵기 때문이다. 그런데다가 사실상 동방삭은 삼천갑자를 산 것이 아니라, 겨우 62년을 살다가 병사하고 말았다. 그런가 하면, 탄천에 관한 동방삭의 위와 같은 전설은 서울 강남구에만 있는 것이 아니라, 우리나라 여러 곳에 있다. 예컨대, 경상도 울산에도 있고, 전라도 남원에도 있다. 따라서 이를 볼 때, 냇물의 색깔이 조금 검푸르면, 위에서 말한 중국의 동방삭 전설을 찍어다 붙였던 것 같다.

탄천에 관한 두 번째 전설은, 백제의 시조 온조왕(溫祚王)이 서기전(西紀前) 6년에 하남 위례성(河南慰禮城)으로 도읍을 옮긴 뒤, 서기 10년에 태자 다루(多婁)의 세자궁(世子宮)을 지금의 경기도 성남시 수정구 창곡동(倉谷洞)에 지어주고 병정들을 양성토록 했다. 그러자 태자의 병정들이 이 지역을 훈련장으로 쓰면서 밥과 국을 장작불로 지은 뒤, 장작불에서 나오는 숯들은 냇물에 넣어서 냇물을 정화시켜 음료수로 사용했다고 한다. 그래서 그 냇물을 '숯내'라고 부르게 되었으며, 이를 한자로는 탄천(炭川)으로 표기하게 됨으로써, 성남시 창곡동에서부터 오늘날의 서울시 강남구까지로 흐르는 냇물의 이름이 탄천이 되었다고 한다.

위와 같이 오늘날의 탄천을 왜 탄천이라고 부르게 되었느냐에 관해서는 두 가지 전설이 있다. 그러나 이들은 어디까지나 전설이므로 어떤 것이 맞느냐고 말하기 어렵다. 하지만 분명한 것은 탄천에서 탄 자는 여울 탄(灘) 자가 아니라, 숯 탄(炭) 자라는 사실이다. 그런데 난 과거에 그런 줄도 모르고, 탄천의 '탄' 자도 학여울처럼 '여울 탄(灘)' 자일 것으로 지레짐작해서, 탄천이라는 말이 나오면, 그건 여울 탄(灘)에 내 천(川)을 써서 '탄천'이라고 부른다고 아는 척 했던 것이다. 비록 지금으로부터 30~40년 전의 일이지만, 그때 나의 잘못된 말을 '진짜'로 믿었던 사람이 있었다면 용서해 주기 바란다.(✱)

'컴개론+연방' 4종 1세트와 그 인세

그러니까 그게 한 15년쯤 되었을까? PC에서 플로피 디스켓(floppy diskette)이 사라지며 그 대신 USB(Universal Serial Bus)가 출현하자, 난 과거 약 30년 동안 플로피 디스켓에 저장해 놓았던 각종 문서 자료를 서둘러 USB로 옮겨 놓아야만 했다. 그때 '잡동사니' 자료들을 한데 모아 놓았던 백업 파일(backup file) 하나를 며칠 전 열어보았더니 거기에는 별의별 자료들이 다 들어 있었다. 그중에는 내가 1989년부터 1994년 사이에 받았던 인세(印稅)의 일부도 저장되어 있었다. 그걸 보니 감개가 무량했다. 그때, 그러니까 내가 30대 후반부터 40대 후반까지 10여 년 동안, 수없이 많은 밤을 지새우면서 모두 열 권의 책을 쓰던 시절이 생생하게 머리에 떠올랐기 때문이다.

내가 처음 쓴 책은 1976년 간행 『커뮤니케이션학 개론』

내가 처음으로 쓴 단독 저서는 1976년 4월 10일 발행한 『코뮤니케이션학 개론(하)』(서울: 세영사)였다. 그땐 영어의 'communication'을 문교부(현 교육부)에서 '코뮤니케이션'으로 표기하라고 지정했기 때문에 책 이름이 『코뮤니케이션학 개론』이 된 것이었다. 그랬다가 규정이 바뀌면서 1988년 전정판을 낼 때부터 『커뮤니케이션학 개론』으로 고쳤다.

1976년 4월 10일 『코뮤니케이션학 개론(하)』에 이어, 1976년 9월 5일 상권(上卷)인 『커뮤니케이션학 개론(상)』을 발간했다. 이처럼 순서를 바꾸어 하권을 먼저 내고, 상권을 뒤에 내게 된 것은, 비록 상권의 원고를 먼저 탈고했으나, 분량이 많아서 조판 과정에 시간이 좀 걸렸고, 또한 다시 보완할 내용들이 좀 있었기 때문이다. 하여 『코뮤니케이션학 개론(상)』은 『코뮤니케이션학 개론(하)』가 나온 5개월 뒤인 1976년 9월 5일 자로, 가을학기 초에 발행했다. 『코뮤니케이션학 개론(상)』은 커뮤니케이션학의 서설(序說)과 총설(總說)이었는데, 분량은 신국판 599쪽(반양장)이었고, 책값은 겨우(?) 3,500원이었다. 반면 『코뮤니케이션학 개론(하)』는 커뮤니케이션학의 각설(各說)이었는데, 분량은 신국판으로 548쪽(반양장)이었고, 책값은 3,300원이었다. 따라서 이들 상·하권의 분량은 모두 1,147쪽으로 개론 책으로는 분량이 너무 많았는데, 이들 두 권의 책의 목차만 소개해 보면 〈표-1〉과 같다.

이들 두 책의 초판 원고지는 아직도 내가 간직하고 있는데, 분량은 200자 원고지로 약 5천 8백 매가 되었다. 이러한 원고지를 묶어 놓은 뭉치의 높이를 지금 재어 보았더니 55cm쯤 된다. 당시는 오늘날과 같은 PC 워드 프로세서(word processor)가 없었기 때문에 모든 원고는 만년필로 한 글자 한 글자씩 써나가야만 했다. 내가 만년필로 원고를 쓴 것은, 비

〈표-1〉 커뮤니케이션학 개론(상 · 하) 장 · 절 목차

록 당시 '모나미' 볼펜이 새로 나와서 인기를 끌고 있긴 했지만, 볼펜으로 오랫동안 글씨를 쓰면, 볼펜을 쥔 손가락에 마비가 온다는 소문이 떠돌았기 때문이다. 그래서 난 펜촉을 굵은 '파아커' 만년필로 원고를 썼는데, 그 만년필을 기념으로 나는 아직도 간직하고 있다.

그야 어쨌든 간에, 만년필로 소위 육필(肉筆) 원고를 써나가다가 잘못 쓰거나 고쳐 쓸 것이 있으면, 기껏 썼던 원고지를 팍팍 꾸겨버리고 다시 써야 했다. 그래서 밤늦게까지 원고를 쓰고 아침에 일어나서 보면 책상 옆에 놓은 휴지통에 구겨 버린 원고지가 수북하게 쌓여 있곤 했다. 그때를 생각하면, 요즘의 PC 워드 프로세서가 얼마나 고마운지 모르겠다.

지금 이 글을 쓰면서 내가 1976년에 발간한 『코뮤니케이션학 개론』 초판본을 꺼내서 그 머리말을 보니까, 뒷부분에 "선배 학자들도 혹시나 오도(誤導)를 범할까 저어되어, 개론서의 집필을 뒤로 미루는 처지에, 아직 박사 논문의 잉크도 채 마르지 않은 저자(著者)가 이러한 책을 쓰는 것은 지극히 외람된 일이 아닐 수 없다. 그러나 용기를 내어서, 은사(恩師)나 선배들이 가르쳐주신 것들을 충실히 정리해 보겠다는 마음가짐에서 본서(本書)를 집필하였다. 잘못된 점이나 부족한 점들은 기탄없는 없는 질책을 달게 받아 계속 고쳐 나가려고 한다"고 적혀 있다. 그렇다. 그때 난 박사 논문의 잉크도 채 마르지 않은 주제였다.

박사 논문의 잉크도 채 마르지 않은 주제에 개론서 집필

난 1967년 9월 미국에 유학 갔다가 5년 만인 1972년 6월 귀국했다.

그러나 취직을 못 해서 8개월쯤 백수 노릇을 하다가 1973년 3월 15일 서울대학교 신문대학원(1975년 신문학과로 됨) 전임강사 발령을 받았다. 그리하여 학생들을 가르치면서 절실히 느끼게 된 것은 교재 부족이었다. 이게 바로 내가 『코뮤니케이션학 개론』을 쓰게 된 동기의 하나였다. 그러나 그야말로 "아직 박사 논문의 잉크도 채 마르지 않은" 주제에, 서른 초반의 젊은 놈이 그것도 커뮤니케이션학 분야의 개론서를 쓴다는 것은 북한의 김여정의 말처럼 "삶은 소 대가리가 웃을 노릇"이었다. 그래서 마냥 망설이고만 있었다. 그러던 중 1974년 여름 어느 날, 세영사(世英社)라는 신설 출판사 사장이, 당시 내가 살고 있던 신대방동 교수아파트로 찾아와서, 신문방송학 관계 개론서를 써 달라면서 굳이 선인세로 30만 원을 놓고 갔다. 당시 30만 원은 적지 않은 돈이었다. 1973년 4월 내가 결혼해서 살았던 마포구 토정동의 12평짜리 시범아파트의 전세금은 70만 원이었다. 그리고 1974년 봄 내가 신대방동에 신축한 서울대학교 교수 아파트에 입주할 때, 내가 400만 원을 냈고, 박정희 대통령이 입주 교수마다 50만 원씩을 주어서, 450만 원을 주고 25평짜리 아파트를 구입했다. 난 돈이 조금 부족해서 5층을 선택했기 때문에 450만 원을 냈으나, 2~4층은 아마도 500만 원이었던 것으로 기억된다.

물론 30만 원이라는 거금도 고마웠지만, 당시 새파란 전임강사였던 나를 어떻게 알고 저자로 선택해 주었는지 그것이 더 고마웠다. 그리하여 그날부터 서재에 들어가서 원고를 쓰기 시작했다. 밤을 꼬박 새운 날도 부지기수였다. 밤새도록 원고를 쓰다가 새벽에 조간신문이 배달되면 그것을 들고 들어가서 보다가 잠든 날도 적지 않았다.

당시 내 큰딸 아이가 겨우 돌을 막 지났는데, 내 서재 방문으로 벌벌 기어 와서 문을 열어 달라고 떼를 쓰며 울었다. 그러나 난 원고를 쓰느라고 방문을 열어주지 않았다. 딸아이는 더욱 크게 울었고, 그러면 제 어미가 열쇠를 가지고 와서 내 서재 방문을 열어주기도 했다. 그때 그랬던 내 큰 딸아이가 지금은 벌써 49세가 되었으며, 성신여대 정교수로 학생들을 가르치고 있는데, 내가 『코뮤니케이션학 개론』 두 권을 쓸 당시 내 나이는 한국 나이로는 서른다섯 살이었고, 호적 나이로는 서른세 살이었다.

『커뮤니케이션학 개론』에 이어 사회통계 방법론 책도 출판

나의 『코뮤니케이션학 개론』 상·하권이 나오자, 대학에서 신문학·신문방송학·광고홍보학 등을 전공하는 학생들이 많이 사보았다. 그러면서 언론학 분야의 '바이블'이라는 말이 들리기 시작했다. 난 기분이 좋았다. 그러자 내친김에 커뮤니케이션 연구 방법에 관한 교과서도 써보고 싶은 생각이 들었다. 학생들이 커뮤니케이션학을 공부하고, 연구하려면 연구 방법도 알아야 하기 때문이다. 그리하여 1977년 9월 15일 『사회통계 분석 방법론 : 커뮤니케이션학 연구 중심』이라는 통계 방법 책부터 역시 세영사에서 출판했는데, 그 머리말을 보면 아래와 같이 적혀 있다.

무릇 하나의 학문 분야가 독립된 학(學 : independent discipline)으

로 성립하려면 최소한 2가지 필수 조건을 충족시킬 수 있어야 한다. 첫째는 그 학문 고유의 연구 대상이 있어야 하며[커뮤니케이션학 고유의 연구 대상은 인류사회의 모든 커뮤니케이션 현상이다], 둘째로는 그 연구 대상을 과학적으로 연구할 수 있는 방법론이 있어야 한다. … 비록 그 역사는 일천(日淺)하지만 커뮤니케이션학도 이제는 이상과 같은 두 가지 조건을 갖춘 하나의 독립학문으로 자타가 인정하고 있다. … 비록 전문적 연구자는 되지 않는다고 하더라도 커뮤니케이션 학도라면 누구나 최소한 연구 방법이란 무엇이며, 연구 방법에는 어떤 것들이 있느냐의 정도는 알아야 한다. 우리가 배우는 지식체계가 모두 어떠한 연구 방법에 의하여 도출된 연구 결과라고 할 진대는 그 지식 또는 이론이 어떻게 나오게 되었는가를 모른다는 것은 수치라고 아니 할 수 없을 뿐더러, 다른 사람의 연구논문을 최소한 읽고 비판할 수도 없기 때문이다. 아무리 그럴듯한 철학적 입언(立言)이라도 과학적 방법에 의한 실증을 수반하지 않은 이론은 어디까지나 가설(假說) 내지 아이디어에 불과하다. 그러므로 학생들에게 과학적 방법을 가르쳐서 이들로 하여금 참된 지식과 허황하고 어지러운 사변(思辨)과를 분별할 줄 아는 능력을 길러 주어야 하겠다.

그러면서 이러한 연구 방법론 중에서 먼저 통계 분석 방법에 관한 책부터 내게 된 이유에 관해서는 아래와 같이 밝혀 놓았다.

오늘날 통계 방법은 커뮤니케이션 학도들에게도 없어서는 아니 될 중요한 기본적 소양(素養)의 하나로 인정되고 있다. 기실(其實) 통계 방법에 대한 관심과 연구는 커뮤니케이션학의 형이상학적(形而上學的) 변두리를 할 일 없이 배회하던 우리의 사고(思考)와 정렬을 '현실'과 '사실(事實)'이라는 새로운 학문의 세계로 지향하게 만드는 데 가장 결정적인 역할을 했다고 저자(著者)는 믿고 있다.

이와 같은 이유에서 『사회통계 분석 방법론』은 제1장 서론에 이어, 여러 가지 통계 방법들을 크게 2편으로 나누어 제1편 기술 통계 방법론에서는 1원적 기술 통계 방법(제2장)과 상관관계의 기술 통계 방법(제3장)들을 소개했고, 제2편 추리 통계 방법론에서는 모수적 추리 통계 방법(제4장)과 비모수적 추리 통계 방법에 관하여 실례를 들어서 설명했다. 이러한 내용의 『사회통계 분석 방법론』 초판은 1977년 9월 15일 1,100부를 발행했는데, 분량은 신국판 582쪽(양장)이었고, 책값은 3,700원이었다. 이런 책이 나오자, 커뮤니케이션학, 즉 신문방송학 분야보다는 다른 사회과학 분야에서 많이들 사 보았다. 그리하여 6개월 만에 다시 2쇄(刷) 1,000부를 찍으면서, 출판사의 요구로, 책 이름(서명)을 간단히 『사회통계 방법』으로 고쳐서 계속 같은 이름으로 발간했다.

『커뮤니케이션 연구 방법』을 『사회과학 연구 방법』으로 증보

1977년 9월 『사회통계 분석 방법론』을 발간한 나는, 이번에는 『커뮤니케이션 연구 방법』이란 책을 쓰기 시작했다. 그리하여 1979년 3

월 10일에 발간(세영사)했다. 이 책은 2편(篇) 9개 장(章)으로 나누어, 제1편 총설(總說)에서는 연구방법론의 기초 개념을 일반적인 연구 절차에 따라 4개 장으로 나누어, 제1장에서는 연구의 대상과 목적 및 방법, 제2장에서는 연구 과정과 연구설계, 제3장에서는 자료수집 방법과 측정·표집, 제4장에서는 자료 분석과 해석 및 연구 결과의 보고 방법에 관하여 설명했다. 그리고 제2편 각설(各說)에서는 다섯 개의 대표적 연구 방법들, 즉 ① 도서관 서베이방법(제5장), ② 역사적 연구 방법(제6장), ③ 내용분석 연구 방법(제7장), ④ 조사연구 방법(제8장) ⑤ 실험연구 방법(제9장)을 골라서 이들 각 방법의 연구 방법과 절차 등을 자세하게 소개했다.

이러한 내용의 『커뮤니케이션 연구 방법』 책은 그 이름에서 보듯이 본래는 저자의 전공학문인 커뮤니케이션학과(신문방송학과) 학생들을 대상으로 쓴 것이었다. 그러나 초판이 나오자 다른 사회과학 분야에서도 교재로 채택하는 사례가 많았다. 그러면서 책 내용을 사회과학 전반에 관한 연구 방법으로 고치는 동시에 책 이름(서명)도 『사회과학 연구 방법』으로 바꾸어 주면 좋겠다는 요청들이 여러 곳에서 들어왔다. 그래서 『커뮤니케이션 연구 방법』의 내용을 모든 사회과학 분야의 학생들에게 맞도록 그 내용의 일부를 수정하여 1981년 9월 20일 『사회과학 연구 방법』이란 이름으로 다시 발행하게 되었다(세영사).

1989~94년 사이에 내가 받은 인세(印稅)의 내역 기록

위와 같이 하여 내가 1차적으로 쓰고자 했던 네 권의 기본 서적들의 발행은 일단 완성되었고, 이들 4종 한 세트(컴개론+연방)의 기본 교재는 당시 언론학 분야 대학생들 사이에서 '바이블(?)'로 불리면서 꽤 많이 팔려나갔다. 그러면서 그 인세(印稅, 저작료)로 내가 집을 샀다는 소문이 돌기도 했다. 그러나 내가 인세를 정말로 얼마나 받았는지는 일일이 기록해 놓지 않아서 나 자신도 궁금했다. 그런데 이 글의 서두에서 말했듯이 내가 과거에 '플로피 디스켓'에 저장해 놓았던 각종 문서 자료를 USB로 옮기다가 '잡동사니' 자료들을 모아놓은 백업 파일 하나를 열어보았더니 내가 1989년부터 1994년 사이에 받았던 내 책들의 인세 일부를 적어 놓은 것이 있었다. 내가 도대체 왜 이처럼 5년 동안의 인세만 기록해 놓았는지는 30여 년 전 일이라 통 기억나지 않는다.

비록 부분적 자료일지라도, 이를 잃고 싶지 않아서 여기에 기록해 놓고 싶은데, 1989년부터 1994년 사이에 내가 받았던 인세 중에서 『커뮤니케이션학 개론』 상·하권과, 『사회과학 연구 방법』, 『사회 통계 방법』의 인세만 소개해 보면 아래 〈표-2〉와 같다.

이 표에서 맨 왼쪽 첫째 칸(열)을 보면, 책 이름(書名) 아래 괄호 안에, 예컨대 '초판 1976', '개정 1988'이라고 표시되어 있는데, 이는 그 책을 1976년에 처음 발행했으며, 1988년에 개정(改訂)했다는 말이다. 그러나 『커뮤니케이션학 개론(하)』를 보면, '개정'이라고 하지 않고, '전정'(全訂)으로 되어있는데, 이는 책 내용을 일부 개정만 하지 않고 확 바꾸었다는 말이다.

다음으로 둘째 칸을 보면, '수령연월일'이라고 되어있는데, 이는 내가 출판사로부터 인세를 받은 날짜를 말한다. 이들 날짜를 보면, 대체

〈표-2〉 나의 4권 세트 저서의 인세 수령내역(1989~94)

책이름(서명)	수령년월일	발행부수	단가(쪽수)	인세(원)	비고
커뮤니케이션학 개론(상) (초판 1976) (개정 1988)	1989.08.21	1,100부	9,500원 (신국판 738쪽)	1,425,000	개정판 2쇄
	1990. 09. 12	1,100	9,800 (〃)	1,470,000	3쇄
	1991. 09. 17	1,100	12,000 (〃)	1,800,000	4쇄
	1992. 09. 09	1,100	14,000 (〃)	2,100,000	5쇄
	1993. 09. 15	1,100	15,000 (〃)	2,250,000	6쇄
	소 계	5,500		9,045,000	
커뮤니케이션학 개론(하) (초판 1976) (전정 1991)	1989. 08. 21	1,500부	8,500원 (신국판 548쪽)	1,912,500	전정1판 9쇄
	1990. 04. 13	2,000	8,500 (〃)	2,550,000	10쇄
	1990. 09. 12	3,300	9,000 (〃)	4,050,000	11쇄
	1991. 02. 28	2,000	9,000 (〃)	2,700,000	12쇄
	1991. 09. 17	1,100	12,000 (신국판 578쪽)	1,800,000	전정2판 1쇄
	1993. 04. 10	1,100	12,000 (〃)	1,800,000	2쇄
	소 계	11,000		14,812,500	
사회통계방법 (초판 1977) (개정 1978)	1990. 09. 21	550	9,000원(신국판 582쪽)	675,000	개정판 7쇄
	1991. 09. 17	1,100	10,500 (〃)	1,575,000	8쇄
	소 계	1,650		2,250,000	

책이름(서명)	수령년월일	발행부수	단가(쪽수)	인세(원)	비고
사회과학 연구방법 (초판 1979) (개정 1990)	1989. 08. 21	2,500부	8,000원(신국 판 483쪽)	3,000,000	초 판 12쇄
	1990. 04. 13	1,100	9,500 (신국 판 582쪽)	1,425,000	개정판 1쇄
	1991. 03. 05	1,100	10.500 (〃)	1,575,000	2쇄
	1992. 03. 19	1,100	12,000 (〃)	1,800,000	3쇄
	1992. 09. 29	1,100	13,000 (〃)	1,950,000	4쇄
	1993. 04. 10	500	13,000 (〃)	975,000	5쇄
	1994. 03. 20	1,100	14,000 (〃)	2,100,000	6쇄
	소 계	8,500		12,825,000	
총 계		26,650		38,932,500	

로 3, 4월이나 9월로 되어있는데, 교재들은 새 학기에 맞추어서 2월이나 8월에 발간하며, 그에 대한 인세는 책이 나온 지 1개월 뒤에 저자에게 주기 때문이었다. 당시는 인지(印紙) 즉 저작권의 보호를 위해 우표처럼 생긴 조그만 딱지에 저자의 도장을 찍은 것을 책마다 판권장 위에 붙였는데, 책의 인쇄와 제본이 끝나면 출판사에서 인지 용지를 발행 부수만큼 저자인 나에게 가지고 와서 그 위에 도장을 찍어 달라고 했다. 그러면 도장은 대개 아내가 찍어 주었는데, 예컨대 나의 『커뮤니케이션학 개론(하)』는 1회 발행 부수가 2~3천 부가 되기도 했고, 또한 2~3종의 책을 한꺼번에 발행할 경우는 인지를 몇천 장을 찍어 주어야 했다. 그래서

아내가 인지에 도장을 찍느라고 도장을 쥔 손가락이 아프다고 푸념하면서도 "돈이 들어오게 되어 기분은 좋다"고 한 말이 생각난다. 이렇게 아내가 인지에 도장을 찍어서 출판사에 넘겨주면 그로부터 정확히 1개월 뒤에 인세를 주었는데, 그때는 요즘처럼 컴퓨터나 휴대폰으로 송금하는 시스템이 없어서 인세는 출판사 직원이 현금으로 직접 들고 왔다.

셋째 칸의 '발행 부수'는 책을 한번 발행할 때 찍어 내는 부수를 말하는데, 당시는 1회 발행 부수가 통상 1,000부였다. 그러나 나의 책을 낸 출판사에서는 1,100부를 인쇄하고, 인세는 1,000부에 대한 것만 주었는데, 100부는 홍보용이라는 이유에서였다.

네 번째 간의 '단가(單價)'는 책 한 권당의 책값을 말하며, 그 뒤 괄호 안에 있는 것은 책의 판형(版型)과 쪽수를 말한다. 위의 〈표-2〉에서 책값을 보면, 매년 조금씩 올라 『커뮤니케이션학 개론(상)』의 경우만 보더라도 1989년 가을학기에는 9,500원이었던 것이 1993년 가을학기에는 4년 만에 무려 15,000원으로 올랐다. 그런데 이 책의 경우, 1976년 9월 처음 발행했을 때의 책값은 3,500원이었다. 따라서 13년 동안에 약 4배나 오른 셈이었는데, 이는 나의 다른 저서들도 마찬가지였다.

다섯 번째 칸의 인세(印稅)는 내가 받은 각 책의 저작료를 말하는데, 당시 나는 인세로 책값(단가)의 15%를 받았다. 그러니까 만약 한 학생이 9,500원짜리 책을 한 권 사면, 그중에서 1,425원을 내가 받은 셈인데, 그것이 돈이 없는 학생들에게는 좀 미안한 생각이 들곤 했다.

마지막으로 여섯 번째 칸의 '비고'에서 '개정판 2쇄'니 또는 3쇄니 하는 것은, 예컨대 『커뮤니케이션학 개론(상)』의 경우, 1988년 개정판

(Revised eition)을 낸 이후, 1989년에 두 번째로 더 인쇄(printing)했다는 말이다. 그러니까 1988년에 개정판을 발행한 다음, 1989년에 그대로 다시 인쇄(2쇄)만 해서 발행했으며, 1990년에는 세 번째로 인쇄(3쇄)해서 발행한 것이라는 뜻이다.

한때는 내 본봉보다 내가 받은 인세가 많기도 해

위의 〈표-2〉에서 맨 아랫줄(행)의 총계를 보면, 1989년부터 1994년까지 5년 동안에 4종의 내 책을 모두 26,650부를 발행했으며, 이에 대한 인세로서 모두 38,932,500원을 받은 것으로 되어있다. 이들 4종의 저서들 이외에도 난 당시에 『태도 변용 이론』(나남출판사, 1985), 『매스커뮤니케이션 효과 이론』(나남출판사, 1986), 『설득커뮤니케이션이론』(서울대출판부, 1989), 『고금소총 I』(나남, 1992)도 출판한 상태였다. 또한 공저로는 『신문학이론』(박영사, 1974), 『언론 통제 이론』(법문사, 1986), 『설득커뮤니케이션 개론』(나남, 1992) 등도 있었다. 따라서 이들 11권의 인세를 모두 합치면 꽤 많은 편이었는데, 서두에서 말한 백업 파일을 보니, 1989년부터 1994년까지 각 연도별 인세 수입은 〈표-3〉의 네 번째 줄(행)과 같았다. 이들 인세를 모두 합치면 49,166,450원이 되는데, 이 액수가 오늘날의 물가 시세로 환산해 보면 얼마나 되는지는 모르겠다.

그러나 이를 당시 내 봉급과 비교해 보기 위하여 그때 내 월급이 얼마나 되었는지 내 저장 파일들을 찾아보았으나 없었다. 그래서 국가법령정보센터 홈페이지(https://www.law.go.kr/)에 들어가서 "국립대학 교원 등의 봉급표"를 찾아보았더니, 1989년부터 1994년까지 나의 호봉에 대한 월지급액과 연봉은 〈표-3〉의 둘째 줄(행)과 세 번째 줄과 같이 나와 있었다.

이를 보면서, 당시의 내 월급이 그처럼 적었는지는 미처 몰랐었다. 1989년에는 한 달에 겨우 39만 원 정도를 받다가, 봉급도 인상되고 내 호봉(號俸)도 올라가서 1994년에는 93만 원 정도를 받았다. 그러나 이는 소위 '본봉(本俸)'만 말하는 것이며, 본봉에다가 기성회비와 연구 보조비를 합치면 본봉의 3분의 1 정도는 더 받았던 것으로 기억된다.

하지만 당시 나의 본봉과 내가 받은 인세만 비교해 보면, 1989년부터 1992년까지는 인세가 연봉보다 많았다. 이는 1989년부터 1992년까지 5년 동안만 아니라, 그 이전인 1976년부터 2000년 정도까지도 마찬가지였던 것 같다. 그래서 그동안 내가 받은 모든 인세를 합치면 꽤 많았다고 볼 수 있다. 때문에 한때는 내가 인세로 집을 샀다는 소문이 돌기도 했다. 그러나 이는 좀 과장된 것이고, 지금 내가 살고 있는 시골에 부모님 산소 터와 땅은 좀 사놓았던 것은 사실이다. 그래서 정년퇴임 후

〈표-3〉 국립대학 교원 등의 봉급표(1989~1994)

구 별	1989년 (14)	1990년 (15)	1991년 (16)	1992년 (17)	1993년 (18)	1994년 (19)
월지급액	392,000원	460,500	523,500	591,500	613,500	927,000
연 봉	4,704,000	5,526,000	6,282,000	7,098,000	7,362,000	11,124,000
인세(1년)	7,987,500	13,425,620	9,450,000	8,880,000	5,533,745	3,889,585

*출처 : 국가법령정보센터 https://www.law.go.kr/ 연도 뒤 ( )의 숫자는 나의 호봉

난 이곳에 와서 전원주택을 짓고 살고 있다.

하지만 2000년 이후에는 인세가 거의 들어오지 않았는데, 그것은 내가 쓴 책들이 잘 팔리지 않았기 때문이다. 그 이유는 물론 내 책들의 내용이 점차 낡아졌기 때문이기도 했지만, 무엇보다도 결정적 이유는, 내 책들은 한자를 많이 혼용해서 썼는데, 2000년 이후 대학에 입학한 학생들은 한자를 거의 몰라서 내 책을 도저히 읽을 수 없기 때문이었다. 그래서 출판사 측에서는 한자를 한글로 바꾸자고 요구해 왔으나, 저자인 나의 입장에서는 내용은 개정하지 않고, 한자만 한글로 바꿀 수는 없었다. 그렇다고 해서 수많은 저서의 내용을 모두 개정하려면 많은 시간과 노력이 요구되어 도저히 엄두가 나지 않았다. 때문에 2000년대에 개정하면서 한글을 전용했던 『매스커뮤니케이션 효과 이론』, 『사회과학 연구 방법론』 등 몇 권의 저서들을 제외한 나머지 책들은 모두 절판(絶版)하고 말았다.

앞으로도 책을 계속 쓰다가 선비로서 생을 마치고 싶어

지난 83년간의 내 일생을 돌이켜 보면, 초등학교에 입학하기 이전인 6년을 제외한 77년 동안은 타의든 자의든 간에 나는 책과 씨름하며 살아온 것 같다. 서른세 살까지는 주로 다른 사람들이 지은 책을 읽으며 살아왔고, 그 이후 지금까지 50년 동안은 내가 직접 책을 쓰면서 살아왔다. 그러면서 단독 저서는 20권을 썼고, 공저와 공편(共編)은 16권을 써서 모두 36권의 책을 발간했다.

연구논문을 쓰는 데 주력하지 않고, 교재 등의 저서만 내는데 너무 많은 시간과 노력을 허비했다는 후회가 가끔 들 때도 없지 않다. 그러나 책을 쓰면서 나는 많은 지식을 배웠고, 또한 많은 깨달음도 얻었다. 책을 쓰자면 많은 공부와 사색이 필요했기 때문이다.

나의 책들은 다행히 우리나라 언론학계 회원들의 인정도 받아서 2009년 한국언론학회 창립 50주년에는 단독으로 공로상을 받았다. 또한 2019년 한국언론학회 창립 60주년에는 회원들이 무기명투표로써 뽑은 3권의 우수저술서들 중에서 내가 쓴 책이 두 권(『커뮤니케이션이 개론』과 『매스커뮤니케이션 효과 이론』)이나 선정되어 '저술부문 학술영예상'도 받았다. 나로서는 대단한 영광이었다. 이 책들은 심사위원 몇 사람이 선정한 것이 아니라, 한국언론학회 전 회원들이 무기명투표로 선정해 준 것이기 때문이다. 내친김에 내 자랑을 한 가지만 더 늘어놓자면, 1990년 5월 5일에는 한국언론학회가 수여하는 제2회 '희관언론학저술상(晞觀言論學著述賞)'도 받은 바도 있다. 이는 내가 1989년 출판한 『설득커뮤니케이션 이론』(서울대학교 출판부)이 수상 도서로 선정되어서였다.

난 2007년 8월 말 대학에서 정년퇴임 후에도 모두 7권의 책을 썼다. 그중에서 2권은 '대한민국 학술원 선정 우수학술도서'로 뽑혔다. 또 한 권(공저)은 문화체육관광부 산하 한국출판문화산업진흥원에서 주관하는 '세종도서'에 선정되었다. 작년(2022년) 10월에는 『조선시대 '조보' 연구』(서울대학교 출판문화원)라는 크라운판 671쪽짜리 연구서를 출판했다. 그러자 고맙게도 한국언론학회 산하 커뮤케이션역사연구회(회장 박용규) 회원들이 이 책에 관한 북토크를 지난 2월 7일 정동 프란치스코회

관에서 열어주어서 오랜만에 회원들과 유익하고 즐거운 시간을 보냈다.

난 앞으로도 책이나 쓰면서 여생을 보내고자 한다. 별다른 취미도 없고, 친구도 없으나, 시간은 많기 때문이다. 그래서 이제까지 그래왔듯이 책 쓰는 것을 하나의 도락(道樂)으로 삼아서 살아가고 싶다. 그러다가 비록 성인군자는 못되어도 한 사람의 선비로서 생을 마치고 싶다.(＊)

[덧붙임] 나는 1973년 3월 서울대학교 신문대학원 전임강사를 시작으로 대학교수가 되었는데, 그때 발령장을 찾아보니 호봉은 10-1이었다. 그래서 앞서 말한 "국립대학 교원 등의 봉급표"를 찾아보았더니, 1973년도 월급은 42,100원(본봉 5,520원+직책수당 36,580)이었다. 그러나 내 기억으로는 첫 월급으로 본봉 이외에 기성회비, 연구비 등을 합쳐서 15만 원 정도 받았던 것 같다. 그 후 34년 동안 서울대학교에서 봉직하다가 2007년 8월 30일 정년퇴임을 했는데, 퇴임 당시 나의 월급(33호봉)을 "국립대학 교원 등의 봉급표"에서 찾아보았더니, 3,536,900원이었다. 그러므로 "국립대학 교원 등의 봉급표"에 의하면, 나의 월급은 34년 동안에 무려 83배나 뛰었는데, 이는 믿기 어려울 정도의 증가율이다. 그러나 이는 교수의 월급뿐 아니라, 그간에 소비자물가도 그만큼 많이 올랐다는 말이 되기도 한다.

연안 차씨 본향에 대한 추상(追想)

누가 나에게 본관을 물으면 '연안 차씨'라고 수백 번이나 대답했건만, 막상 내 관향(貫鄕)인 연안에는 한 번도 가 본 적이 없다. 그래서 꼭 한번 가 보고 싶었다.

우리 차씨 득관조 연안군(延安君) 휘 효전(孝全)의 유택도 이곳 영의면(令宜面) 금암동(金巖洞)에 있기 때문이다. 하지만 불행하게도 휴전선이 가로막혀, 연안을 찾아가는 것은 불가능했다. 그런데 누가 말하기를, 강화도의 교동도에 있는 망향대에 가면, 바다 건너로 연안 땅이 보인다고 했다. 이 말은 들은 나는 지난 2020년 11월 10일 아내와 함께 그곳으로 차를 몰았다.

먼저 교동면사무소 근처 대룡시장을 둘러보고 나서, 꼬불꼬불한 들판 길을 약 10km쯤 달려, 야트막한 산기슭에 위치한 망향대에 도착했다. 마침 날씨가 쾌청해서 바다 건너 북한의 산천이 한눈에 들어왔다. 망원경에 눈을 대고, 연안 방향 쪽을 보니, 연안의 진산(鎭山)인 비봉산(飛鳳山, 鳳勢山이라고도 부름)이 저 멀리 우뚝 서 있고, 불과 10여km 바다 건너 해안 마을 들녘에서는 북한 주민들이 추수하는 광경도 눈에 들어왔다. 비록 멀리서 바라보기만 했지만, 나의 관향을 처음 대하는 나의 가슴은 설레고 뛰었다.

본관이란 무엇이고, 어떻게 정하는가

도대체 관향 또는 본관(本貫)이란 무엇이며, 우리 연안 차씨는 언제부터 본관을 왜 '연안'으로 정했을까? 난 무지(無知)하게도 이에 대하여 잘 알고 있지 못했다. 그래서 집에 돌아오자마자 우리 차씨 가문에 관한 여러 가지 문헌들을 뒤져보았다. 그러나 부정확하거나 앞뒤가 서로 맞지 않는 내용들도 없지 않았다. 하지만 이들 문헌을 바탕으로 하되, 나 나름대로 연안 차씨 본관의 유래를 돌이켜 추상(追想)해 보았다. 고로 오류도 적지 않을 것으로 심히 저어된다. 또한 이 글을 역사 서술체로 쓰다 보니, 조상님들에 대한 존칭을 생략하고 휘(諱)만 썼으며, 문체(文體)도 경어체 대신 평어체를 사용한 것도 죄송스럽기 그지없다.

『한국민족문화대백과사전』을 찾아보니, 본관이란 "향관(鄕貫)·본적(本籍)·관적(貫籍)·성관(姓貫)·본(本)"이라고도 부르는데, "성(姓)의 출자지 또는 시조의 거주지를 통해 혈통 관계와 신분을 나타내는 관습제도"라고 풀이해 놓았다. 이어서 부연하기를, "우리나라의 성씨와 본관 제도는 중국의 것을 수용하였으며, 본격적으로 정착된 시기는 신라 시대 말기부터 고려 시대 초기로 생각되는데, 중국은 문헌상 황제(黃帝) 이래 역대의 제왕이 봉후(封侯) 건국할 때, 출생과 동시에 성(姓)을 주고 채지(采地, 영토

및 경작지)를 봉해서 씨(氏)를 명명(命名)해 준 데서 성씨는 계속 분화되어, 같은 조상이면서 성을 달리하기도 하고, 동성(同姓)이면서 조상을 달리하기도 하면서 본관이라는 제도가 생겨나게 되었다"고 한다.

이러한 본관이 정해지는 방법에는 크게 두 가지가 있었다. 첫째는 나라에서 공신(功臣)들에게 어떤 지방을 식읍(食邑)으로 하사하면, 그 공신의 친척이나 자손들이 그 지방에 살면서 본관지로 삼는 경우였다. 그리고 둘째는 어떤 성씨들이 자기들이나 조상이 살아온 곳 등을 본관지로 자칭하는 경우였다. 이와 같은 두 가지 방법 중, 고려 초기에는 나라에서 내려주는 본관이 많았다. 우리 차씨도 나라에서 본관을 받았는데, 이러한 본관은 곧 어떤 지역 성씨의 신분이나 지위, 명예 등의 우월성 등을 나타내는 상징이 되었다.

그러자 일반 성씨들도 자기 가문의 우월성을 나타내기 위하여 특히 조선조에 들어와서는 각 성씨가 서로 다투어 격(格)이 높은 지방을 본관으로 정했다. 그리하여 수많은 본관이 생겨나게 되었다. 단종 때 편찬한『세종실록지리지(世宗實錄地理誌)』라는 책에서 성씨 조항을 보면, 성씨의 수는 약 250 내외이나, 본관 수는 현(縣) 이상만 하더라도 530여 개나 되고, 촌락을 본관으로 한 촌성(村姓)과 향(鄕)·소(所)·부곡(部曲)·처(處)·장(莊)·역(驛)·수(戌)까지 합산하면 1,500개가 넘었다. 따라서 하나의 성씨가 평균 6개의 본관으로 나누어진 셈이다. 그러나 우리 차씨는 단 하나만의 본관을 가진 동성동본(同姓同本)의 가문이다. 그러면 우리 차씨는 언제 어떻게 해서 본관을 연안으로 정했을까?

차씨의 득성시조는 차무일이시고 득관조는 효전

우리 차씨 가문의 득관조(得貫祖)는 휘(諱)가 효전(孝全)이시다. 그는 고려 초기 대승공(大丞公) 류차달(柳車達)의 큰 아드님으로, 자(字)는 양운(良運), 호(號)는 강촌(江村)이며, 시호(諡號)는 무열공(武烈公)이시다. 그의 부친 류차달은, 고려 태조 왕건(王建)이 후백제를 치기 위해 남정(南征)할 때 수레들을 마련하여 군량미를 원활하게 보급하는 데 큰 공을 세우셨다. 그러자 왕건은 류차달에게 대승(大丞)이라는 벼슬을 내리고, 차씨로 복성(復姓)해서 세적(世績)을 이으라고 해서 '차달(車達)'이라는 호(號)도 내려주었는데, 차씨는 신라 헌덕왕(憲德王, 재위 809~825) 때 류(柳)씨로 성을 고쳤었기 때문이다.

우리 차씨의 득성시조(得姓始祖)는 차무일(車無一)이시다. 그는 박혁거세(朴赫居世)가 신라를 건국할 때 세운 공(功)으로 시중(侍中, 집사성의 최고위) 벼슬에 오르고, 임금으로부터 차씨 성을 받게 되어 차씨의 득성시조가 되었으며, 그 후손들도 대대로 높은 벼슬을 하며 살았다. 이들 중, 32세손 승색(承穡)은 애장왕(哀莊王) 밑에서 승상으로서 임금을 보필하였는데, 애장왕의 서숙(庶叔) 언승(彥昇)이 임금과 세자를 시해하고 왕위에 올라 헌덕왕(憲德王)이 되자, 승색은 헌덕왕을 죽일 계획으로 거사했다가 실패하였다. 그러자 승색은 그의 아들 공숙(恭叔)과 함께 황해도 유주현(儒州縣) 구월산(九月山) 아래 묵방동(墨坊洞)으로 피신하여, 조모의 성(姓)인 양(楊=버들 양)씨로 모칭(冒稱)하다가, 다시 같은 뜻의 류(柳=버들 류)로 바꾸고, 이름은 백(栢)으로 개명하여 숨어서 살았다. 따라서 이때부터 한때 차씨는 류씨로 불렸다.

　바로 이와 같은 사실을 고려 태조 왕건도 잘 알고 있었다. 때문에 류차달에게 차씨의 세적을 이으라는 뜻에서 '차달'이라는 호를 내려주었던 것이다. 그러자 차달은 그의 맏아들 효전의 성을 도로 차씨로 바꾸어 차씨 혈통을 잇게 하였다.

　태조는 또한 그의 아버지 차달과 함께 고려 창업에 큰 공을 세운 효전을 신숭겸(申崇謙), 복지겸(卜智謙) 등과 더불어 개국정사일등공신(開國定社一等功臣)에 책록하고, 벼슬로는 대광(大匡)을 제수하고, 작위(爵位)로는 백작(伯爵)에 봉하고, 식읍(食邑)으로는 고려의 도읍지 개성의 근처에 있는 염주현(鹽州縣, 현재의 연안)을 하사했는데, 당시 이곳에는 1천 호가 살고 있었다.

　이렇게 되어서 효전을 '대광백(大匡伯)' 또는 '대광지백(大匡之伯)'이라고 부르게 되었는데, '대광'은 벼슬 이름으로, 고려 초기에는 문관(文官) 중에서 최고 품계인 종1품이었다. 그리고 '백(伯)'은 나라에 공(功)이 있는 인물의 신분을 높이기 위해 주는 명예의 칭호인 작위, 즉 공작(公爵)·후작(侯爵)·백작(伯爵)·자작(子爵)·남작(男爵) 중에서 세 번째로 높은 백작을 말했다. 그리고 식읍이란 나라에서 공신이나 왕족에게 내리던 토지와 가호(家戶)로서 식봉(食封)이라고도 불렀다.

　이와 같은 식읍으로 효전이 황해도 염주현을 하사받자, 이곳에 그의 친척과 후손들이 세거(世居)하면서 차씨의 종적지(宗籍地) 즉 관향이 되었고, 효전은 득관조(得貫祖)가 됨으로써, 우리 차씨들은 오늘날에도 득관조 38세손이니, 44세손이니 하고 부르고 있다. 그런데 차씨가 처음 관향을 정할 때는 '염주 차씨'라고 불렀던 것 같다. 당시는 연안의 지명이 '염주현'이었기 때문이다. 그러나 염주의 지명이 '연안'으로 바뀌자, 본관을 '연안'으로 고쳐 '연안 차씨'라고 부르게 된 것 같다. 그렇다면, 염주가 언제 연안으로 지명이 바뀌게 되었는가?

연안은 본래 동삼홀이었으나 그 후 여러 번 지명 바뀌어

연안의 지명은, 이곳이 처음 생긴 이래 여러 번 바뀌었다. 고구려 때는 '동삼홀(冬三忽, 여기서 三은 音으로도 표기)'이었으나, '동청(冬青)' 또는 '시렴성(豉鹽城)'이라고도 불렀다. 시렴성이라고 부른 것은 아마도 이곳에서 소금(鹽)이 많이 났기 때문인 것 같다. 하지만 그 뒤 신라의 삼국통일 이후, 경덕왕 16년(757)에 종래의 동삼홀을 '해고군(海臯郡)'으로 개칭하고, 한주(韓州)의 관할 아래 두었다. 그러면서 '서번(西藩)'이라고도 불렀는데, 이는 서쪽의 번(藩), 즉 '제후의 나라'라는 뜻이다.

왕조가 바뀌어 고려가 들어서자, 태조 23년(940)에 해고군을 염주현(鹽州縣)로 바꾸고, 성종(成宗) 14년(995)에는 이곳에 방어사(防禦使)를 두었다. 그러나 현종(顯宗) 3년(1012) 방어사를 폐지하고, 안서도호부(安西都護府, 해주)의 속현으로 병합했다가, 그 뒤 독립시키면서 감무(監務)를 두었다. 23대 고종(高宗) 4년(1217), 염주의 군민(軍民)들이 글안(契丹)의 침입을 막은 공으로 나라에서 감무를 영응현령(永鷹縣令)으로 승격시키자, 지명도 자연히 영응현(永鷹縣)으로 바뀌게 되었다.

그러나 고종 46년(1259) 이곳 출신 차송우(車松祐)가 위사(衛社)의 공을

세우자, 조정에서 이곳 수장(首長)을 지복주사(知復州事)로 승격시키면서
지명도 복주(復州)로 고쳤다. 당시에는 어떤 인물이나 지역이 나라에 공
을 세우면 그 지역의 지위를 높여 준 반면, 그 지역 인물이 반란 등을 일
으키면 그 지역의 지위를 강등시켰다. 이처럼 어떤 지역 사람들의 충성
도나 공죄(功罪) 등을 기준으로 해서, 군(郡)과 현(縣)이 목(牧)·도호부(都護
府)·부(府)·주(州) 등으로 승격되기도 했고, 반대로 목·도호부 등이 일반
군·현 등으로 강등되기도 했는데, 연안의 경우는 차송우 때문에 현령
(縣令)이 다스리던 영응현에서 지복주사가 다스리는 복주로 승격되면서,
지명도 복주로 바뀌었던 것이다.

　바로 이렇게 만든 주인공 차송우는 연안 차씨 득관시조 대광백의 16
세손으로, 고려 고종 때 훈로(勳老)였는데, 고종 45년(1258) 3월 무신(武
臣) 최충헌(崔忠獻)의 손자 최의(崔竩)가 조정의 기강을 문란케 하고 불충
을 저지르자, 차송우는 대사성(大司成) 류경(柳璥), 별장(別將) 김인준(金仁
俊) 등과 더불어 최의의 무단정권을 타도하고 왕정을 복구했다. 바로 이
런 공훈으로 인하여 차송우는 위사공신(衛社功臣)이 되어, 그의 초상을 조
정의 벽(壁)에 붙이는 '벽상공신(壁上功臣)'의 영예를 얻었으며, 장군이 되
었다. 그러자 이듬해(1259) 고려 조정은 차송우의 출신지 영응현을 복주
로 승격시키면서 지명도 복주로 바뀌었던 것이다.

　하지만 다음 임금인 원종(元宗, 재위 1260~1274) 때, 복주 출신 이분희
(李汾禧)도 위사공신이 되자, 그의 공을 기리기 위하여 복주를 석주(碩
州)로 고쳤다. 그 뒤 충렬왕(忠烈王, 재위 1275~1308) 때 종래의 석주를 온
주목(溫州牧)으로 승격시키면서, 석주의 지명도 온주로 바뀌었다. 그러

나 충선왕 2년(1310)에 전국의 모든 '목(牧)'을 폐지함에 따라, 온주목이 연안부(延安府)로 그 지위와 명칭이 바뀌게 되었다. 그러자 차씨들은 본 관명을 '염주 차씨'에서 '연안 차씨'로 바꾼 것 같다. 인터넷 포털 사이 트 구글(google)에 들어가서 '후무사 팔도지리지'(https://m.blog.naver.com/humoosa)라는 블로그를 검색해서 그 속에서 '(신증)황해도/해주목/연안 도호부'를 찾아보았더니, 조선조 단종 2년(1454)에 편찬한 『세종실록지 리지』152권 '연안도호부편'에 실렸던 이곳의 성씨(姓氏)들을 소개 놓았 다. 그러면서 연안을 관향으로 한 성씨들도 소개해 놓았는데, 이들을 표 로 정리해 보면 다음 〈표-1〉과 같다.

이 자료는 한국학중앙연구원의 「한국역대인물종합시스템」에서 집계 해 놓은 것을 인용한 것인데, 이 표를 보면, 연안의 옛 지명인 '석주(碩 州)'를 본관으로 한 김(金)씨도 있으며, '염주(鹽州)'를 본관으로 한 성씨 는 6개나 되는데, 그중에 차씨도 포함되어 있다. 이러한 염주 차씨와는 별도로 연안을 관향으로 한 '연안 차씨'도 있다. 그렇다면 그 이유는 무 엇일까? 아마도 '염주'라는 지명이, 고려 충선왕(忠宣王) 2년(서기 1310)에 '연안'으로 바뀌자, 일부는 '연안 차씨'로 고쳤으나, 나머지는 『세종실 록지리지』를 편찬한 조선조 단종 2년(1454)까지도 종전대로 '염주 차씨' 라고 불렀기 때문인 것 같다. 그러나 이들도 후에 모두 연안 차씨로 바 꿨던 것 같은데, 오늘날에는 '염주'라는 본관을 가진 차씨는 없기 때문 이다. 하지만 다른 문헌들에서는 염주 차씨가 연안 차씨로 본관을 고쳤 다는 자료를 찾지 못해서 그 진위는 알 수 없다.

한편 차씨의 득관조 효전의 관작도 '대광백(大匡伯)'에서 '연안군(延安

본관과 성씨	본관과 성씨
석주 김씨(碩州金氏)	연안 어씨(延安於氏)
염주 김씨(鹽州金氏)	연안 류씨(延安柳氏) 시조명 류종발(柳宗撥)
염주 서씨(鹽州徐氏) 시조명 서자번(徐自蕃)	연안 이씨(延安李氏) 시조명 이무(李茂)
염주 임씨(鹽州林氏)	연안 인씨(延安印氏) 시조명 인후(印侯)
염주 조씨(鹽州趙氏)	연안 임씨(延安林氏)
염주 차씨(鹽州車氏)	연안 전씨(延安田氏) 시조명 전가식(田可植)
염주 홍씨(鹽州洪氏)	
연안 고씨(延安高氏) 시조명 고종필(高宗弼)	연안 정씨(延安丁氏)
연안 기씨(延安奇氏)	연안 정씨(延安鄭氏)
연안 김씨(延安金氏) 시조명 김섬한(金暹漢)	연안 조씨(延安趙氏)
연안 나씨(延安羅氏)	연안 차씨(延安車氏) 시조명 차효전(車孝全)
연안 단씨(延安段氏) 시조명 단유인(段由仁)	연안 천씨(延安天氏)
연안 명씨(延安明氏)	연안 편씨(延安片氏)
연안 송씨(延安宋氏) 시조명 송경(宋卿)	연안 홍씨(延安洪氏)
연안 승씨(延安承氏)	연안 황씨(延安黃氏)
연안 안씨(延安安氏)	연안 송씨(延安宋氏) 시조명 송지겸(宋之兼)

君)'으로 바뀌었는데, 이는 고려말 공민왕(恭愍王, 재위 1352~1374) 때, 고려 초부터 사용해 온 귀족 품계의 5개 등급의 작위, 즉 공작·후작·백작·자작·남작의 등급들을 모두 통합하여 '군(君)'으로 개정했기 때문인 것 같다. 그래서 효전의 작위 칭호도 '연안군'으로 부르게 되었으나, 고려 초의 관작 명칭도 그대로 붙여 우리 차씨들은 득관조 효전을 흔히 '대광백 연안군'이라고 부르고 있다. 그렇다면 우리 차씨의 관향인 연

안은 어떤 곳이었을까?

당시 차씨의 관향 연안은 어떤 곳이었나

우리 차씨가 본관을 연안으로 정했을 당시, 연안이 어떤 곳이었는지에 관한 자료를 찾아보지 못해서 알 수 없다. 그러나 이성계가 고려를 멸망시키고 서기 1392년 조선을 건국한 뒤, 제3대 임금 태종 13년(1413), 전국의 군현제(郡縣制)를 개편할 때 종래의 연안부를 다시 연안도호부(延安都護府)로 고치고, 종3품의 도호부사(都護府使)를 두면서, 경기도에서 황해도로 이속시켰다. 그래서 이때부터 연안이 황해도가 되었는데, 서기 1454년(단종 2년)에 편찬한 『세종실록지리지』 152권에서 황해도 연안도호부편을 보면, 연안에 관하여 아래와 같이 소개해 놓았다.

사방의 경계는 동쪽으로 배천(白川)에 이르기 25리, 서쪽으로 평산(平山)에 이르기 26리, 남쪽으로 큰 바다에 이르기 24리, 북쪽으로 봉천에 이르기 25리이다. 관할[所領]은 도호부가 1개이니 평산(平山)이요, 군(郡)이 1개이니 배천(白川)이요, 현(縣)이 3개이니 우봉(牛峯) · 토산(兎山) · 강음(江陰)이다. 호수가 1천5백83호요, 인구는 3천7백18명이다. … 땅은 기름지고 메마른 것이 반반이고, 기후가 일찍 추우며, 백성들은 물고기와 소금으로 생업을 삼는다. 간전(墾田)이 9천7백15결(그중 논이 9분의 1)이오, 토의(土宜)는 오곡과 조 · 팥이다. 토공(土貢)은 삵괭이 가죽, 숭어, 상어, 물고기 기름, 족제비 털, 지초(芝草)이요,

약재는 삿갓나물, 연밥, 흰바곳, 도아조 기름이다. 어량(魚梁)이 2곳이요, 구십구곡수량(九十九曲水梁)에서는 가을과 겨울에 게를 잡고, 반니량(班泥梁)에서는 3월에서 5월까지는 곤쟁이를 잡고, 5월부터 7월까지는 쌀새우를 잡는다. 염소(鹽所)가 3곳이다. 대제지(大堤池)가 부(府)의 남쪽에 있다. 이곳의 못물은 겨울에 얼었다가 별안간 터지는데, 이것을 고을 사람들이 '용갈이[龍耕]'라고 하며, 한재(旱災)를 만나 이연못에서 비를 빌면 자못 효험이 있다. 본조(本朝) 태종 8년 봄에 도관찰사(都觀察使) 안노생(安魯生)이 아뢰기를, "옛 늙은이들의 말에, '못에 영검한 용(龍)이 있어서 얼음을 가는[耕]데, 위쪽에서 아래쪽으로 갈면, 다음 해는 장마가 지고, 가로로 갈아서 얼음과 흙이 서로 섞이면, 풍년이 들며, 만약 얼음이 도무지 터지지 아니하면 흉년이 든다' 하옵니다" 하므로, 유사(有司)를 명하여 해마다 봄ㆍ가을에 제사를 지내게 하였다.

이와 같이 소개한 다음에, 이 지역 성씨에 관해서도 "본부(연안도호부)에는 송(宋)ㆍ이(李)ㆍ홍(洪)ㆍ고(高)ㆍ강(康)ㆍ전(田)ㆍ김(金)ㆍ정(鄭)ㆍ차(車)ㆍ노(魯)씨가 있는데, 이들은 모두 촌성(村姓)이고, 또한 단(段)ㆍ황(黃)ㆍ최(崔)씨는 모두 속성(屬姓)이다. 이와 같은 모두 13개 성씨들 중, 토성(土姓)은 7개이니 곧 송(宋)ㆍ이(李)ㆍ홍(洪)ㆍ고(高)ㆍ강(康)ㆍ전(田)ㆍ김(金)씨요, 망성(亡姓)은 1개이니 곧 정(鄭)씨요, 촌락성(村落姓)은 2개이니 곧 차(車)씨와 노(魯)씨요, 속성은 3개이니 단(段)ㆍ황(黃)ㆍ최(崔)이다"라고 소개해 놓았다. 이에서 보듯이 우리 차씨는 촌성이며, 그중에서도 촌락성으로 분류해 놓았다. 이렇게 분류할 당시, 즉 조선조 단종 때, '촌성'과 '촌락성'이란 구체적으로 어떤 종류의 성씨를 말했는지, 몇 가지 문헌들을 찾아보았으나 정확한 해답을 얻지 못했다. 그래서 정확히는 알 수 없으나, 아마도 '촌락성'은 동족이 어울려 사는 촌락, 즉 집성촌의 성씨를 말한 것 같기도 하다.

고려 태조가 차효전에게 식읍으로 연안(당시는 염주)을 하사한 이후, 우리 차씨는 이곳을 관향이자 세거지로 삼아서 대대로 4백여 년 동안이나 살아왔다. 그러나 이성계가 조선을 건국한 뒤, 정도전 등 사얼(四孽)에 의하여 우리 차문은 멸문지화(滅門之禍)를 당하게 되었다. 그러자 연안 지역의 대부분의 차씨들은 전국 각처로 뿔뿔이 흩어져 살아야만 하였다.

불행하게도 이제는 가 볼 수 없는 우리 관향의 땅

연안은 조선조 태종 13년(1413) 이후 줄곧 연안도호부였다. 그러나 조선 말기인 고종 31년(1894) 갑오개혁에 따라, 이듬해(1895) 행정구역을 개정하면서 연안군으로 개편했다. 하지만 1910년 한일합병 이후인 1914년 일제가 군면(郡面)들을 통폐합할 때, 이웃 배천군(白川郡, 배천군이라고 읽음)과 평산군(平山郡)의 괘궁(掛弓)·목단(牧丹) 2면을 연안군에 붙이면서 연백군(延白郡)으로 개칭했다.

1945년 해방 이후, 미국과 소련 양국이 북위 38선을 남북의 분계로 획정함에 따라, 연백군 중에서 38선 이북의 운산·금산·목단의 3개면 전역과 은천·화성·괘궁의 북반부는 모두 북한(조선민주주의인민공화국)의 점령 아래 놓이게 되었고, 38선 이남 지역만 남한 영토로 남게 되었다. 그러자 이 지역을 미군정청이 남한의 경기도에 편입시켰다. 그러나 한국 동란 중인 1952년 12월, 북한이 행정구역을 개편하면서 연백군을 다시 연안군과 배천군으로 분리했다.

1953년 7월 한국동란의 휴전협정에서 휴전선을 획정할 때, 황해도 일부 도서(서해 5도)를 제외한 나머지 지역은 모두 북한의 점령지가 되면서 연안도 북한 땅이 되고 말았다. 그리하여 우리 연안 차씨들은 더 이상 우리의 관향인 연안 땅을 밟을 수 없게 되었는데, 1954년 북한 정부가 황해도를 황해남도와 황해북도로 분리하면서 연안은 황해남도에 소속시켰다고 한다.

이렇게 북한의 황해남도가 된 연안군의 남동쪽은 남한의 인천광역시 교동도(喬桐島)와 바다를 사이로 마주하고 있다. 그래서 이곳에서나마 바다 건너 저 멀리 연안 땅을 바라다볼 수 있게 되었다. 그러나 하루빨리 남북통일이 되어, 우리의 연안 차씨의 관향인 연안을 직접 찾아가서 득관조 연안군의 영전에 배례할 수 있는 그날이 오기를 학수고대하는 바이다.(*)

제3편
농촌 일기

비록 신분은 낮아졌지만…

"이 산골짜기 외딴집에서 어떻게 사세요? 무섭지 않으세요? 외롭지 않으세요?"

우리 집을 찾아와서 나의 아내가 듣는 앞에서 이런 소리를 하는 사람을 나는 제일 싫어한다. 그렇지 않아도 안사람을 살살 꾀어 겨우 시골로 내려왔는데, 이런 말을 듣고 안사람이 혹여 마음이 돌변해서 다시 서울로 올라가서 살자면 난 어떡하란 말인가?

취미농이 아니라 전업농이네요

내가 정년 퇴임하고 농촌으로 내려와 농사를 짓고 산다는 소문이 한입, 두 입 건너 퍼져나가면서 시골 우리 집에 찾아오는 방문객들이 적지 않다. 이들 중 대부분은 인사차 찾아오는 제자들이지만, 개중에는 내가 시골에서 어떻게 살고 있을까 하는 호기심에서 찾아오는 동료들도 적지 않다. 그런가 하면 정년퇴임을 앞둔 지인들이 자신도 장차 귀촌할까 하는 생각에서 사전답사차 찾아오는 사람들도 없지 않다. 정년퇴임 후 시골에 와서 농사도 짓고 글이나 쓰면서 조용히 살고 싶다는 것이다. 이런 고상한 로망을 가지고 사전답사차 시골 우리 집을 찾아오는 사람은 '사모님'을 모시고 오는 경우가 많다. 그러나 이들 중에는 부부싸움만 하고 그냥 돌아가는 커플도 없지 않다.

> 난 이런 시골에서는 무섭고 외롭고 불편해서 못 살아요. 게다가 당신은 집에서 손가락 하나 까닥하지 않고 '물 떠와라', 'TV 리모컨 찾아와라' 등등 온갖 심부름을 모두 나에게 시키는 사람이잖아요. 그런데 이런 시골에 와서 산다면 밭일 등 온갖 궂은일은 모두 내 몫이 될 것이 불 보듯 뻔한데, 내가 미쳤다고 이런 시골구석에 와서 고생하며 산단 말이에요. 난 싫으니까, 굳이 당신이 이런 시골구석에 와서 살고 싶으면, 당신 혼자 와서 잘 사세요.

이런 부부싸움을 보고 있노라면 아내 보기가 참으로 민망하다. 이들의 말싸움을 들으면서 내 아내는 자신의 처지에 대하여 도대체 어떻게 생각할 것인가? 자의든 타의든 또는 자의 반 타의 반이든 간에 날 따라 시골로 내려와서 나의 농사일을 거들면서 얼굴이 온통 새까맣게 타서 영락없는 시골 노친네가 다 되어 버린 아내의 얼굴을 슬쩍 훔쳐보니 미안한 생각이 들었다.

한번은 '자기 남편이 선비'라는 아내의 알량한 자부심마저 여지없이 짓밟아 버리고, 자기 남편을 '일개 농사꾼'으로 전락시켜 버림으로 써, 아내를 비참하게 만들었던 사건(?)도 있었다. 전공 분야는 같지만, 별로 친분이 없던 모(某) 대학교수 한 분이 느닷없이 나의 시골집을 찾아왔다. 나의 논밭과 여러 가지 농기계들, 예컨대 트랙터·경운기·미니 굴삭기(포클레인)·관리기 등을 둘러보더니, 하시는 말씀이 "취미로 농사를 조금 짓는 줄 알았더니 전업농이시네요!"였다. 그러면서 이렇게 한마디 덧붙였다.

"이제 차 교수님의 사회적 신분도 선비[士]에서 농부[農]로 한 계단 낮아졌으니, 내가 차 교수님에게 하대(下待)해도 되겠네요."

물론 제 깐에는 우스갯소리랍시고 던진 말이었을 것이다. 하지만 "하대하겠다"는 말이 좀 씁쓸하게 들리기도 했다. 내가 선비계급에서 농민계급으로 낮아졌으니, 선비계급인 자기가 농민계급인 나에게 이제부터는 반말해도 괜찮겠느냐는 것으로 들렸기 때문이다. 아내 얼굴을 슬쩍 훔쳐보았더니, 벌레 씹은 표정이다. 아내 역시 '사모님'에서 '농부 아줌마'로 전락했다고 들렸기 때문이었을까?

사농공상(士農工商) 제도의 연유

우리나라에는 고대로부터 전통적으로 사농공상(士農工商)이라는 사회적 신분제도가 있었다. 이러한 제도가 언제부터 생겼는지는 알 수 없다. 그러나 중국에서부터 이입된 것은 분명한데, 미국 하버드대학 교수 라이샤워(Edwin O, Reischauer)와 페어뱅크(John K. Fairbank)의 공저, 전해종과

고병익 공역 『동양문화사(상)』(서울: 을유문화사, 1964) 65쪽을 보면, 중국에서 사농공상 제도가 시작된 것은 동주(東周, BC 770~481) 시대부터였다고 한다. 그러면서 이러한 신분제도가 생기게 된 연유를 아래와 같이 재미나게 설명하였다.

주(周)의 시대가 진전함에 따른 인구의 증대는 무역의 급속한 발전과 굉장한 부(富)의 생장을 수반하였다. 그리하여 각종의 부유한 무역자와 상인이 늘어가자, 이들 신흥계급이 귀족적인 구(舊)질서에 대하여 파괴적이라는 것이 판명되었다. 그러자 구질서의 귀족들은 자기 방위를 위하여 사회는 네 계급, 즉 사농공상으로 구성된다는 이론을 만들어 신흥 상인계급을 가장 사회적 신분이 낮은 계급으로 차별함으로써 이들의 부상을 막았다. 이렇게 해서 만들어진 '사농공상'이라는 이론은 그 후 2천 년 동안 중국 · 한국 · 일본 등 동아시아 국가들에서 하나의 정리(定理)로서 존속되었다.

그 결과, 우리나라에서도 비록 양인(良人)이라 하더라도 공상은 철저히 구분되어, 장인(匠人)이나 상인은 과거(科擧)에 응시도 금지되어 관직에도 오를 수 없었다. 한편 농민은 장인이나 상인보다는 차별이 적기는 했지만, 양반 계급에 낄 수가 없었다. 그 결과, 만약 선비가 농사를 짓겠다고 호미를 들고 논밭에 나가면, 그 순간 갑자기 신분이 한 계급 낮아져서 혼사 길도 막힌다고 집안에서 난리가 났다. 그래서 아무리 배가 고파도 선비계급은 농사도 짓지 못하고 살아야만 했다. 그렇다면 관직에 나가지 못한 양반 계급 선비들은 무엇을 먹고살았을까?

우스갯소리지만, 양반은 어렸을 때는 외갓집 덕으로 살고, 결혼한 후에는 처갓집 덕으로 살고, 늙어서는 사돈집, 즉 며느리네 집 덕으로 살았다고 한다. 그래서 가난한 선비 집에서는 지체가 좀 낮긴 하지만 부유한 농민이나 상인의 딸을 아내나 며느리로 맞아들였다. 반면, 부유한 농민이나 상인의 집에서는 신분 상승을 위하여 가난한 선비 집 딸을 아내나 며느리로 맞아들이는 경우가 많았다고 한다.

우리나라에서도 수백 년 동안 이어져 오던 '사농공상'의 신분제도는 1894년 갑오개혁 이후에 무너졌다. 그 결과, 현대에 와서는 '사농공상'에 따른 신분 서열이 사라졌다. 그러나 그 대신 '상공농사'라는 새로운 신분제도가 부상했다는 농담도 있다. 현대 사회에서는 돈이 최고이니까 돈 잘 버는 상공업자가 제일로 신분이 높아져서 권력과 정경유착도 한 반면, 선비계급은 가난해서 가장 낮은 사회계층으로 추락했기 때문이라는 것이다.

은퇴 후 부푼 꿈을 안고 귀촌은 했지만, 솔직히 말해서 농촌 생활이란 도시 사람이 생각하는 것처럼 그렇게 목가적인 것만은 결코 아니다. 그래서 농촌에 와서 조용히 살면서 글이나 쓰겠다는 것이 정년퇴임 이전 나의 소망이었지만, 그것도 제대로 이루어지지 않는 실정이다. 낮에 이런저런 농사일을 하다 보면 밤에는 고단해서 책상머리에 앉을 겨를도 없거니와, 글을 쓰자면 무엇보다도 글재주가 있어야 하나, 난 글재주가 워낙 메주인지라 글이 잘 써지지 않기 때문이다. 하지만 싫은 사람이나 복잡한 세상일에 부대끼지 않고, 마음 편하고 자유롭게 내 몸이 시키는 대로 쉬라면 쉬고, 놀라면 놀고, 먹으라면 먹고, 자라면 자면서 여유작작 살고 있으니, 무릉도원이 바로 예가 아니고 어드메이겠는가?(✱)

저 너머 절골 교수 · 박사 양반

교수님, 교수답게 사는 것이 어떻게 사는 거예요? 오늘, 한국언론학회 뉴스레터 「희소식」 4호를 보니까 교수님이 '후배 학자에게 전해주고 싶은 말'에 '교수면 교수답게 살자'고 말씀하셨던데요.

모(某) 대학 젊은 교수가 핸드폰 문자(메시지)로 나에게 이렇게 물어 왔다.

며칠 전, 내 제자인 부경대학교 남인용 교수에게서 전화가 걸려 왔다. 요지인즉, 한국언론학회 뉴스레터 편집자 배진아 교수(공주대)에게서 연락이 왔는데, 이번 뉴스레터 4호에 차배근 교수님 인터뷰 기사를 싣고 싶으나, 어려워서 직접 말씀드리기 뭐하니 남 교수가 대신 말씀 좀 드려 달라고 해서 나에게 전화를 했다는 것이었다. 남인용 교수는 내가 그의 박사 논문을 지도해 준 제자이다.

요즘은 내 '주가(?)'가 폭락해서 거절할 처지도 못 되기에 인터뷰에 쾌히 응하겠다고 배 교수에게 전하라고 했다. 그러자 곧 배 교수에게서 서면 인터뷰 용지 한 장이 이메일 첨부 파일로 날라왔다. 그걸 보니, 세 번째 문항에 "후배 학자들에게 전하고 싶은 말은?"이라는 질문항목이 있었다. 그래서 그 응답란에 "○○면 ○○답게 살자." 예컨대 "교수면 교수답게 살자, 학자면 학자답게 살자, 배우자면 배우자답게 살자"라고 간단히 적어 놓았다.

이런 나의 응답이 언론학회 이번 뉴스레터 4호의 "원로학자가 보내는 메시지"라는 칼럼에 그대로 실렸다. 바로 이걸 본 모 대학 젊은 교수가 나에게 "교수답게 사는 것이 어떻게 사는 거예요?"라고 물어왔던 것이다.

이런 질문을 받고 난 적잖게 당황했다. 솔직히 말해서 난 어떻게 사는 것이 교수답게 사는 것인지 정확히 모르기 때문이다. 내가 인터뷰 기사에 "교수답게 살자"고 답한 것은, 만약 교수라면 "교수라는 작자가 뭐 저래", "저것도 교수여", "교수라는 사람이 그것도 몰라" 등등의 말을 듣지 말고 살자는 뜻에서 한 말이었기 때문이다.

난 2007년 8월 말 대학에서 정년퇴임하고 경기도 화성군의 조그만 시골 동네에 내려와 살고 있다. 내가 이곳에서 온 지 몇 년 뒤, 옆 동네에 사는 ○○씨 종친회장이라는 분이 날 찾아와서 고유제문(告由祭文)을 한문으로 써 달라는 것이었다. 동네에 있는 자기네 사당(祠堂)을 이번에 말끔히 수리했기에 조상님께 고유제를 지내려는데, 그때 읽을 제문을 써 달라는 것이었다.

"난 그런 것 쓸 줄 몰라요. 한문도 모르고…."

내가 이렇게 대답하자, 그 사람 왈, "왜 그러세요? 교수·박사라는 양반이"라면서 내가 제문을 써 주고 싶지 않아서 사양하는 것으로 알고, 굳이 써 달라는 것이었다.

그러나 난 사실상 그때까지 '고유제'라는 말조차 처음 들어본 것이었다.

하지만 그 종친회장님의 강권에 못이겨, 난 하는 수 없이 인터넷에서 이것저것 고유제문들을 뒤져서 그 내용들을 적당히 합성해서 고유제문을 지어 주었다. 그러자 이번에는 또 사당의 지석문(誌石文)을 지어달라는 것이다. 이렇게 해서 시작된 나의 타의적 봉사(?)는 지금까지도 계속되어 동네의 각종 제문을 지어 주고, 또한 한문으로 된 비문과 고문서 등도 우리말로 해석해 주고 있다.

그러면서 난 종종 생각해 본다. 만약 내가 한문을 전혀 몰라서 그 종친회장님의 부탁을 들어주지 못했다면 그 양반이 동네방네 돌아다니면서 "저 너머 절골에 와서 사는 교수·박사라는 사람"에 대하여 뭐라고 뒷담화를 까고 다녔을까?

어떻게 사는 것이 교수답게 사는 것인지, 난 이론적으로는 모른다. 그러나 교수라는 직업에 대하여 잘 모르는 무식(?)한 사람들로부터라도 "교수라는 작자가 뭐 저래", "교수라는 사람이 그것도 몰라" 하는 등등의 소리를 듣지 않는 것이 곧 "교수답게 사는 것"이라고 난 믿고 있다. 그러면서 그런 소리를 듣지 않으려고 노력하며 살아가고 있다. 이것으로써 모 대학 젊은 교수의 질문, "교수답게 사는 것이 어떻게 사는 거예요?"라는 질문의 응답에 대신코자 한다.(✱)

5월 7일 맑음. 참깨를 심다

엊그제부터 연못 둑에 아카시아꽃이 피기 시작했다.

오늘은 아침 일찍부터 저녁 늦게까지 온종일 참깨를 심었다.

내가 정년 퇴임하고 이곳 화성 시골에 전원주택을 짓고 내려와 처음 농사를 시작할 때만 해도 난 농작물 심는 시기를 일일이 동네 할머니들에게 물어봤다.

"은진이 할머니, 참깨는 언제 심어요?"

내가 이렇게 묻자 은진이 할머니는 이렇게 대답했다.

"아카시아꽃이 피기 시작하면 심으세요."

이런 은진이 할머니의 가르침을 나는 아직도 그대로 따르고 있다. 그러나 나에게 이러한 가르침을 주었던 나의 첫 번째 농사 멘토는 10여 년 전에 돌아가셨다. 그리고 두 번째 멘토였던 면장 어머님도 재작년 별세하셨다.

참깨 심는 시기는 아카시아꽃이 필 때가 적기

하여 요즘은 어떤 농작물을 심고자 하면 그 시기를 유튜브에서 검색해 본다. 그러나 못마땅한 것투성이다. 같은 농작물인데도 심으라는 시기가 유튜브마다 중구난방이다. 게다가 농사짓는 고장이 어디냐에 따라 다른데, 그건 그렇다고 치자. 그러나 작년에는 봄이 늦게 왔는데도 경기 남부는 5월 중순에 심으라고 하더니, 올해는 봄이 빨리 와서 식목일 이전에 나뭇잎들이 다 돋아나서 식목일을 앞당겨야 한다고 매스컴에서 야단법석을 쳤는데도 작년과 똑같은 시기에 심으란다.

이럴 때마다 난 나의 첫 번째 농사 멘토였던 은진이 할머니의 지혜로운 가르침에 감복하곤 한다. 봄이 빨리 오건, 아니면 늦게 오건 간에, 또는 달력으로 세월이 4월이든, 5월이든 간에 그걸 따질 필요 없이 참깨를 심는 적기는 아카시아꽃이 필 무렵이다. 자연 식물들은 계절과 기온을 정확히 파악해서 잎을 피우고 꽃을 피우기 때문이다.

난 며칠 전부터 우리 집 연못 둑에 저절로 나서 자란 아카시아 나무에 주목해 왔다. 마치 밥풀때기처럼 생긴 꽃몽오리(꽃망울의 내 사투리)들이 가지마다 돋아나더니 그것들이 어제부터 벌어지기 시작했다. 그래서 어제 서둘러 트랙터로 밭을 갈고, 로타리를 쳐 놓았다. 그리고 나서 외출복으로 갈아입고 면소 거리 농업협동조합 농자재부에 가서 참깨 비닐 두 두루마리(흔히들 일본식으로 '마끼'라고 부른다)와 부직포를 사 왔다.

오늘 아침, 일찍이 아침밥 숟가락을 놓자마자 작업복을 입고, 장화를 신는 등 단단히 작업준비를 하고, 농기계 창고로 가서 관리기에 휴립기

(畦立機)를 달았다. 그간에 족히 수십 번을 달아보았는데도 또 헛갈려서 휴립기를 다는 데만 30여 분이나 걸렸다.

휴립기가 달린 관리기를 몰고 경사길을 따라 밭으로 올라가는데 관리기를 다루기가 작년보다 좀 더 힘들었다. 아침 일찍 일어나서 피곤한 탓일까, 아니면 나이 탓일까? 하기야 내 나이도 올해로 벌써 한국 나이로 여든하고도 두 살을 더 먹었으니, 나이 탓일지도 모르겠다.

어제 트랙터로 로타리를 쳐 놓은 밭에 휴립기로 밭이랑을 조성한 뒤, 쇠갈퀴로 이랑을 예쁘게 골랐다. 그런 다음, 아내와 함께 밭이랑에 참깨 비닐을 씌우기(요즘은 시골에서도 유식하게 '멀칭'이라고 한다)를 시작했다.

요즘은 참깨 비닐을 사다가 참깨 심어

15년 전 내가 처음 농사를 시작했을 때만 해도, 참깨 농사를 지으려면 밭이랑을 만들고 그 위에 비닐을 덮은 다음, 쪼그리고 앉아서 손으로 비닐에 일일이 구멍을 뚫고 구멍마다 참깨 씨앗을 두서너 알씩 넣고 흙으로 덮었다. 그래서 약 100평쯤의 밭에 참깨 씨앗을 심고 나면 다리에 쥐가 나서 들고양이라도 부르고 싶은 심정이었다.

하지만 요즘은 참깨 비닐이 나와서 참깨 농사가 훨씬 쉬워졌다. 참깨 비닐이란 농업용 비닐(정식 명칭은 '농업용 필름')에 15센티 간격으로 구멍을 쭉 뚫고 그 뒤에 참깨 씨앗을 몇 알씩 접착제로 붙여 놓은 것을 말한다. 그래서 이러한 참깨 비닐을 밭이랑에 깔고 그 위에 흙을 약 1cm 정도 덮어 주기만 하면 참깨 파종은 끝난다. 어제 참깨 비닐 한 두루마리에 1만 9천 원씩, 두 두루마리를 사 왔다. 한 두루마리의 길이(폭은 90cm) 가 200m니까 두 두루마리면 400m요, 한 두루마리로 밭 150평에 참깨 를 심을 수 있으니까 올해는 모두 합쳐 300평에 참깨 농사를 짓는 셈 이다.

아침엔 잔잔하던 바람이 갑자기 꽤 세게 불기 시작하면서 비닐이 바람에 날렸다. 난 아내와 비닐을 맞잡고 조금 조금씩 흙을 덮으며 비닐을 깔아나가다 보니 시간이 꽤 많이 걸렸다. 참깨 심는 날짜를 잘못 잡은 모양이다.

참깨 비닐을 다 덮고 나니 오후 한 시경이나 되었다. 집에 들어가 점심을 먹고 오려니 옷에 흙도 털어야 하고, 장화도 벗어야 하는 등 귀찮았다. 그래서 안 사람에게 집에 가서 아무 음식이나 좀 밭으로 내오라고 했다. 아내가 내온 것은 아침에 먹다 남은 잡곡밥에다가 김치를 쏭쏭 썰어 넣고 볶은 김치볶음밥이었다. 냄비를 통째로 내왔다. "기갈이 감식" 이라 그랬을까, 아니면 아내의 음식 솜씨 때문이었을까? 아무튼 밭머리에 앉아서 맛나게 먹었다. 게다가 반주로 내온 소주 한잔은, 볶음밥에 넣은 들기름의 느끼한 맛을 깔끔하게 씻어 주었다.

오전에 참깨 비늘은 다 씌웠지만 또 한 가지 일이 남아 있었다. 참깨를 심은 밭은 바로 산밑에 있어서 산비둘기, 까치, 물까치, 참새, 산새 등 온갖 잡새들의 놀이터요, 먹이터였다. 그래서 참깨 비닐을 씌우고 흙을 덮어 놓아도 새들이 부리로 흙을 파내면서 그 속에 들어 있는 참깨 씨앗들을 죄다 파먹는다. 때문에 참깨 비닐 위에 또 부직포를 씌워놓았다가 참깨 씨앗이 싹이 터서 1센티쯤 자란 뒤에 부직포를 걷어주어야 한다. 그래서 오전에 씌워놓은 참깨 비닐 위에다가 다시 부직포를 깔면서 2m 간격으로 철사 핀을 일일이 꽂아 부직포가 바람에 날리지 않도록 고정시키다 보니 오뉴월 긴 해인데도 벌써 서산으로 기울고 있었다.

하지만 해가 넘어가기 전에 참깨를 다 심고 나니 큰 숙제를 마친 것 같아, 비록 허리는 잘 펴지지 않았으나, 기분만은 홀가분해서 짱이었다. 제발 올해는 참깨가 병치레하지 말고, 바람에 쓰러지지도 말고, 튼실하게 자라서 우리에게 기쁨과 보람을 안겨 주기 바란다. 「만종」이라는 밀레의 그림에 나오는 농촌 부부는 아니고, 더더구나 종소리도 들리진 않았지만, 나와 아내는 손을 모아 농신께 기도한 뒤 쟁기들을 거두어 집으로 내려왔다.(＊)

들깨 농사 18년 만에야 처음 알아

올핸 전국적으로 들깨 농사가 흉년이 들었다. 덕분에 난 들깨 농사로 거금(?) 42만 원의 수익을 올렸다. 가슴이 뿌듯하기도 했다. 작년엔 들깨 농사가 풍년이 드는 통에, 들깨값이 폭락하고 들깨를 사려는 사람들이 없어 면사무소 거리 방앗간에 가서 들깨 한 말이 5kg인데도 6kg씩 주면서 겨우 5만 원씩에 싸게 팔았다. 그런데 올해는 들깨 농사가 흉년이 드는 통에, 들깨가 품귀해지자 사려는 사람들이 많아서 난 목에 힘을 주어 가며 정확히 5kg 한 말에 7만 원씩 받고 엿 말을 후다닥 팔아 치웠던 것이다.

"풍년 들라"는 덕담이 반드시 고마운 것만은 아냐

일년내내 힘들게 농사를 지어 겨우 42만 원밖에 못 벌고, 뭐 그렇게 가슴까지 뿌듯했느냐고 누가 날 놀릴지도 모르겠다. 그러나 난 기분이 좋았다. 들깨 흉년이 들면 물론 우리 집 들깨도 흉년이 들어 소출이 적게 난다. 그렇더라도 풍년이 들어 기껏 농사지어 놓은 들깨를 팔지 못해 노심초사하는 것보다는 흉년이 들어 들깨가 비싼 값에 잘 팔리는 것이 나에게는 훨씬 낫다. 그러니까 풍년이 든다고 해서 반드시 좋은 것만은 아니라는 말이다. 그래서 누가 나에게 "농사 풍년이 들라"고 덕담을 해 주는 것도 그리 고맙게만 들리는 것은 결코 아니다.

들깨를 제값 받고 얼른 팔아치운 것도 물론 기분이 좋았지만, 또한 그 밖의 여러 가지 부수입(?)도 나를 기쁘게 만들었다. 우리 집에서 먹을 들깨 두 말은 팔지 않고 남겨 두었다. 그중, 우선 한 말을 안 사람이 물에 일어서 햇볕에 말린 다음, 방앗간에 가지고 가서 기름을 짰더니 2홉들이 병(소주병 크기)으로 일곱 병이나 나왔다. 들기름 부자가 된 것 느낌이었다. 들깨 또 한 말이 남았으니, 그것도 기름을 짜면, 올해 모두 열네 병의 들기름을 얻게 된다. 그러면 그것들은 소금 독에 파묻어 놓고, 우리 내외가 일년내내 풍족하게 먹을 수 있다. 또한 자식들에게도 몇 병씩 나누어 주고, 절친이 내 집을 찾아오면 한 병씩 선물도 할 수 있다.

게다가 들깨 농사를 지었기에 지난여름 내내 신선한 깻잎도 마음껏 따 먹었다. 들깻잎이 밭에서 내 입까지의 거리는 불과 50m였고, 걸리는 시간은 10분 안짝이었다. 이걸 내가 개발한 엉터리 식품 신선도지수 (Food Freshness Index)로 나타내면 FFi=50/10=5점이 된다. 이처럼 신선도지수가 5점밖에 되지 않는 신선한 식품을 먹을 수 있는 것은 농사꾼만의 특권(?)이다. 비록 식품 신선도는 낮지만 여름에 깻잎을 따서 깻잎장아찌도 한 항아리 만들어 놓았으니, 이것도 들깨 농사에서 얻은 또 하나의 소득이다.

올해 들깨 흉년이 든 것은 봄과 여름에는 가뭄이 심해서 갓 이식해 놓은 들깨 모종들이 많이 말라 죽었기 때문이다. 게다가 설상가상으로 가을엔 비가 너무 많이 자주 와서 수분(受粉)이 제대로 되지 않았기 때문이다. 수분이란 수술의 꽃가루가 암술머리에 붙어서 열매를 맺게 하는 것을 말한다. 사람으로 말하자면 남녀가 결혼하는 것과 마찬가지이다. 헌데 들깨는 단일식물(短日植物, short-day plant)인지라, 밤보다 낮의 길이가 짧아져야 꽃을 피운다. 그러니까 추분이 지나야만 꽃이 피기 시작한다. 그런데 하필이면 그 무렵 비가 너무 많이 자주 와서 수분이 제대로 되지 않아, 결과적으로 쭉정이가 많이 생기게 되어 들깨 흉년이 들게 되었던 것이다.

들깨 농사가 다른 농사에 비해 그래도 좀 수월한 편

내가 서울에서 정년퇴임하고 시골로 내려와 18년 동안 농사를 지어오면서 여러 가지 작물들을 심어봤다. 콩, 팥, 녹두, 고구마, 고추, 마늘 그리고 이른 봄에는 감자, 늦가을엔 통밀, 귀리 등등…. 콩에도 여러 종류가 있어 백태, 흑태, 서리태, 서목태(쥐눈이콩)도 심어봤고, 적두(팥), 녹두, 완두콩 등도 심어봤다. 그러나 판로를 찾기가 무척 어려웠다. 이 사람 저 사람에게 콩 좀 사라고 했더니, 메주도 쑤지 않고, 냄새나는 청국장도 먹지 않고, 두부는 그때그때 마트에서 사다 먹으면 되는데, 도대체 왜 콩이 필요하느냐는 대답만 돌아왔다.

하지만 왠지 들깨는 사겠다는 사람들이 좀 있었다. 그래서 난 근래에는 주로 들깨 농사만 짓고 있다. 그건 또한 들깨 농사가 다른 농작물에 비해 좀 수월한데다가 병충해도 적기 때문이다. 병충해란 '병해'와 '충해'를 합친 말이다. 그중, 병해는 세균 등에 의한 병이 농작물에 피해를 입히는 것을 말하는데, 이러한 대표적 병으로는 '탄저병'을 손꼽을 수 있다. 반면, 충해란 노린재, 진딧물, 벼룩벌레 등 온갖 잡벌레들이 농작물에 해를 입히는 것을 말한다. 이러한 병충해 이외에도 농작물에 피해를 주는 것이 많다. 예컨대, 기온이 갑자기 뚝 떨어지면 농작물이 얼거나 몸살을 앓게 되는데, 이것은 '냉해'라고 한다. 그런가 하면 농약을 잘못 주거나 과다하게 주어서 농작물이 해를 입기도 하는데, 이는 '약해'라고 부른다.

"들깨는 그냥 여기저기 아무렇게나 꽂아 놓기만 하면 먹어."

옆집 과수댁 할머니가 나에게 농사짓는 법을 가르쳐 주면서 이렇게 말하였다. 하지만 그건 다른 농작물에 비해 들깨 농사가 좀 쉽다는 뜻이지 정말로 "여기저기 아무렇게나 꽂아 놓기만 하면 먹는 것"이 들깨 농사는 결코 아니다.

"세상에 쉬운 농사는 결코 없다."

이것은 내가 18년 동안의 실제 농사 체험을 통해 터득한 만고의 진리(?)이다. 가장 쉽다는 들깨 농사도 봄부터 늦가을까지 수십 번의 손길과 많은 땀방울을 요구한다. 밭을 갈고, 밑거름을 주고 트랙터로 로터리를 치고, 휴립기로 밭이랑을 조성한 뒤, 그 위에 비닐을 씌워야 한다. 6월 중순(중부 지방 기준)이 되면, 들깨 모종을 기르기 시작해서 10cm쯤 자라면 밭에 이식해야 한다. 그리고 밭고랑에는 잡초가 자라지 않도록 계속

김을 매거나 제초제를 뿌려야 한다. 들깨가 20~30cm쯤 크면 추비를 해야 하고, 40~50cm 정도가 되면, 낫으로 윗순을 두어 번 쳐주어야 하고, 들깻잎에 벌레가 생기면 살충제를 뿌려야 한다.

들깨는 추분이 지나면 꽃이 피기 시작하여 열매를 맺고 10월 말경에 들깻잎들이 노랗게 물들면, 낫으로 들깨 그루들을 베어서 충분히 말린 뒤에 도리깨로 두드려서 떨어진 낱알들을 선풍기로 까불어서 선곡해야 비로소 들깨 농사가 끝난다.

들깨 농사만도 18년이나 지었건만 올해 또 하나 깨달은 것이 있다. 10월 말경에 들깻잎들이 노랗게 물들면 들깨가 익었는지를 확인해서 들깨를 벨 것인가, 더 기다릴 것이냐를 결정해야 한다. 그런데 지금까지 나는 옆집 할머니에게 "들깨를 벨 때가 되었느냐?"고 물어봐서 "됐다"면 베고, "아직 안 됐다"면 기다렸다. 그런데 올해는 그 할머니가 들깨가 익었는지 여부를 가리는 방법을 나에게 가르쳐 주었다. 그건 "들깨 꼬투리에서 씨방을 몇 개 따서 손가락 끝으로 헤집고 그 속에 들어 있는 들깨 알들이 검게 변했는지를 보아서 검게 변했으면 들깨를 베어도 좋다"는 것이었다.

그래서 난 들깨 씨방을 따서 손가락 끝으로 헤집어 보았다. 그랬더니 그 속에 한 개의 깨알만 들어 있는 게 아니라, 아! 아? 네 개의 깨알 형제들이 서로 몸을 맞대고 사이좋게 옹기종기 소복이 들어 있는 것이 아닌가? 난 이런 사실을 18년 만에야 비로소 처음 알았다. 부끄러웠다. 난 그간에 농작물 생김새도 제대로 살피지 않은 엉터리 방터리, 날라리, 사이비 농사꾼이었다는 자괴감이 들었기 때문이다. 대부분의 곡물들은 한 개의 씨방에 한 개의 씨알만 들어 있기에 들깨도 으레 그러리라고만 생각해왔지 네 알씩이나 들어 있는 줄은 미처 몰랐었다.(*)

사과는 왜 땅으로 떨어지는가?

내가 정년퇴임 후 시골로 내려와 살게 되자, 부모님이 과수원을 경영하는 제자 교수가 사과와 복숭아 묘목을 각각 열 그루씩을 가져다 심어주었다. 그 묘목들이 자라서 이제는 열매를 맺고 있다. 그런데 내가 농약을 제때 제대로 치지 못해서 사과와 복숭아가 병이 들어 많이 떨어지고 있다.

17~18세기 영국의 물리학자 아이작 뉴턴(Isaac Newton)은 탁월한 사색가였다. 그는 1687년 가을 어느 날, 사과나무 밑 잔디밭에 누워 여러 가지 생각을 하고 있었다. 그때 갑자기 사과나무 가지에서 사과 하나가 바로 그의 옆에 떨어졌다. 그러자 그는 "무엇이 저 사과를 떨어지게 했을까?" 하고 생각했다.

그도 처음엔 "무거우니까 떨어졌겠지"하고 생각했다. 그러나 이러한 해답에 그는 만족하지 않았다. 왜냐하면 "무거운 것은 무슨 까닭이며, 물체에 따라 왜 무게가 각각 다르며, 무게가 있는 것은 왜 다른 방향이 아니라 모두 땅바닥을 향하여 떨어지는가?" 이러한 생각들이 꼬리에 꼬리를 물고 일어났기 때문이다. 그러자 이러한 의문에 대한 확실한 해답을 찾을 때까지 뉴턴은 생각을 멈추지 않았다. 그리하여 마침내 그에 대한 해답을 찾아냈다.

"모든 물체는 다른 물체를 자기 쪽으로 끌어당긴다. 물체가 내포하는 질량(質量)이 크면 클수록 그 물체가 잡아당기는 힘은 강해진다. 어떤 물체가 다른 물체를 강하게 당기면 그만큼 그 물체는 무겁다고 말한다. 지구는 사과보다 몇백만 배나 더 무겁다. 그러므로 지구는 사과를 다른 쪽으로 끌어당기는 힘보다 몇천만 배나 더 무거운 힘으로 사과를 끌어당긴다. 고로 지구는 모든 물체를 자기 쪽으로 끌어당긴다. 이렇게 모든 물체를 끌어당기는 힘을 인력(引力, gravitation)이라고 부른다. 이것이 바로 사과를 지구의 표면인 땅으로 떨어지게 하는 것이며, 모든 물체에 무게가 있는 것도 바로 이러한 인력에 의한 것이다."

지금으로부터 100만 년에서 25만 년 전, 인류가 탄생한 이래, 무수한 인간들이 사과가 땅으로 떨어지는 것을 보아왔다. 하지만 그 이유에 대하여 의문조차 갖지 않았다. 사과가 땅으로 떨어지는 것은 바보도 아는 상식이라거나, 또는 하느님의 섭리 때문이라고 생각했다. 때문에 인류는 사과가 왜 땅으로 떨어지는지 그 원리를 몇천 년 동안이나 모르고 살아왔다. 그러다가 1687년, 뉴턴이 비로소 그 이유를 연구해서 밝혀 놓음으로써 우리는 겨우 약 300년 전부터야 사과가 떨어지는 원리를 알게 되었다.

난 명색이 학자로서 50여 년이나 살아왔다. 그리고 지금은 농촌에 와서 여러 가지 자연현상들을 직접 체험하면서 살고 있다. 그러나 내가 뉴턴처럼 내가 관찰한 어떤 현상에 관하여 "왜?"라는지, "어떻게?"라는 의문을 품고 그것을 밝히려고 끈질기게 노력한 적이 거의 없다. 그 대신 다른 학자들이 애써 발견해 놓은 원리나 지식들만 학생들에게 단순히 전달하는 데만 급급했다. 지금 생각하면 참으로 부끄럽기 그지없다.(＊)

우유와 타락(駝酪)

　선영네, 박 선생네, 깍두기네, 약국댁, 이장댁, 뚱뚱이 할머니네, 목장집…. 이건 아내와 나만이 통하는 우리 마을 집들의 호칭이다. 선영네는 그 집 딸 이름이 선영이고, 깍두기네는 그 집 남편이 깍두기 스타일 머리를 하고 다니기 때문이요, 목장집은 젖소를 기르던 집이기 때문이다.

　내가 이 동네로 처음 낙향했을 때만 해도 세 집에서 젖소를 길렀다. 하얀 바탕에 검은 무늬들이 곳곳에 나 있는 홀스타인 젖소들이었다. 이들 젖을 가끔 얻어먹기도 했다. 그러나 생으로 그대로 마시면 절대 안 되고, 반드시 펄펄 끓여 살균한 다음 먹으라고 했다. 하지만 우유를 끓이지 않고서도 살균하는 방법이 있다. 그것이 프랑스 생화학자 루이 파스퇴르가 발명한 저온 살균법이라고 한다. 이런 방법으로 살균한 것이 바로 '파스퇴르 우유'이다.

우유를 옛날엔 '타락(駝酪)'이라고 불러

내가 어렸을 때 만해도 우유를 먹기란, 고관대작 댁이나 부잣집 빼고는 매우 어려웠다. '카네이션표' 캔 분유가 있었으나, 그건 보통 서민에게는 언감생심이었다. 그래서 산모 젖이 모자란 갓난아기들은 '밥물'로 키워야만 했다. 밥물이란 밥을 짓다가 한번 우르르 넘치면 솥뚜껑을 열고 야트막한 사기그릇을 밥솥에 넣고, 불을 조금 더 때면 밥물이 넘치며 그 그릇 속에 고이게 되는데, 이것을 밥물이라고 불렀다. 아마 나도 이런 밥물을 먹고 자랐음이 거의 분명하다.

헌데 내가 여섯 살 때 일제로부터 해방이 되자, 그처럼 귀했던 분유를 미군정청에서 집집마다 몇 말씩 배급해 주었다. 비록 탈지분유였지만⋯. 그래서 우리는 그것을 끓여 먹고, 밥솥에 쪄도 먹고, 음식에 섞어 먹는 둥, 한없이 질릴 정도도 많이 먹었던 기억이 난다. 6.25 한국동란 때도 구호기관에서 전지분유를 커다란 솥에 끓여서 피난민들에게 한 곱뿌(사기컵)씩 나누어 주곤 했다.

조선왕조실록을 보면, 조선 시대에도 우유가 있었다. 그러나 '타락(駝酪)'이라고 불렀다. 이를 그대로 직역하면 "낙타의 젖"이 된다. 그러면 소젖인 '우유'를 왜 '타락'이라고 불렀을까? 이에 관해서는 두 가지 설(說)이 있다. 첫째는 '말린 우유'라는 뜻의 몽골어 '토라크'를 음차(音借, 음을 빌려)하여 중국에서 '타락'이라고 부르자, 우리나라도 그렇게 불렀다는 설이다. 그리고 둘째 설은, 돌궐(突厥, Turk, 현재 튀르키예) 말에서 나왔다는 것이다. 그러나 이들 두 가지 설 중, 어떤 것이 맞는지는 알 수 없다.

우유를 먹는 풍습이 우리나라에 전해진 것은 4세기경부터였던 것으로 알려졌다. 고려 때인 1281년 일연(一然)이 편찬해서 1310년에 간행한 『삼국유사』에도 농축유제품(濃畜乳製品)을 의미하는 '락(酪)'이라는 단어가 등장한다. 그리고 조선조 세종 31년(서기 1449)에 편찬하기 시작해서 문종 원년(1451년)에 완성한 『고려사(高麗史)』에는 왕궁에 우유를 조달하는 관청인 유우소(乳牛所)가 있었다는 기록이 나온다. 조선왕조실록에도 역시 유우소가 있었다는 기록이 여러 번 나온다.

조선왕조는 유우소까지 설치, 궁궐에 우유 공급

조선 제3대 임금의 태종실록을 보면, 태종 15년(1415) 8월 23일 조에 "태종이 유우소의 거우(車牛)를 반감(半減)했다"고 적혀 있다. 또한 이듬해인 태종 16년(1416) 9월 8일 조에는 "유우소에 타락를 바치라고 명했다"고 한다. 하지만 오로지 궁궐에 우유를 공급하기 위해 2백여 명 규모의 유우소를 운영하는 것이 말썽이 되었던 듯싶다. 제4대 임금 세종 3년(1421) 2월 9일 자 세종실록을 보면 아래와 같은 기록이 나온다.

> 병조(兵曹)에서 임금(세종)께 아뢰기를 "유우소는 오로지 위에 지공(支供)하기 위하여 설치한 것으로서 모든 인원 2백 명을 매년 전직(轉職)하여 승직(昇職)시켜 5품에 이르면 별좌(別坐)가 된다는 것은 능(能)한가, 능하지 못한가를 상고(詳考)하지 아니하며, 이름만 있고 실상은 없

으니 바라옵건대 유우소를 혁파(革罷)하고, 상왕전(上王殿)에 지공하는 유우(젖소)는 인수부(仁壽府)에 소속시키고, 주상전(主上殿)에 지공하는 유우는 예빈시(禮賓寺)에 소속시키고, 그 여러 인원은 소재한 주군(駐軍)에 보충케 하소서" 하니 임금이 그대로 따랐다.

바로 이와 같은 실록 기사로 미루어 볼 때, 세종 3년에 종래의 유우소를 폐지하고, 상왕전에 바치는 유우는 인수부에, 주상전에 바치는 유우는 예빈시에 소속시켜 이곳에서 각각 우유를 상왕전과 주상전에 바치도록 제도를 고쳤던 갖다. 그 뒤, 세종 20년(1438) 3월 20일자 세종실록을 보면, 유우소 건물은 동부학당으로 만들고, 유우소 명칭은 타락색(駝酪色)으로 바꾸었다고 한다.

그런데 중종 25년(1530)에 완성한 『신동국여지승람(新東國輿地勝覽)』이라는 책을 보면, 타락색은 궁중의 말이나 수레를 관리하던 사복시(司僕寺)에 소속되어 있으며, 사무소와 목장(牧場)은 타락산(駝酪山) 아래 위치해 있다고 했다. 그러면서 "타락산은 한성(漢城) 안 동쪽, 흥인지문(興仁之門, 동대문) 부근에 있는데, 타락산이라는 이름은 타락을 조달하는 관청인 타락색이 위치해 있어 붙여진 이름이다"라고 풀이해 놓았다. 이러한 타락산이 그 뒤 간단히 '낙산'(酪山)이라고 부르게 되었다고 하는데, 이것이 오늘날 서울대학교병원 동쪽 건너편에 우뚝 솟아있는 '낙산'이다. 그러나 이 산을 '낙산'이라고 부르게 된 것은, 산 모양이 낙타 등처럼 생겼기 때문이라고도 한다. 따라서 이들 두 가지 유래설 중에서 어느 것이 맞는지는 모르겠다. 하지만 현재 이 산은 한자로 '소젖 낙(酪)' 자가 아니라, '낙타 낙(駱)' 자를 써서 '낙산(駱山)'으로 표기하고 있다.

1540년에 지은 『수운잡방』이란 책엔 우유 먹는 법도 소개

그 명칭의 유래야 어쨌든 간에, '낙산' 아래 있던 타락색에서는, 조선 제4대 임금 세종 때 '타락색'으로 명칭이 바뀐 이후에도 계속해서 역대 임금님들께 우유를 진상했던 것 같다. 조선왕조실록을 보면, 제12대 임금 인종 1년(1545)에 "신하들이 주상의 얼굴빛이 초췌하고 잠을 주무시지 못하며 심기가 답답하고 열이 나서 때때로 놀라고 두근거린다고 하니 다른 의약은 효험이 없고 타락은 조금 차서 심열을 제거할 수 있으니 타락을 드시라고 청하였다"는 기록이 나온다. 따라서 이를 볼 때 우유는 임금의 심열을 제거하는 의약품으로도 사용된 것 같다.

하지만 이로부터 225년 뒤인 제21대 임금인 영조실록을 보면, 영조 46년(1770) "내의원(궁중병원)에서 올리는 타락죽을 중지하고 어미 소와 송아지도 함께 놓아주게 하였다"고 적혀 있다. 따라서 이로 미루어 볼때, 그간에 내의원에서 임금께 계속 진상해 오다가 1770년부터 중지했던 것 같다. 그러나 왜 그랬는지 그 이유는 밝혀 놓지 않아서 알 수 없다.

16세기경에는 임금 이외에 양반이나 부자들도 우유를 먹었던 것 같다. 제11대 임금인 중종 35년(1540) 무렵 김유(金綏)라는 사람(남성)이 편찬한 『수운잡방(需雲雜方)』이라는 요리책을 보면, 암소에서 젖을 짜서 음식을 만드는 방법을 소개했기 때문이다. 이 책을 보면, 소에서 짠 액체 상태의 우유는 '낙장(酪漿)'이라고 불렸고, 이를 말린 분유는 건타락(乾駝

酪)이라고 불렀다. 따라서 이를 볼 때, 우유를 그냥 마시거나 분유로 만들어 먹기도 했던 것 같다. 하지만 대부분은 죽을 쑤어 먹었던 것 같은데, 이를 '타락죽(駝駱粥)'이라고 불렀다. 이 말은 아직도 주부들 사이에서 사용되고 있다. 또한 실제로 타락죽을 쑤어먹기도 하는데, 멥쌀을 물에 불린 다음, 맷돌(분쇄기)로 갈아서 솥이나 냄비에 넣고 절반쯤 끓이다가 우유를 섞어 다시 쑨 것이 타락죽이다.

오늘날 우리가 마시는 우유는 대부분 '홀스타인(Holstein)'이라고 부르는 얼룩무늬 젖소에서 짠 것이다. 그러나 이런 품종의 서양 젖소가 우리나라에 들어오기 이전인 조선 시대에는 일반 한우 암소에서 우유를 짜 먹었던 것 같다. 앞서 말한 김유의 『수운잡방』을 보면, "유방이 좋은 암소를 송아지에게 젖을 빨게 하여 우유가 나오기 시작하면, 유방을 씻고 우유를 받는다"는 내용이 나오기 때문이다.

내가 시골에서 산다니까, "젖소도 기르느냐?"고 묻는 사람도 간혹 없지 않다. 하지만 "우유 한 잔 마시자고 젖소를 기르는 바보는 없다"는 서양 속담이 있다. 난 농사도 짓고, 글도 쓰고, 공부도 해야 한다. 그러면 "젖소는 도대체 누가 길러?"(✻)

익모초와 더위팔기

"여보, 이거 뭐야? 뽑아버려도 돼?"

안사람이 앞마당 텃밭에서 잡초를 뽑다가 나에게 물었다.

"안 돼."

난 기겁하면서 뽑지 말라고 큰소리를 쳤다. 작년에 내가 서울 가려고 큰길(신작로)에 나가서 시골 버스를 기다리다가 정류장 옆 풀밭을 보니 익모초(益母草) 한 그루가 눈에 띄었다. 그래서 서울 갔다가 돌아오는 길에 그걸 캐다가 앞마당 텃밭 귀퉁이에 고이 심어 놓았다. 바로 그것이 봄이 되니까 얼굴을 쏘옥 내밀고 올라온 것이었다.

"그게 뭔데?"

"익모초라는 거야."

"그게 뭐 하는 건데?"

"여름에 더위를 먹으면 달여 먹는 약초야."

"더위를 먹다니! 그게 무슨 강아지 풀 뜯어 먹는 소리야? 더위를 어떻게 먹어?"

강원도 산골 출신의 내가 서울 태생 아내를 만나 함께 살자니, 가끔은 아내의 희한(?)한 질문 공세에 당황스럽고 짜증스러울 때도 적지 않다.

옛날엔 여름에 더위 먹는 경우 많아

요즘은 선풍기도 있고 에어컨도 있어 그런 병이 없어졌지만 내가 초등학교 때만 해도 여름철이면 특히 어린이들이 더위를 먹는 일이 많았다. 이는 더위 때문에 병에 걸린다는 말이다. 이 병에 걸리면 땀이나 열을 몸 밖으로 제대로 내보내지 못하여 몸에 열이 뭉쳐서 맥과 숨이 빨라지고 심장이 세게 뛰며 머리가 아프고 소화가 안 된다. 이 병은 대개 햇볕 아래 오래 있으면 생겼다. 이런 병은 사람뿐 아니라, 소도 걸렸던 것 같다.

"더위 먹은 소, 달만 보아도 헐떡인다"는 속담이 있기 때문이다. 그런데 이런 속담을 북한에서는 "더위 먹은 소 달 보고 피한다"고 말한다고 한다. 물론 이 속담은, 더위 먹은 소가 그렇다는 것이 아니라, 어떤 일에 욕을 보게 되면 그와 비슷한 것만 보아도 의심하며 두려워한다는 뜻이지만.

더위를 먹으면 익모초 잎을 뜯어 그걸 물에 넣고 끓인 뒤에 베수건으로 꼭 짜서 진한 국물이 나오면 그걸 마시는데, 그 맛이 소태처럼 매우 써서 욕지기가 나온다(그러나 난 사실상 소태를 먹어 본 적은 없다). 이런 곤욕을 미리 예방하는 방법이 딱 하나가 있었다. 그건 바로 정월 대보름날 다른 사람에게 더위를 팔아버리는 것이었는데, 이를 '더위팔기'라고 불렀다.

이렇게 더위를 다른 사람에게 팔아버리면 여름철에 자신은 더위를 먹지 않는다고 했다. 이는 조선 순조 때 학자 홍석모(洪錫謨)가 지은 『동국세시기(東國歲時記)』라는 책에도 나온다. 더위는 매년 정월 대보름 아침, 해뜨기 전에 팔았다. 동네 사람들을 찾아다니며 이름을 불러서 그가 대답하면 "내 더위 사가라"하는 것이었다. 그러나 어떤 사람을 불렀을 때 그가 먼저 "내 더위 사가라"라고 외치면 오히려 더위를 사는 꼴이 되었다.

70여 년 전 개똥이에게 더위 판 게 아직도 미안

내가 강원도 횡성 말뫼라는 동네에 살던 초등학교 3학년 때였다. 그러니까 1948년 음력 1월 15일, 정월 대보름날이었다. 난 아침 일찍 잠을 깨서 오늘 누구에게 더위를 팔까 생각해 보니 개똥이가 좀 만만해 보였다. 개똥이의 정식 이름은 무엇이었는지 모른다. 동네 어른이나 아이들이나 모두 그를 개똥이라고만 불렀기 때문이다.

옛적에는 아이들 이름에 '개똥'이니 '거북'이니 또는 '남생이'니 하는 것이 많았다. '개똥이'라고 부른 것은, 개똥처럼 천한 사람은 염라대왕이 붙들어 가지 않는다는 민간신앙 때문이었다. 그리고 거북이나 남생이로 부른 것은 거북이나 남생이처럼 오래 살라고 그랬는데, 남생이는 거북처럼 생겼으나 뒷등이 약간 삼각형 모양이다.

그날 아침, 난 일찍 일어나서 눈을 비비며 개똥이네 집을 찾아가서

"개똥아" 하고 불렀다. 그랬더니 그가 방 안에서 "엉" 하고 대답하면서 방문을 열고 내다 보았다. 난 잽싸게 "내 더위 사가라"고 외쳤다. 그랬더니 그의 어머니가 부엌에서 밥을 짓다가 나와서 나를 꼬나보면서 뭐라고 욕설을 했다. 난 줄행랑쳐서 집으로 돌아왔다. 그러나 그때를 생각하면 아직도 개똥이에게 미안한 생각이 든다. 그해 여름철에 그가 더위를 먹었는지, 아닌지는 기억도 나지 않거니와 확인도 해보지 않았다.

그의 이름이 천한 개똥이인지라, 염라대왕이 아직 그를 불러가지 않았다면 그도 이제는 80살이나 81살쯤 되었을 것이다. 그는 지금 어느 곳에서 어떻게 살고 있을까. 한번 만나서 농담반 진담반으로 그때 이야기를 하면서 미안했다고 말해 주고 싶다.(✱)

어머니가 끓여 주시던 청국장 맛

　내가 올해로 아내와 50년 동안이나 함께 살면서 아내에게 듣는 유일무이의 칭찬이 있다면 그건 음식 투정을 하지 않고 주는 대로 아무거나 잘 먹는다는 것이다. 이게 내 자랑거리가 될 수 있는지는 잘 모르겠으나, 아무튼 내가 이것저것 가리지 않고 아무 음식이나 잘 먹는 것만은 사실이다. 그 이유는 알 수 없으나, 아마도 우리나라 국민 모두가 가난하게 살던 시절, 난 6남매 중 넷째로 태어났으니, 밥상 앞에서 공연히 밥투정을 부리다가는 그사이에 다른 형제자매들이 밥상 위의 모든 음식을 다 먹어치우는 통에 난 국물도 얻어먹지 못했기 땜에 그렇게 되어 버렸는지도 모르겠다.

아내에게 듣는 유일한 칭찬은 아무것이나 잘 먹는 것

　난 특히 콩으로 만든 음식이라면 무엇이나 다 좋아한다. 이것도 내가 한창 성장하던 어린 시절에는 단백질이 부족하여 내 몸이 나에게 콩을 좋아하게 만들었던 것은 아니었을까 생각해 보곤 한다. 요즘은 아이들이 고기도 실컷 먹고, 우유도 마음껏 마시기 땜에 단백질이 부족하지 않다. 하지만 내가 어린 시절엔 고기는 명절 때나 조금 얻어먹었고 우유는 구경조차 못 했다. 그래서 단백질은 오로지 콩으로만 보충해야 했다. 때문에 그땐 감옥소(교도소) 죄수들에게도 단백질 공급을 위해 콩밥을 먹였던 것 같다. 죄를 지어서 감옥에 가는 것을 "콩밥 먹으러 간다"고 흔히들 말했기 때문이다.

내가 어린 시절에 콩으로 만든 음식을 좋아해서 그랬는지는 확실치 않으나, 난 내 또래 아이들보다 키가 큰 편이었다. 그리하여 '꺽다리'라는 별명도 얻었었다. 그러나 요즘은 영양이 좋아서 그런지는 몰라도 '꺽다리'라면 최소한 190cm는 넘어야 할 것 같은데, 내 키는 지금도 고작 176cm에 지나지 않는다.

난 요즘도 콩으로 만든 음식이라면 뭐든지 좋아한다. 콩밥은 물론이고, 두부·콩비지·콩나물·청국장 등을 모두 즐겨 먹는다. 그래서 정년 퇴임하고, 시골로 귀촌한 이후, 매년 집에서 먹을 만치의 콩 농사를 손수 짓고 있다. 콩 농사는 다른 농작물에 비해 비교적 쉬운 편이다. 하지만 꽃이 피고 나서 콩꼬투리가 달릴 때부터 '노린재'라는 해충의 방제를 제대로 하지 않으면 콩꼬투리들이 말짱 빈 껍데기가 되고 만다. 콩꼬투리 속에 두유가 생기기 시작하면 노린재들이 날아들어 마치 모기가 사람 피를 빨아 먹듯이, 빨대처럼 생긴 뾰족하고 기다란 주둥이를 콩꼬투리 속에 박고 두유를 몽땅 빨아먹기 때문이다.

그래서 이러한 노린재들을 죽이려고 올해는 콩밭에 살충제를 세 번이나 분무기로 살포했다. 또한 약방에 가서 '크레솔 비누액'이라는 소독제를 사다가 빈 페트병에 조금씩 넣어 콩밭 여기저기에 매달아 놓았다. 유튜브를 보니까 그렇게 하면 노린재들이 이 약품의 냄새를 되게 싫어해서 콩밭에 얼씬도 하지 않는다고 했기 때문이다. 그래서 그랬는지는 모르겠으나, 올해는 콩 농사가 비교적 잘되어서 콩을 서너 말(1말=8kg) 수확했다.

그저께 아내가 콩을 삶아서 뜨듯한 보일러실에서 청국장을 띄우느라고 이삼일 동안 들락거리더니 오늘 아침 밥상에 청국장찌개가 놓여 있었다. 이를 한 숟가락 듬뿍 떠서 호호 불면서 맛을 보았더니, 청국장이 제대로 뜨지 않아 그런지 약간 쌉쌀한 맛이 입속에 감돌았다. 하지만 아내에게 아부를 떠느라고 "맛있다. 그때 그 청국장 맛"이라고 칭찬해 주었더니, 좋아하는 눈치였다.

초등학교 때 집으로 달려와 먹던 청국장 점심

"그때 그 청국장 맛"이란 아내에게 여러 번 들려주었듯이 내가 초등학교 6학년 때인 1953년 겨울, 어머니가 거의 매일 같이 점심때면 끓여 주셨던 청국장의 맛을 말한다.

6.25동란 때 우리 가족은 충청북도 보은군으로 피난 갔다가 휴전이된 지 3개월 뒤인 1953년 10월 고향인 강원도 횡성군 갑천면으로 돌아왔다. 그리하여 난 갑천초등학교(그땐 국민학교라고 불렀다)를 다니게 되었다. 그때 나의 아버지는 갑천면 면소거리(면소재지)에서 약방을 경영하였

고, 갑천초등학교도 역시 같은 면소거리에 있었다. 때문에 우리 집과 내가 다닌 초등학교와의 거리는 불과 700m 정도밖에 되지 않았다. 그래서 점심시간이 되면 난 집으로 달려가서 점심을 먹고 다시 학교로 갔다. 이는 나뿐만 아니라, 학교 근처인 면소거리(장터거리라고도 불렸다)에 사는 초등학생들은 모두가 그랬다.

겨울에 내가 점심을 먹으러 집에 가면 어머니가 미리 화로 위에 올려 놓은 양은냄비 속에서 청국장이 바글바글 끓고 있었다. 그리고 아랫목에 덮어 놓은 이불을 들춰 보면 주발(놋 밥그릇)이 있었고 그 안에는 따듯한 밥이 수북이 담겨 있었다. 그래서 집에 가면 어머니가 계시지 않더라도 부엌에서 숟가락만 가져다가 밥과 청국장을 점심으로 먹곤 했다.

청국장 속에는 동치미 무를 세로로 길쭉길쭉하게 썰어 넣은 것이 들어 있었다. 그걸 손에 들고 한입 베어 문 다음, 밥 한술을 떠서 함께 씹어 먹으면 다른 반찬은 전혀 필요가 없었다. 짭짤하게 간이 밴 동치미 무를 청국장에 넣고 끓이면 문문하게 푹 삶아져서 그 맛이나 씹는 식감이 말로는 표현할 수 없을 만큼 기똥찼다.

아! 아! 그때 그 청국장의 맛. 지금도 생각만 하면 입속에서 저절로 군침이 돈다.

오늘 아침 아내가 끓여준 청국장을 먹으면서 "바로 그때 그 청국장 맛"이라고 칭찬해줬지만 이건 솔직히 말하면 아내가 듣기 좋으라고 한 아첨의 말이었고, 그때 그 청국장 맛은 결코 아니었다. 그때 내가 먹었던 청국장에는 무만 들어 있었으나, 오늘 아침에 아내가 끓여 준 청국장에는 돼지고기도 들어 있었다. 그러므로 아내가 끓여준 청국장이 더 맛이 있어야 당연하다. 하지만 그렇지 않고 그때 그 청국장 맛이 더 좋았던 것은 무슨 까닭일까? 그것은 어머니의 손맛 때문이었을까? 아니면 그간에 내 입맛이 변했기 때문일까? 그것도 아니면, 그때 그 맛에는 내 어린 시절의 추억과 그리움도 배어 있기 때문일까?

어머니가 불현듯 보고 싶어진다. 나도 하늘나라에 가면 어머니가 그때처럼 나에게 청국장을 다시 끓여 주실라나.(*)

농작물 이름은 척 보면 알지요

마디풀과에 속한 덩굴성 한해살이풀로, 가지는 갈라지고, 줄기에는 잔 가시가 많아 다른 물체에 잘 붙는다. 잎은 어긋나고 삼각형이며, 7~8월에 담홍색 꽃이 줄기 끝에 이삭 모양으로 핀다. 우리나라 · 중국 · 일본 등지에 분포한다.

이런 식물의 이름을 도대체 누가 왜 하필이면 '며느리밑씻개'라고 붙였을까? 이런 풀로, 며느리가 대변을 본 뒤 거기를 닦으라고?! 어떤 심술궂은 시어머니가 역부러 이런 이름을 붙인 것은 혹시 아닐까?

농작물 이름 앞에 왜 양 · 당 · 호 등의 접두어 붙였는가

난 시골에서 자라났다. 때문에 나무나 풀 등 식물 이름을 비교적 잘 아는 편이다. 이를 서울에서 자란 아내가 신기하다는 듯 생각하며 모처럼 나를 좋게 평가한다. 비록 여러 가지 식물 이름들을 알긴 하지만, 그 뜻에 관해서는 깊이 생각해 보진 않았다. 그러나 정년퇴임 후 시골에 내려와 살면서 특히 농작물 이름의 뜻에 흥미를 갖게 되었다. 그러면서 왜 그런 뜻의 이름을 붙였는지를 깨닫게 될 때면, 뭐 큰 것이라도 새로 발견한 것 같은 희열감(?)까지도 느끼게 된다.

오늘 아내를 따라 '하나로마트'에 갔다가 또 한 가지 사실을 깨닫고 혼자 흐뭇해했다. 혼자 흐뭇해한 것은 그걸 아내에게 말할라치면 "그걸 아직도 알지 못했느냐"고 핀잔만 받기가 십상이기 때문이다. 내가 오늘 새삼 깨닫고 혼자 희열을 느낀 것은 바로 '애호박'이었다. 난 그게 그냥 특정 종류의 호박 이름인 줄로만 알았지, 그것이 나 같은 늙다리가 아니라, '애', 즉 어린이처럼 어린 호박이라는 것을 처음 알았다. 이런 말을 하면, 대학교수였다는 사람이 그것도 몰랐느냐고 흉볼지 모르겠으나, 여하튼 난 이런 사실을 오늘에야 비로소 깨달았다.

내가 시골에 와서 텃밭을 가꾸고 살면서 새삼 깨달았던 또 하나의 주요 사실(이것도 거의 모든 사람이 이미 알고 있겠지만)은, 서양에서 들어온 농작물 이름 앞에는 '양(洋)'이라는 접두어가 붙고, 중국에서 전래한 농작물 이름 앞에는 '당(唐)'이나 '호(胡)'가 붙고, 일본을 통해 들어온 것들에는 '왜(倭)'를 붙인다는 사실이다.

우선 서양에서 들어온 대표적 농작물로는 양배추·양상추·양송이·양파 등등을 들 수 있다. 농작물 이외에도 서양에서 들어온 문물 앞에는 모두 '양'자를 붙였다. 예컨대, 양과자·양궁·양담배·양말(洋襪)·양복·양산(洋傘)·양서(洋書)·양식·양실(洋室)·양약(洋藥)·양옥(洋屋)·양은(洋銀)·양장(洋裝)·양잿물·양주(洋酒)·양담배·양철(洋鐵)·양초·양회(시멘트) 등과 같이.

심지어는 서양 사람들에게도 '양'을 붙여 '양놈·양년·양코배기'라고 부르는가 하면, 서양인들의 한국인 위안부에게까지도 '양'자를 붙여 '양공주·양색시·양갈보'라고 호칭하기도 했다.

중국에서 전래한 농작물 이름 앞에는 주로 '당(唐)'이나 '호(胡)'를 붙인다. '당'자를 붙인 것은 아마도 중국 당나라(618~907) 때부터 중국의 여러 가지 문물제도와 사물 등이 우리나라에 활발하게 들어왔기 때문이 아닌가 싶다. 그리하여 중국에서 이입된 농작물에도 대개 '당'자를 붙였던 것 같다. 그 실례로는 당초(唐椒 : 고추, 황해·평남서는 '당추'라고 부름), 당근(唐根), 당콩(강낭콩, 평안도 방언), 당파(쪽파의 경기·평안도 방언) 등을 들 수 있다.

이처럼 중국에서 들어온 농작물에는 그 첫머리에 '당'자를 붙이다가 청나라(1616~1912) 때는 '오랑캐 호(胡)' 자를 붙였다. 청나라를 세운 만주족을 우리나라에서는 '오랑캐(胡)'라고 불렀기 때문이다. 그리하여 현재 우리가 즐겨 먹는 농작물 중에도 그 이름 첫머리에 '호'자를 붙인 것들이 많다. 그 실례로는 호고추(만주산 고추), 호과(胡瓜 : 오이), 호마(胡麻 : 참깨), 호밀, 호박, 호배추, 호콩(땅콩), 호추(胡椒 : 후추), 호도(胡桃 : 호두) 등등을 손꼽을 수 있다.

그런가 하면, 일본을 통해 들어온 것들에는 '왜(倭)'자를 붙였다. 현재는 사용하지 않지만 조선 시대와 일제강점기에는 고구마를 '왜감자', 귤은 '왜감', 밀감은 '왜귤', 땅콩은 '왜콩' 등으로 불렀다. 그러나 '왜(倭)'는 중국이나 우리나라에서 일본이나 일본 사람을 얕잡아 이르던 말이기 때문에 일본인들은 '왜' 대신 '화(和, 와로 발음)'를 사용한다. 자신들은

'야마토민족(大和民族)'이기 때문이라는 것이다. 그래서 예컨대 일본 과자는 와카시(和果子), 일본식 옷은 '와후쿠(和服)', 일본식 음식은 '왓쇼쿠(和食)', 일본어는 '와고(和語)' 등으로 부른다.

식물 이름 앞에 붙은 접두어 참 · 개 · 들 · 산 · 돌 등의 뜻은

동·식물 이름들을 보면, 그 앞에 '참·개·들·돌' 등의 접두어가 붙어 있는 것들도 많다. 이들 중 '참'이 붙은 것은 '가짜'가 아니라 '진짜', '참된 것' 또는 '좋은 것'이라는 뜻을 더하는 말이다. 반면, '개·들·산·돌' 등의 접두어가 붙어 있는 것들은 '야생'이거나 또는 '질이 떨어지는 것'이라는 뜻을 나타내고 있다.

식용식물 중에서 '참'자가 붙은 것들로는 참깨를 비롯해, 참고추냉이·참나물·참다래·참동의나물·참두릅·참박쥐나물·참쑥·참외·참장대나물 등을 들 수 있다. 이들 중, '참외'는 '외' 즉 '오이(瓜)'보다 좋은 품종이라는 것인데, 예전에는 오이를 '물외'라고도 불렀다. 오이는 꼭지 부분이 매우 쓴데, 오이를 먹고 그 꼭지 부분으로 사마귀를 문지르면 사마귀가 떨어진다고 했다. 내가 초등학교에 다닐 때, 오이 꼭지로 손등에 난 사마귀를 문지르는 아이들을 종종 본적이 있다. 그땐 왠지 손등에 사마귀가 난 아이들이 적지 않았다.

내가 자란 강원도에서는 진달래꽃을 '창꽃'이라고 불렀다. 나중에 알아보니 '창꽃'이 아니라 '참꽃'이었다. 이처럼 진달래를 '참꽃'이라고 부른 것은, 진달래와 비슷한 철쭉꽃은 먹을 수 없는 데 반하여 진달래꽃은 먹을 수 있는 좋은 꽃이라는 뜻에서였다고 한다.

예전에 제주도 지방에서는 고구마를 '참감자'라고도 불렀다. 우리나라에 고구마가 처음 들어온 것은 조선 시대인 1763년(영조 39)으로 조엄(趙曮)이 통신정사(通信正使)로 일본에 다녀오면서 대마도에서 가져왔다고 한다. 그러나 그때는 '맛이 단 마'라고 해서 '감저(甘藷)', 남쪽에서 들어온 마라고 해서 '남감저(南甘藷)' 또는 조엄이 가져온 마라고 해서 '조저(趙藷)'라고 불렀다고 한다. 그 뒤 '고구마'로 부르게 되었는데, 이렇게 부르게 된 데 대해서는 크게 두 가지 설이 있다. 첫째는 고구마가 처음 들어왔을 때 전라도 고금도(古今島)에서 많이 재배한 데서 비롯되었다는 것이다. 둘째는 일본 대마도에서 고구마로 늙은 부모를 잘 봉양한 효자의 효행을 찬양하기 위해 관청에서 고구마를 '코우코우이모(孝行芋)'라고 했는데, 이것이 우리말로 전음(轉音)되면서 '고구마'가 된 것이라 설인데, 현재는 이것이 거의 정설로 받아들여지고 있다.

진짜 또는 좋다는 의미의 '참'이라는 뜻과는 반대로, '질이 떨어지는 가짜 품종' 또는 '야생(wild)'이라는 뜻의 접두어로는 '개·들(野)·산(山)·돌' 등을 동·식물 이름 앞에 많이 붙이고 있다. 이들 중, '개'는 특히 참 것이나 좋은 것이 아니라는 뜻이다. 이런 실례로는 개가죽나무(참가죽나무의 반대)·개고비·개망초·개맨드라미·개벚나무·개복숭아·개족두리풀·개질경이 등을 들 수 있다. '개똥참외'라는 것도 있는데, 이는 참외보다 작고 맛이 없는 것은 사실이나, '개참외'가 아니라, 사람이나 개가 참외를 먹고 들이나 길가에서 대변을 보면 그 속에 들어 있던 씨앗이 싹을 터서 저절로 자라서 열린 참외를 말한다. 따라서 "개똥참외는 먼저 맡는 사람이 임자"라는 속담까지 생기게 되었다. 이는 임자가 없는 물건은 먼저 발견한 사람이 갖게 마련이라는 말이다.

그 이름 앞에 붙어서 질이 떨어지는 야생의 동·식물임을 뜻하는 접두어로 '들'이 붙어 있는 것들로는 들국화·들깨·들떡쑥·들뽕나무·들장미 등을 들 수 있다. 그러나 이들 중, 들깨는 참깨보다 질이 떨어지는 야생의 깨가 아니라, 품종이 완전히 다르다. 하지만 우리가 주로 일용하는 대표적 기름 중에서 참기름의 맛이 들기름보다 월등히 좋기 때문에 들기름이 나오는 농작물은 애꿎게 '들깨'가 되었다고 한다.

들(野)이 아니라 산(山)에서 자생하는 식물에는 그 이름 앞에 '산'이라는 접두어를 붙인다. 이러한 실례로는 산꽈리·산나리·산당화·산마늘·산부추·산삼·산앵도 등을 들 수 있다. 이런 식물 중에는 논밭에서 재배한 것보다 질이 낮은 것이 많지만, 그러나 반대인 것도 있다. 그 실례의 하나가 바로 산삼(山蔘)이다.

끝으로 동·식물 이름 앞에 붙어 그것의 품질이 낮거나 산과 들에 저절로 난 것을 나타내는 접두어로는 '돌'을 들 수 있다. 이러한 '돌'을 붙인 식물의 실례로는 돌가시나무·돌감나무·돌나물·돌단풍·돌배·돌삼·돌피 등을 들 수 있다. 우리나라 전통술 중에 '문배주'(대한민국 국가무형문화재 제86-1호)라는 것이 있는데, 이 술에서는 '문배 향기가 난다'고 해서 '문배주'라고 부른다. 문배는 우리나라에서 자생하는 토종 돌배를 말한다. 이 돌배는 크기가 겨우 어른 주먹만 하고 과육이 단단하여 맛은 없으나 아주 독특한 향기가 난다. 그래서 비록 돌배의 하나지만, 전통주 상표가 되는 영광까지 차지하게 되었다.

'신토불이(身土不二)'. 허준이 편찬한 『동의보감』(東醫寶鑑)에 나오는 말이라고 한다. 몸과 땅은 둘이 아니니, 자신이 사는 땅에서 나는 것을 먹어야 체질에 잘 맞는다는 뜻이다. 되도록 우리나라 땅에서 나는 먹거리들을 많이 먹고 건강하게 살자.(*)

지옥과 천당의 차이점

　내가 시골에서 초등학교를 '댕길' 때는 아침마다 운동장에 전교생을 모아놓고 교장 선생님이 교단에 올라가서 '훈화'라는 것을 했다. 길 때는 한 시간씩 하시기도 했다. 그것이 우리에게는 너무 지루하고 지겨워서 몸을 비비 꼬다가 학생들 앞에 횡렬로 쭉 늘어서 계신 선생님들로부터 지적을 받기도 했다. 그때 교장 선생님이 어떤 내용의 훈화들을 하셨는지 잘 생각나지 않는다. 그러나 지금도 생각나는 것이 딱 한 가지 있다.

　어떤 사람이 잠시 죽었다가 깨어났는데, 그사이에 지옥과 천당을 모두 구경했다. 먼저 지옥엘 가보았더니, 그곳 사람들은 굶주려서 뼈만 앙상하게 남은 게 그야말로 '아귀(餓鬼)' 같았다. 혹시 밥을 주지 않아서 그런가 싶어 식당에를 가보았더니, 밥은 제대로 주는데 숟가락 자루의 길이가 약 1m는 되어서 그 기다란 숟가락으로 밥을 떠먹자니 밥알이 입으로 제대로 들어가지 않는 통에 자연히 굶주리게 되어 모두가 비쩍 말라 있었다.

이번에는 천당에 가보았더니 모든 사람이 살이 포동포동 찌고 안색이 매우 좋았다. 그래서 식당에를 가보았더니, 숟가락 자루의 길이가 역시 1m는 되었다. 그러나 두 사람씩 식탁에 마주 앉아서 기다란 숟가락으로 밥을 떠서 상대방에게 먹여 주어, 밥알을 한 톨도 흘리지 않고 잘 먹은 덕에 모두 살이 포동포동하게 찌어 있었다.

이런 이야기를 교장 선생님이 하고 나서, 그것을 우리 어린 학생들에게 어떻게 풀이해 주었는지는 통 기억나지 않는다. 그러나 아마도 자기만 잘 먹고 잘살자고 아귀다툼을 하는 세상은 곧 지옥이오, 다 같이 잘살자고 서로 협력하는 세상은 곧 천당이니, 여러 학생도 천당에서처럼 살기를 원한다면 서로 협력하라고 말씀해 주셨으리라고 추측된다.

지금은 시골의 논에도 관개(灌漑) 시설이 잘 되어 있어 논물 싸움은 자연히 사라졌다. 그러나 1970년 박정희 대통령의 제창으로 우리나라에서 새마을운동이 시작되어 관개시설을 잘해 놓기 이전에는 농촌에서 농부들 사이에 논물 싸움이 심했다. 특히 논에 모내기를 하는 이앙기(移秧期)가 되면 농부들이 서로 자기 논으로 물을 끌어대다가, 그러니까 좀 유식하게 말하자면 '아전인수(我田引水)'를 하다가 삽이나 팽이를 휘두르면서 싸움질하는 경우도 적지 않았다.

제 논부터 물을 대고 싶은 것은 인지상정(人之常情)일 것이다. 하지만 세상이 점차 야박해지면서 요사이는 농촌에서도 '아전인수'격인 사람들이 점차 늘어나고 있다. 야박한 서울에서 와서 사는 내가 농촌 사람들에게 예전처럼 순박하게 살라고 말하는 것은, 마치 자신은 양옥집에 살면서 예전의 농촌 풍경이 사라지는 것이 아쉽다면서 농촌 사람들은 초가집에 살라고 말하는 것과 마찬가지의 모순일 것이다. 그러나 훈훈했던 농촌의 인심이 점차 사라지고, 그 순박했던 농촌 사람들이 야박한 도시 사람들의 이기주의를 닮아가는 것이 못내 섭섭한 것은 어인 까닭일까.(✱)

장돌이는 아직도 위풍당당

2007년 8월 30일, 나는 정년퇴임하고, 시골에 와서 내 생전에 마지막 집이 될 아담한 주택을 짓고 살고 있다. 집 앞 뜨락이 제법 넓은지라, 거기에다가 닭장을 짓고 닭 몇 마리 기르고 싶었다. 그러면 멀리 시장이나 마트에 가지 않아도, 우리 두 늙은이가 매일 단백질을 공급받을 수 있지 않을까 해서였다. 또한 암탉들과 함께 수탉도 기르면 유정란도 받아먹을 수 있기 때문이다.

암탉은 수탉이 없이도 알을 낳는데, 이를 무정란이라고 한다. 반면에 수탉과 교미하여 낳은 계란은 유정란이라고 부른다. 나의 유일무이한 사교(?) 모임인 '청람회'라는 등산반의 회장이자 유정란의 맹신자였던 죽전(호) 선생님에 의하면, 마트에서 파는 무정란을 사다 먹다가 시골 닭이 낳은 유정란을 먹어보면 맛이 아주 '고오소오'하고, 정력에도 좋다는 것이었다.

닭 기르기를 결사 반대하던 아내가 갑자기 돌변

이런 말의 진부야 어찌 됐던 간에 이왕 시골에 와서 사는데, 닭을 몇 마리 길러서 유정란도 받아먹고 단백질도 보충하기로 나 혼자 생각하고, 내 깐에는 모처럼 안사람한테 칭찬받을 기발한 아이디어를 냈다고 생각하며 안 사람에게 아뢰었다. 그러나 돌아온 대답은 나를 무참할 정도로 무안하게 만들고 말았다.

"내가 몇 번이나 말했잖아. 난 살아 있는 동물은 절대로 더 기르지 않겠다고 했잖아. 검은 머리 짐승(나?) 하나를 기르기도 벅찬데, 닭까지 어떻게 길러? 맨날 모이 챙겨 줘야지, 물 줘야지, 그래서 마음 놓고 여행도 제대로 못 가고…."

아내의 이런 대꾸에 난 기가 질려 닭에 관한 소리는 더 이상 입도 뻥긋 못했다. 그런데 하루는 아내가 아랫집 박 선생네 집에 가서 한 시간 이상 수다를 떨고 오더니 갑자기 나에게 닭장을 지으라는 것이었다.

"박 선생네 암탉이 지금 알을 열 개 품고 있는데, 곧 부화할 거래. 그러면 병아리 세 마리를 우릴 준다고 했어. 닭장 좀 지어줘요."

이 말을 들은 나는 신이 나서 당장 닭장을 짓기 시작, 꼬박 이틀 만에 근사한 2층짜리 닭 저택을 완공하고, 그 앞에는 널찍한 닭 운동장까지 만들어 놓았다. 그리고 나서 박 선생네 암탉이 병아리를 까기만 학수고대하고 있었다. 그런데 병아리의 부화 일수가 약 21일인데도, 거의 한 달이 되도록, 닭이 아니라 '꿩 구워 먹은 소식'이었다. 어찌된 일인지 알아보라고 아내에게 말했더니 그 짤막한 다리로 쪼르륵 박 선생네 집으로 달려갔다가 돌아온 아내 왈 "암탉이 병아리 부화에 실패했다"는 것이었다.

"그럼 지어 놓은 닭장을 당장 때려 부수겠다"고 내가 역부러('일부러'의 사투리) 으름장을 놓았더니, 아내가 민망한 표정을 지으며 말하기를 "그럼 오산 장에 가서 병아리를 사다가 기르자"는 것이었다. 하여 오산 장날(3이나 8이 든 날)을 기다렸다가 장에 가서 가금류 코너에 가 보았더니 여러 가지 종류의 닭들을 팔고 있었다.

"당장 알을 낳는 닭은 없느냐"고 닭장수에게 물었더니 그런 닭도 있긴 하지만, 그런 닭은 곧 알을 낳을 수 없는 노계가 되니까, 두서너 달만 기르면 알을 낳을 수 있는 영계를 사다가 기르라는 것이었다. 이러한 닭장수의 제의에 따라 영계 암탉 네 마리와 수탉 한 마리를 사 왔다. 그 결과, "검은 머리 짐승(나?) 하나만 기르기도 벅차다던 아내는, 졸지에 모두 여섯 마리의 짐승(머리 검은 짐승 포함)을 기르게 되었다.

수탉 장돌이는 수탉답게 위풍당당, 카리스마 넘쳐

새로 사 온 닭들을 닭장 운동장에 풀어 놓고 먹이를 주었더니, 수탉이 "구구구" 소리를 내며 암탉들을 불러 모으면서, 뒷발로 땅을 파헤치며 먹이를 먹으라는 것 같은 행동을 했다. 그러더니 난데없이 암탉 한 마리의 등에 올라타서 그 짓거리를 했다. 이를 보고 아내는 민망스러운 듯 잠시 고개를 돌렸다가 나를 보고 계면쩍은 미소를 지었다.

아내와 나는 서로 의논하며 닭들에게 각각 이름을 지어주었다. 수탉은 '장돌이'라고 이름 지었다. 나의 고향 사투리로 수탉은 '장닭'이라고 불렸고, '돌이'란 젊은 남성이나 수컷을 이르는 말이기 때문이다. 다음으로 붉은색 암탉은 '붉은 홍(紅)' 자를 붙여 '홍순이', 검은색 암탉은 '검을 현(玄)' 자를 넣어 '현순이', 누리끼리한 색의 암탉은 '황순이' 그리고 푸른색 청계(靑鷄)는 '청순이'로 명명했다. 이처럼 이들에게 '순이'라는 돌림자를 붙인 것은 그것이 여성을 뜻하는 접미사이기 때문이었다.

장돌이, 홍순이, 현순이, 황순이, 청순이는 무럭무럭 자라났다. 당시 장돌이는 수탉이래야 사람으로 치면 고작 20대 초반쯤 되었는데도 카리스마가 넘쳤다. 시뻘건 털에 까만 깃들이 섞이고, 다리가 길쭉하고, 꼬리가 위쪽으로 우뚝 서고, 벼슬(볏)도 크고 꼿꼿하게 선 장돌이의 모습은 정말로 수탉다웠다. 이러한 장돌이는 커 갈수록 체격도 더욱 늠름해지고, 머리 위의 볏도 점점 크고 붉어지면서 꼿꼿이 서서 위풍당당해 보였다. 그래서인지 장돌이는 내가 닭장 안으로 들어가도 피하지 않고 네가 날 피해 가라는 식으로 사람인 나를 무서워하지 않았다.

장돌이는 암탉들을 거느리는 통솔력과 질서를 유지하는 지도력도 탁월해서 닭들 간의 위계질서(pecking order)를 꽉 잡아 놓아 아랫놈이 윗놈을 쪼는 하극상을 없앤 듯했다. 또한 닭들에게 모이를 주면, 그걸 장돌이는 독식하려 하지 않고 "구구, 구구" 하는 소리를 내며 암탉들을 불러 모았다. 그런가 하면, 장돌이는 정력도 아주 센 것 같았다. 암탉들의 머리털이 많이 빠져서 대머리가 되다시피 했기 때문이다. 옛날에 '계독산'이라는 최음제가 있었는데, 이 약을 수탉에게 먹이면 하도 암탉 등에 올라타서 암탉 머리털을 뜯는 통에 암탉이 대머리가 되다시피 해서,

닭 '계(鷄)' 자에, 대머리 '독(禿)' 자에, 가루 '산(散)' 자를 붙여 '계독산'이라고 불렀다고 한다.

산란 시작한 암탉들은 두 늙은이에게 매일 단백질 공급

"두서너 달만 더 기르면 알을 낳기 시작할 것"이라고 했던 닭장수의 말과는 달리, 암탉들은 석 달 만에야 드디어 알을 낳기 시작했다. 첫 알(초란, 初卵)은 크기가 탁구공만큼 작았다. 그래서 내가 어렸을 땐, 동네 아이들은 그것을 수탉이 낳은 알이라고 했다. 난 그걸 철석같이 믿었었다.

조그만 초란을 낳은 이후, 홍순이를 비롯한 네 마리의 암탉들은 거의 매일 계란을 낳았는데, 그 크기가 꽤 컸다. 특히 홍순이의 알이 가장 컸으며, 반면 청순이의 알은 가장 작았는데, 계란의 색깔은 그것을 낳은 암탉의 털 색깔과 비슷하다. 그러니까 홍순이가 낳은 알은 색깔이 불그스레한 반면, 청순이가 낳은 알은 푸르스레했다. 그래서 계란을 보면 그것이 어떤 암탉이 낳은 것인지를 거의 알아맞힐 수 있었다.

네 마리의 암탉이 매일 한 알씩, 하루에 모두 네 개를 낳아주니, 우리 두 늙은이는 '프라이'해 먹고, 삶아 먹고, 계란찜 해 먹고, 때로는 젓가락 끝으로 계란 양 끝에 구멍을 뚫고 한쪽 구멍에 입을 대고 생으로 쭉 빨아 먹기도 해도 계란이 남아돌았다. 그러면 그것들을 냉장고에 넣어 두었다가 자식들이 오면 주었다. 그러면서 유정란임을 강조하면, "그래서 그런지 마트에서 사 먹는 계란과는 맛이 확실히 다르다"고 했다. 그건 진짜 그런지, 선입관 때문에 그런지, 그것도 아니면 "또 달라"는 아부성 발언인지는 알 수 없었다.

이처럼 자식들에게 주고서도 실컷 먹을 수 있도록 우리에게 알을 낳아주던 암탉들이 언제부터인가 알을 낳다가 말다가 하다가 아예 단산하고 말았다. 그러자 이런 암탉들을 계속 기를 수도 없고, 그렇다고 해서 잡아먹을 수도 없었다. 5~6년 동안이나 애지중지 길러오며 정이 듬뿍 든 가련한 생명체들을 차마 내 손으로 잡아먹을 수 없는 불인지심(不忍之心)과 측은지심(惻隱之心) 때문이었다.

암탉들은 세대교체, 그러나 수탉 장돌이는 상기도 건재

고민 끝에 동네 사람들을 주기로 결심하고, 털보네와 선영이네 집에 전화를 걸었더니 기꺼이 가져가겠다고 했다. 금세 우리 집으로 올라온 털보영감과 선영이 엄마가 각각 두 마리씩을 붙잡아서 다리를 쥐고 가는데, 거꾸로 매달려 꼬댁꼬댁 비명을 지르며 점차 멀어져 가는 홍순이, 현순이, 황순이, 청순이의 애처로운 모습은 차마 볼 수가 없어, 나와 아내는 뒤쪽으로 돌아서서 저 멀리 뒷동산만 한참 동안이나 하염없이 바라보았다.

이렇게 1세대 암탉들을 보내고 나서, 이번에는 조암 장에 가서 영계 암탉 세 마리를 사 왔다. 그리하여 현재는 이들이 우리 부부에게 단백질을 공급해 주고 있다. 그러나 이들도 벌써 연로해서 날마다 알을 낳지는 않는다. 특히 삼복더위 여름과 엄동설한에는 알을 잘 낳지 않는다. 그리하여 세 마리의 암탉이 하루에 한 알도 낳아주고, 두 알도 낳아주고, 어떤 때는 한 알도 낳아주지 않는다.

암탉들은 위와 같이 세대교체 되었으나, 수탉 장돌이는 상기도 그대로 건재하고 있다. 이제는 연세(?)가 좀 많이 드셨지만, 젊었을 때의 그 정력과 기품은 아직도 그대로 유지하며 세 마리의 암탉들을 잘도 거느리고 있다. 요즘도 틈만 나면 뻔질나게 암탉들의 등에 올라타서 암탉의 뒷머리털을 뜯으며 그 짓거리를 하고 있다.

닭은 평균적으로 10년에서 20년까지 산다고 한다. 그러나 장돌이가 언제까지 살는지는 모르며, 나도 또한 언제까지 살지 모른다. 그러나 내가 살아 있는 한, 장돌이가 자연사할 때까지 함께 더불어 살려고 한다. 나는 현재 '꽁지 빠진 수탉' 같고, '비 맞은 장닭' 같은 신세가 된지라, 장돌이라도 새벽마다 울어줘야 날이 새지 않겠는가?(✻)

효자손보다 그래도 마누라 손

백두산에서부터 낭림산맥을 따라 쭉 내려와 봐.

옳지, 옳지, 그래, 그래. 그 근방이여.

아니, 아니 조금 더 내려와.

엉, 거기서 오른쪽 개마고원 쪽으로 조금 더.

응, 거기야. 좀 벅벅 긁어봐.

어! 쌔완('시원'의 니북 사투리)하다. 고마워.

이게 뭐하는 소리냐고요?

이건 내 마누라에게 내 등허리의 어느 부분을 어떻게 긁어 달라고 주
문하는 소리이다

나와 마누라와는 등허리를 우리나라 지도라고 생각하고 "개마고원
을 긁어 달라," "그 아래 함흥 쪽을 긁어 달라"는 식으로 서로 소통하
곤 한다.

젊었을 땐 그렇지 않았는데 요즘은 환절기만 되면 알러지성 피부염

이 생기면서 특히 등허리가 무척 가렵다. 그래서 몇 년 전에 국내 뭐 관광지에 구경 갔다가 거금 1만 원을 주고, 대나무 '효자손'을 한 개를 사왔다. 그러나 아무래도 늙은 마누라 손보다는 못하였다.

예전에 신혼 초에는 마누라가 나를 자기 무릎에 뉘어 놓고 귀지도 파주곤 했건만, 요즘은 '눈이 어둡다'다는 핑계로 그건 마다하고 있다. 그러나 내가 이불 속에서 등허리를 들이대며 "좀 긁어 달라"고 하면, 그건 다행히 거절하지 않는다.

누가 지어낸 이야기이겠지만, 부부가 30대까지는 한 이불 속에 자다가 40대부터는 한방에서 이불을 각각 따로 덮고 잔다고 한다. 그러나 50대부터는 각방을 쓰다가 60대가 되면 마누라가 어디서 자는지도 모른다는 우스갯소리가 있다. 그러나 우린 결혼 이후 이제까지 50년 동안, 한 이불 속에서 자고 있다. 양쪽 부모님들이 모두 그랬으니까 그건 당연한 일로 알아 왔다.

내가 이런 소리를 어떤 지인에게 이야기했더니, "나이를 먹으면 부스럭거리는 소리와 코 고는 소리 등에 민감하게 되는데, 어떻게 한 이불 속에서 자느냐?"는 것이었다. 그러면서 숙면을 위해서는 각방을 써야 한다고 충고했다. 하지만 마누라에게 각방을 쓰자고 하면, "이제는 사랑이 식었느니, 내가 싫어져서 그러느니" 하고, 시비를 걸까 두려워 차마 끽소리조차 꺼내지 못하고 말았다.

며칠 전 아내가 서울 딸네 집에 며칠 다녀오겠다며, 우거짓국을 한 솥 끓여놓고, 현관을 나서면서 "문단속 잘하고, 가스불 조심하고, 먹다 남은 반찬은 냉장고에 꼭 넣어두고…" 등등의 잔소리를 늘어놓더니 휑하니 집을 나섰다.

난 오랜만에 비로소 해방된 느낌이었다. 시골의 외딴 전원주택에서 단둘이 24시간을 붙어살면서, 내가 잠시 대문 밖에만 나가도 "어딜 가느냐?"고 묻고, 밤 한 톨을 먹어도 "무얼 먹느냐?"고 묻고, 물 한 모금 마셔도 "무얼 마시느냐"고 묻고… 내가 눈에 보이지 않으면 불안하다면서 졸졸 따라다니면서 온갖 잔소리를 해쌌는다. 미치고 환장할 노릇이었다. 그런데 아내가 집을 떠나고 한나절이 지나니까, 왠지 모르게 조금 보고 싶어지기 시작했다.

난 밤에 두세 번쯤 소변이 마려워서 잠에서 깬다. 첫 번째 소변을 보고 나서 안방으로 들어가니 마누라가 늘 누워 자던 침대 한쪽이 텅 비어 있었다. 나도 모르게 소스라치게 놀랐다. 그러다가 펀득 마누라가 서울에 갔음을 깨달았다. 두 시간쯤 뒤에 또 소변이 마려워 화장실에 갔다가 다시 안방으로 들어가서 침대를 보니 또 한편이 비어 있었다.

갑자기 무서운 생각이 들었다. 언젠가는 정말로 침대 한쪽이 영원히 비겠지? 난 그것을 절대로 보기 싫다. 그걸 보지 않으려면 내가 먼저 하늘나라로 가야지. 하느님께 빌어 본다. 나를 먼저 불러주시던지, 아니면 우리 두 사람을 한날한시에 다 같이 불러주십사고.(✳)

군고구마에 동치미 국물은 찰떡궁합

'라보때'라는 말을 요즘도 쓰는지 모르겠다. 점심은 "라면으로 보통 때운다"는 말이다. 근데 난 요즘은 '군동때'이다. 군고구마 서너 개랑 동 치미 국물 한 대접(사발)으로 점심을 때우고 있다. 군고구마에 동치미 국 물은 찰떡궁합인지라, 두 사람이 먹다가 두 사람이 모두 죽어도 모른다.

고구마는 내가 직접 기른다. 지난해 봄에는 '꿀고구마' 싹을 세 단, 그 러니까 300개를 사다가 심었다. 시장에서 파는 고구마에는 대체로 세 가지 종류가 있다. 첫째는 '밤고구마'인데 이것은 삶아 놓으면 마치 삶 은 밤처럼 분가루가 많이 나서 먹기에 팍팍하고 목이 메어서 난 좋아하 지 않는다. 두 번째 종류는 '호박고구마'인데 이건 삶거나 구우면 마치 늙은 호박을 삶아 놓은 것처럼 물렁물렁하며 맛은 들큼하다. 세 번째는 '꿀고구마'인데, 이는 앞서 말한 '밤고구마'와 '호박고구마'의 중간 형 태로, 맛이 그 이름처럼 꿀맛은 결코 아니다. 그러나 난 이 품종을 선호 해서 매년 이것만 심는다.

고구마는 한자로 '감저(甘藷)'로 표기, 조선왕조실록에도 나와

고구마의 원산지는 남아메리카로 알려져 있다. 그렇다면 이러한 고구마가 우리나라로는 언제 어떻게 전래되었을까? 고구마를 옛날에는 '감저(甘藷)'라고 불렀고, 오늘날의 '감자'는 북저(北藷)·북감저(北甘藷)·토감저(土甘藷)·양저(洋藷)·지저(地藷) 또는 마령서(馬鈴薯) 등으로 불렀다. 그래서 우선 조선왕조실록 홈페이지의 검색창에서 고구마를 의미하는 '감저'라는 단어를 검색해 보았더니, 모두 4건의 기사가 나왔다.

그중 우선 정조실록 41권, 정조 18년(1794) 12월 25일 3번째 기사를 보니, 호남위유사(湖南慰諭使, 천재지변이 있을 때 백성을 위로하려고 어명에 따라 임시로 호남지역에 파견한 관원) 서영보(徐榮輔)가 호남을 시찰하고 돌아온 뒤, 임금님께 별단을 올려 아래와 같이 아뢰었다고 적혀 있다.

호남 연해 지방 고을(沿海諸邑)에는 이른바 '고구마(所謂甘藷者)'라는 것이 있습니다. 이것은 명나라 명신(名臣)인 서광계(徐光啓)가 (서기 1639년에) 찬술한 『농정전서(農政全書)』에 처음 보이는데, (서광계는 고구마를) 칭찬하여 말하기를 "그것은 조금 심어도 수확이 많고, 다른 농사에 지장을 주지 않으며, 가뭄이나 황충(蝗蟲, 풀무치)에도 재해를 입지 않고, 달고 맛있기가 오곡과 같으며, 힘을 들이는 만큼 보람이 있으므로 풍년이든 흉년이든 간에 이롭다"고 하였습니다.

이러한 고구마의 종자가 우리나라에 들어온 것은 갑신년이나 을유년

즈음이었으니, 지금까지 30년이나 되는 동안 연해 지역의 백성들은 서로 전하여 심은 자가 매우 많았습니다. 그 먹기 좋고 기근 구제에 효과가 있는 것은 중국의 민(閩, 현재 복건성 지역)·절(浙, 절강성 지역) 지방과 마찬가지였으나, 우리나라 풍속에 처음 보는 것이어서 단지 맛있는 군것질거리로만 여기고 있을 뿐 식량을 대신해서 흉년을 구제하지는 못하기 때문에 신은 항상 한스럽게 여겨왔습니다. 이 곡물은 단지 민(閩)·절(浙) 지역에서만 성하고 우리나라가 종자를 얻은 것도 일본에서였으니, 이것의 성질이 남방의 따뜻한 지역에 알맞다는 것을 알 수 있습니다.

고구마 종자는 1764~65년경 일본에서 처음 얻어오다

바로 이와 같은 내용의 실록 기사를 볼 때, 고구마 종자가 우리나라에 들어온 것은 갑신년(영조 40년, 서기 1764)이나 을유년(영조 41년, 1765) 즈음에 일본에서 얻어왔음을 알 수 있다. 그러나 당시는 "처음 보는 것이어서 단지 맛있는 군것질거리로만 여기고 있을 뿐 식량을 대신해서 흉년을 구제하지는 못하였다"고 한다. 그런데 이와 같은 실록 기사에 뒤이어 나오는 내용을 보면, 아래와 같은 놀라운 사실이 나온다.

고구마 종자가 처음 들어왔을 때는 백성들이 다투어 심어서 생활에 보탬이 되는 경우가 왕왕 많았는데, 얼마 되지 않아 영(감영)과 읍의 가렴주구가 따라서 이르면서 사나운 관리가 문에 이르러 고함을 치며 수

색을 하였습니다. 관에서 백 포기를 요구하고 아전은 한 이랑씩 다 거두어 가니 심은 자는 곤란을 당하고 아직 심지 않은 자는 서로 경계하여 부지런히 심고 가꾸는 것이 점점 처음만 못해지다가 이제는 희귀하게 되었습니다. 세상에 이처럼 좋은 물건이 있어 다행히 종자를 가져오게 되었으니, 국가로서는 마땅히 백성들에게 주어 심기를 권장하고 풍속을 이루게끔 해서 온 나라 사람들이 모두 좋은 혜택을 받기를 문익점(文益漸)이 가져온 목화씨처럼 하여야 할 것입니다. 그런데 번식도 하기 전에 갑자기 가렴주구를 행하여 어렵사리 해외의 다른 나라에서 가져온 좋은 종자를 오래 자랄 수 없게 하고 씨받이 종자까지 먹어버렸으니, 어떻게 종자를 취할 수 있겠습니까. … 신(臣)의 생각으로는 양남(兩南, 영남과 호남)의 도신(道臣, 관찰사) 및 각 해당 수령에게 분부하여 먼저 연해안 고을부터 번식시키도록 신칙(申飭, 단단히 타일러서 경계함)하고, 그 과정을 엄하게 하여 마을마다 일을 주관할 사람을 한 사람 택하여 그 일을 맡게 하여서 어느 마을 어느 집이든 다 심게 하고, 부지런히 하지 않는 자가 있을 경우에는 해당 이임(里任)을 태장(笞杖)을 쳐서 죄를 징계해야 할 것입니다.

이와 같은 기사를 보면, 고구마 종자가 우리나라에 처음 들어오자, 이를 못된 관리들이 가렴주구 해서 빼앗았다는 것이다. 참으로 어처구니없는 일이다. 그러나 조정과 올바른 관리들이 고구마 재배를 농민들에게 적극 권장하여 그 재배가 점차 확대되었던 것 같다. 정조실록 50권, 정조 22년(1798) 11월 30일 1번째 기사를 보면, 전 형조판서 이제화(李

齊華)의 상소에 아뢰기를, "고구마를 심는 것은 구황(救荒, 흉년 따위로 기근이 들었을 때 굶주린 이들을 구제함)하는 데 있어서 가장 알맞은 것입니다. 여러 도에 널리 유포한다면 실로 식량을 보충하는 데 한 가지 도움이 될 것입니다"라고 하였다. 또한 비변사(備邊司)에서도 임금께 아뢰기를, "고구마를 심는 데 대한 일은, 고구마는 구황하는 데 있어서 실로 중요한 종자입니다. 남쪽 바닷가의 고을 가운데 심는 곳이 많이 있고 연전에도 이미 심도록 신칙하였는데, 실제적으로 효과가 있는지는 아직 모르겠습니다. 다시금 여러 도에 신칙하겠습니다"라고 적혀 있다.

'고구마'란 이름의 유래에 관해서는 두 가지 설 있어

위에서 소개한 조선왕조실록에서는 고구마를 모두 한자(漢字)로 '감저(甘藷)'로 표기하였다. 그러나 『한민족문화대백과사전』에는 '감저'라는 이름 이외에 '조저(趙藷)' 또는 '남감저(南甘藷)'라고도 불렀다면서 '고구마'라는 이름은 일본말 고귀위마(古貴爲麻)에서 유래하였다고 한다. 하지만 일본어 사전을 찾아보면, 고구마를 '칸쇼(カンショ, 甘藷)' 또는 '사츠마이모(サツマイモ, 薩摩芋)'라고 한다. 여기서 '사츠마(薩摩)'는 현재 가고시마현(鹿児島県) 서부의 옛 지명인데, 이곳을 통해 고구마가 일본으로 전래되었기 때문이다. 그러면 이를 우리나라에서는 왜 '고구마'라고 불렀을까? 이에 관해서도 찾아보았더니 크게 두 가지 설이 있다. 그러나 이들 중 어떤 것이 정설인지는 알 수 없다.

첫째는 영조 39년(1763) 우리나라의 조엄(趙曮)이 통신사(通信使)로 일본에 다녀온 뒤 쓴 일본견문록인 『해사일기(海槎日記)』에 고구마를 일본에서는 '고귀위마(高貴爲麻)'라고 부른다고 기록해 놓았는데, 바로 이러한 '고귀위마'에서 고구마라는 이름이 비롯되었다는 것이다.

둘째는 일본의 쓰시마(對馬島) 지방에서는 지금도 고구마를 '고오코이모(孝行芋, こうこいも)'라 부르는데, 이에서 '고구마'라는 우리나라 이름이 유래되었다는 설이다. 1731년, 일본 연호로는 교호(享保) 17년, 일본에서는 새해 초부터 악천후가 계속되면서 여름에는 냉해, 장마, 해충 등으로 인하여 서일본의 각 지역, 그중에서도 특히 세토나이카이(瀬戸内海) 연안 일대에는 흉년이 들어서 아사자가 12,000명에 이르렀다. 그러나 오미시마(大三島) 지역만은 이곳 농민 시타미키치주로(下見吉十郎)가 외지에서 가져온 고구마를 재배해서 아사자를 내지 않았다.

이와 같은 소위 '교호대기근(享保の大飢饉)' 때, 쓰시마에서도 고구마를 재배한 덕분에 부모들의 생명도 건질 수 있었다고 하여 고구마를 '고오코이모(孝行芋, こうこういも)'라고 불렀다고 한다. '고오코'은 한자로 '효행(孝行)'인데, 일본에서는 '효도'를 '효행'이라고 한다. 그리고 '이모'란 고구마처럼 생긴 '마'를 말하는데, 이것은 한자로는 '芋(토란 우)', '藷(감자 저)', '薯(마 서)' 등으로 표기한다. 그러므로 '고오코이모'는 우리말로는 '효도마'가 되는데, 이러한 뜻의 일본어 '고오코이모'가 우리나라에 들어와서 백성들 사이에 전음(傳音)되면서 점차 변하여 '고구마'로 불리게 되었다는 것이다.

내가 요즘에 군고구마 서너 개랑 동치미 국물 한 대접(사발)으로 점심을 때운다는 이야기를 하다가 보니, 공연히 사설(辭說)이 길어졌다. 나는 겨울에 군고구마를 먹기 위해 봄부터 고구마 농사를 짓고, 아내는 김장 철이 되면 동치미를 한 독이나 따로 담근다. 그리고 그 독을 옛날처럼 김치광 속의 땅속에 묻어 놓고, 내가 군고구마를 먹을 때마다 한 사발씩 떠다 준다. 그런데 며칠 전 내 제자 한 사람이 우리 집에 놀러 왔다가 우리 집 김치광을 보고서 우리가 불쌍하다는 듯이 한마디 내뱉었다. "교수님네는 김치냉장고도 없으세요?"(*)

그 흔한 감자가 1896년경엔 수입 양품

올봄에도 감자를 심으려고 하는데, 파종 시기를 또 잊어버렸다. 유튜브를 찾아보았더니 중부 지방에서는 3월 중순부터 4월 상순 사이에 심으라는 것이었다. 감자를 심고 나서 20~30일이면 싹이 나오기 시작하는데, 너무 일찍 심으면 새로 돋아나는 감자 싹이 늦서리를 맞아 냉해를 입을 수 있다는 것이다. 그리고 감자는 줄 간격은 50cm, 포기 간격은 20cm, 깊이는 15~20cm로 하되, 감자의 자른 면이 아래로 가도록 심어야 한다고 하는데, 그건 나도 익히 알고 있다.

「독립신문」 광고를 보면, 감자는 '북감자'로 서양에서 수입

감자는 남아메리카 페루와 에콰도르 등의 안데스산맥 일대가 원산지인데, 언제, 어떻게, 어디로부터 우리나라에 전래되었는지는 확실치 않다. 그러나 옛날 우리나라에서는 감자를 북저(北藷)·북감저(北甘藷)·토감저(土甘藷)·지저(地藷)·양저(洋藷) 또는 마령서(馬鈴薯)라고 불렀다. 반면에 고구마는 그냥 '감저(甘藷)'라고 불렀다. 따라서 이러한 고구마와 구별하기 위하여 감자는 북저·북감저·토감저 등으로 불렸던 것 같다. 감자를 '북저'나 '북감저'라고 부른 것은, 이것이 북방, 즉 청나라로부터 전래되었기 때문이다. '토감저'와 '지저'란 땅감저라는 뜻인데, 고구마도 땅속에서 나는 식물임을 볼 때, 이는 아마도 단순히 감저, 즉 고구마와 구별하기 위한 것 같다. '양저'는 서양의 감저라는 뜻인데, 이는 감자가 서양으로부터 들어왔기 때문이다. '마령서'란 말방울 감저라는 뜻인데, 이는 감자 모양이 마치 말의 방울(馬鈴, 말 마, 방울 령)처럼 생겼기 때문에 붙여진 이름인 것 같다.

이처럼 여러 가지 이름의 감저가 오늘날에는 '감자'로 통일되었지만, 서재필 박사가 1896년 4월 7일, 우리나라 최초의 근대적 민간 신문인 「독립신문」을 창간한 당시에는 흔히 '북감즈'라고 불렸던 것 같다. 「독립신문」 제1권 21호(1896년 5월 23일) 3면을 보면, 아래와 같은 광고가 실려있기 때문이다.

고샬기 샹회 명동 이 집에 각색 서양 물건이 쉬 올터이오 지금 상품 바눌과 실이 만히 잇고 죠흔 북감즈가 여러 섬 있는대 갑도 빗사지 안코 물품도 훌용하더라

A. Gorshalki, General Store Keeper, Commission agent and Auctioneer. Just received a lot of fine potatoes, and will sell them at two cents a pound. Expect to receive a shipment of variety of new goods from Europe and America in a few days.

/ Chong Dong, Seoul. /

[우리말 번역문] A. 고샬기, 잡화점 주인, 중매인, 경매인 / 좋은 감자를 금방 많이 받았음. 1파운드에 2센트씩 팔겠음. / 유럽과 미국으로부터 각종 다양한 새로운 상품들이 입하 예정

바로 이와 같은 한글과 영문 광고는 「독립신문」 매호마다 3면에 똑같은 형태로 1896년 5월 23일부터 1896년 8월 22일까지 3개월 동안이나 게재되었다. 이 광고에서 우리는 두 가지 사실을 알 수 있다. 첫째는 당시에는 감자를 '북감ᄌᆞ'라고 불렀다는 것이다. 둘째는, 요즘은 아무 시장이나 마트에서 얼마든지 흔하게 살 수 있는 감자를 당시는 주한 외국인 상점에서 유럽이나 미국에서 수입해다가 1파운드(454그램)에 2센트씩이나 받고 비싸게 판 서양 상품이었다는 사실이다. 이처럼 감자를 외국에서 수입해다가 우리나라 사람들에게 판 '고샬기 상회'는 독일인 이반 고샬기(Ivan A. Gorshalki)가 경영한 무역회사로서 덕수궁 남문(현재는 폐쇄) 근처 정동에 있었다.

감자의 전래 시기는 정확치 않으나 1883년경부터 재배한 듯

위의 '고샬기 샹회' 광고에서도 보듯이 최소한 1896년 5월·8월까지도 감자를 '북감자'라고 불렀다. 그렇다면 언제부터 그냥 '감자'라고 불렀을까? 위키백과를 보면, "한글로 감자라고 표기한 최초의 문헌은 1918년 발행한 『조선농업대전』이라는 책이라고 한다. 따라서 이로 미

루어 볼 때, 1918년경부터 오늘날처럼 '감자'라고 부르게 된 것 같다.

비록 1896년에는 '고샬기 샹회'에서 감자를 외국에서 수입해다가 팔았지만, 그 이전부터 우리나라에서도 감자를 재배했다고 한다. 조선농회(朝鮮農會, 1910년 8월 일제가 조직)의 기관지였던 『조선농회보(朝鮮農會報)』 1912년 7월호를 보면, 서울에서는 1879년 선교사가 감자를 들여다가 1883년부터 재배했다고 한다.

1920년대 초에는 독일인 매그린이 강원도 회양군 난곡면에 난곡농장(蘭谷農場)을 차리고, 독일산 신품종 감자를 도입하여 난곡 1·2·3호라는 신품종을 개발, 강원도 지역 화전민들에게 보급해서 1930년대에는 감자가 대규모로 재배되었다(전수미, "강원도의 힘, 한국 감자 : 여러 나라의 감자 이야기", 「감자」, 2004년 9월호, 17쪽). 이는 강원도의 기후조건이 감자를 재배하기에 원활하고 다른 작물에 비해 단위면적 당 수확량이 많아서, 쌀 경작이 어려웠던 이 지역에서는 화전민을 중심으로 감자가 주식으로 재배되었기 때문이다. 1930년경에는 '남작(男爵, Irish Cobbler)'으로 불린 신품종 감자도 일본에서 도입하여 많이 재배되었다(두산백과).

하지만 우리나라에서 감자를 본격적으로 재배하기 시작한 것은 1945년 광복 이후부터였다. 특히 1950년부터 3년 동안 6.25 전쟁을 겪으면서 국토가 황폐화되자, 당장 먹거리를 확보할 수 있는 대안이 필요했다. 그러자 그 대안으로 많은 농경학자들이 감자를 추천했다. 이는 척박한 환경에서도 잘 자라는 감자의 특성 때문이었다.

그 뒤 1975년에는 미국에서 육성된 '수미(秀美)'라는 새로운 품종이 도입되어, 현재까지 전체 감자 생산량의 80%를 차지하는 품종으로 자리 잡고 있다(농촌진흥청, 『감자』, 농업기술길잡이 31, 2016. 8. 19, 94쪽). 1980 년대 중반 이후에는 시설을 활용한 내륙의 겨울 시설재배와 제주도의 가을 재배 수확기가 연장되면서 이제 우리는 1년 내내 신선한 감자를 먹을 수 있게 되었다.

난 강원도 출신으로 '감자바우'처럼 살고파

지난 2016년 4월 13일 실시된 제20대 국회의원 선거인 '4·13 총선' 에서 중앙선거관리위원회가 내 건 모토는 '아름다운 선거'였다. 공명선 거를 넘어서 다른 나라에게 모범이 될만한 선거를 만들자는 것이었다. 그래서 그랬는지, '감자바우', '과메기', '홍어' 등 특정 지역을 비하, 모 욕하는 행위를 금지했다. 이를 위반할 경우 1년 이하 징역 또는 200만 원 이하 벌금에 처한다고 밝혔다. 언제부터인지는 모르겠으나, 강원도 사람은 '감자바우', 호남 사람은 '홍어,' 영남 사람은 '과메기'라고 지칭 했기 때문이다.

나는 강원도 출신이다. 그래서 「다음어학사전」에서 '감자바우'라는 단어를 검색보았더니, "감자가 많이 생산되는 강원도 지역이나 그 출 신 사람을 낮잡아 이르는 말. '바우'는 '바위'의 강원도 사투리"라고 풀 이해 놓았다. 이렇게 강원도 사람을 부르게 된 것은, 1956년 5·15 정· 부통령 선거 때, 다른 지역과는 달리 강원도에서는 당시 집권 여당이 었던 자유당 대통령 후보인 이승만에게 90%의 표를 몰아주었고, 부통 령 후보인 이기붕에게도 80%의 표를 던졌기 때문이었다고 한다. 그래서 이때부터 강원도 사람들을 비하해서 '감자바우'라고 부르기 시작했다는 것이다.

하지만 이러한 속설(俗說)과는 달리, 강원도 사람들은 감자를 많이 먹는 데다가 예로부터 성품이 '암하노불(巖下老佛)', 즉 '바위 아래 늙은 부처'처럼 점잖았기 때문에 '감자바위'라고 부르게 되었다는 것이다.

강원도 사람을 도대체 왜 '감자바위(바우)'라고 부르게 되었느냐에 관해서는 위와 같이 두 가지 속설이 있는데, 어떤 것이 정설인지는 알 수 없다. 난 강원도 출신이지만, '감자바우'라는 말이 강원도 사람을 비하하는 것이라고는 생각하지 않는다. 오히려 강원도 사람의 특성을 잘 나타낸 별칭이라고 생각한다. 그건 곧 강원도 사람은 원래 우직스럽고 순박하고 순진하다는 말이기 때문이다. 그래서 난 '감자바우'처럼 계속 살아가고 싶다.(✻)

제4편

콩트

쌍둥이의 피

저녁 야들시 뉴스를 전해 드리갔습네다.

오늘, 경애하는 위대한 천출 지도자이시자 민족의 태양이신 금저은(禽猪猏) 수령님께서 중대한 교시를 내리셨습니이다. 우리 견돈민주주의 인민공화국에서 아직 숨통이 끊어지지 않은 인민들 중에서 모든 쌍둥이 간나들은 래일부터 형제나 자매의 서열을 서로 바꾸라고 교시하셨습니이다.

경애하는 위대한 천출 지도자이시자 민족의 태양이신 수령님의 교시에 따라, 주체종돈과학련구소에서 지난 1년 동안 가열차게 련구 끝에, 쌍둥이들이 에미나이 밑구멍에서 나올 때, 먼저 나오는 년놈이 아니라, 나중에 나오는 년놈이 형이나 누이로 판명되었기 때문입니다.

고롬으로 해서 오늘 밤 0시부터 '모든 쌍둥이들은 현재의 형은 아우로, 아우는 형으로, 큰누이는 작은누이로, 작은누이는 큰누이로 그 서열을 바꾸어 부르라'고 경애하는 위대한 천출의 지도자이시자 민족의 태양이시고 광명성이신 수령 동지께서 명령하시었습네에다.

경애하는 위대한 민족의 태양이신 수령님의 이와 같은 명령을, 만약 만에 하나라도 거역하는 종간나 새끼들이 있으면, 그 년놈들은 공화국과 민족의 반역자요, 적대분자 원쑤로 녀기어, 고사총의 뜨거운 불맛을 호되게 보이라고, 경애하는 위대한 천출의 지도자이시자 민족의 태양이신 수령 동지께서 교시하시었습네이다.

형, 아니 동생 충성이는 로동단련대로

"삶은 소대가리가 웃을 일이네."

이런 말이 쌍둥이 형 충성이의 입에서 자신도 모르게 피식 흘러나왔다.

"뭐이 어드래? 너 금방 뭐라고 조뎅이 놀렸네?"

동생, 아니 정확히 네 시간 뒤면 형이 될 렬성이가 눈깔을 굴리면서 충성이에게 다구쳐 물었다.

렬성이는 로동당 당원이 되는 것이 일생의 꿈이자 목표였다. 그러나 그의 할아버지가 땅뙈기나 조금 가졌던 쁘띠 지주계급으로 토대가 나빴기 때문에 당원은커녕 그 근처에도 가기 어려웠다. 하여 렬성이는 자신의 핏줄 속에 더럽고 썩어빠진 자본주의 지주계급의 피가 흐르는 것을 늘상 원망해 왔다. 그러면서 만약 가능하다면 자기 핏줄 속의 모든 피를 모조리 뽑아 버리고, 그 대신 백두혈통의 신성하고 위대한 피로 채워, 종자 혁명을 이룩하겠다고 되풀이, 되풀이해서 다짐해 왔다.

밤새 잠을 설치며 날이 밝기를 기다렸던 렬성이는 이른 아침 해비침 시간에 보안국을 찾아가서 형, 아니 — 동생 충성이를 고자바쳤다.

충성이가 보안국으로 끌려가자, 그의 부모는 집안에서 돈이 될만한 물건은 모조리 장마당에 내다 팔아 그 돈을 개똥모자 군당지도원 동무에게 괴였다. 지도원 동무는 더 많은 돈을 요구하며, 충성이를 '단매에 죽탕쳐버리겠다'고 으름장까지 놓았다.

"지도원 동무, 그러다간 모기 다리에서 피 빼 먹겠수다래."

렬성이 아바지가 이렇게 말하며, 지도원 동무에게 애걸복걸 매달리자, 충성이는 요덕수용소로 끌려가는 대신 순천교화소 로동단련대로 보내졌다.

동생, 아니 형 렬성이는 기필고 당원이 되었으나…

반면, 렬성이는 수령님의 배신자인 동생을 당에 고자바친 공로로 '청년 영웅'이 되어 그가 그렇게 바라왔던 로동당 열성당원이 되었다. 우쭐해진 렬성이는 스스로 돼지 눈 군당간부의 프락치가 되어, '견마지충'의 피타는 노력을 기울이며 정식 당원이 되기 위하여 쳐들썩거렸다.

하지만 원래 토대가 나쁜지라 정식 당원이 되긴 쉽지 않았다. 그러자 이번에는 자기 아바지와 오마니를 당국에 고자바치기로 렬성이는 결심했다. 그날 밤, 그의 아바지와 오마니가 이불 속에서 몰래 아랫동네 단파 라지오를 듣는 것을 본 렬성이는 이튿날 그 사실을 보안원에게 까밝히면서 고자바쳤다. 그 공로를 인정받은 렬성이는 자위적 계급이 되어 3년 만에 마침내 로동당 정식 당원이 되었다. 그러자 그는 마치 '두꺼비가 콩대에 올라 세상 넓다' 하듯이 기고만장했다.

허나 그간에 그는 가련한 인민들의 등골을 빼어 먹으며 맨날 술난봉을 피운 까닭에 콩팥에 술병이 들었다. 수술을 하려면 수혈이 필요한데, 당간부병원임에도 불구하고 혈액이 없으니 환자 자신이 그걸 구해 오라고 했다. 하여 렬성이는 피 구걸에 나섰다. 그러나 그 누구 하나 도와 주려 하지 않으면서 이렇게 지청구를 댔다.

"거사니, 가을 뻐꾸기 자빠지는 소리하지 마시라요. 귀때기 맞기 전에."

어주리어진 렬성이는 할 수 없이 그의 동생, 그러나 본래는 형이었던 충성이를 찾아가서 사정했다. 그간에 순천교화소 로동단련대에서 10년 동안이나 썩다가 2년 전 풀려 나온 충성이는 그의 피를 렬성에게 기꺼이 주겠다고 허락했다. 그리하여 렬성이의 핏줄 속에서는 그가 그처럼 증오해 왔던, 그래서 당국에 고자바쳤던 그 더럽고 썩어빠진 적대자의 피가 힘차게, 힘차게 돌고 돌았다.(✱)

[공화국 낱말 풀이]

• 원쑤 : 원한을 맺게 한 나쁜 놈

• 원수 : 군인의 가장 높은 계급, 예컨대 김일성 원수

• 조댕이 : 주둥이

• 해비침 시간 : 일출(日出) 시간

• 고자바치다 : 고자질하다, 고발하다

• 개똥모자 : 당 고위 간부가 쓰는 모자, 당 간부를 희롱하여 지칭하는 말

• 죽탕치다 : 때려서 몰골을 볼품없이 만들다

• 열성당원 : 후보 당원

- 프락치 : 특수한 임무를 띠고 다른 조직에 파견되어 비밀리에 활동하는 사람

- 피타는 노력 : 피나는 노력

- 라지오 : 라디오의 공화국식 발음

- 아랫동네 : 남조선을 가리키는 은어

- 자위적 계급 : 자신의 지위와 처지를 깨닫고 자기 운명의 개척을 위해 스스로 투

  쟁하는 계급

- 술난봉 : 술을 많이 마시면서 허랑방탕한 생활

- 귀때기 맞다 : 따귀 맞다

- 어주리어지다 : 너무나 약하고 실속이 없어지다

- 적대자 : 적대하여 맞서는 사람

1년 동안 더 기다려

"집구석에서 맨날 놀면서 뭐가 그리 힘들다고 늘상 불평불만이야."

"그럼 당신이 한번 주부 노릇해 봐. 일주일만이라도."

"그야 못 할 것도 없지. 그럼 바꾸자."

두 사람의 합의 아래, 남편이 하느님에게 요청하였다.

하느님이 윤허하시기를, "요청한 대로 하거라" 하셨다.

윤허와 동시에 남편은 아내로, 아내는 남편으로 성전환이 즉각 이루어졌다.

(구별의 편의상, 여자로 성전환된 본래의 남편은 '변녀남편'으로, 남자로 성전환된 본래의 아내는 '변남아내'로 호칭하기로 하자.)

"여보 뭐해! 빨리 일어나. 지각하겠어. 어제 사 온 시리얼이 냉장고에 있으니, 그걸 우유에 말아서 희영이와 나눠 먹고, 희영이 세수시키고 옷 입혀서 유치원에 데려다주고 출근해."

변남아내가 출근하자마자 변녀남편은 소파에 벌렁 누워 막장 드라마를 보다가 스르르 잠이 들었다. 한잠 늘어지게 자고 일어났다. 만고에 이처럼 전업주부가 편하고 좋은 줄을 미처 몰랐다. 일주일이 아니라, 평생이라도 주부 노릇을 하고 싶었다.

이런 생각은 그러나 곧 반대 방향으로 바뀌기 시작했다. 벽시계를 쳐다보니, 오후 한 시가 가까웠다. 부랴부랴 일어나서 입술에 루즈만 겨우 찍어 바르고 유치원으로 달려갔다. 아이가 유치원 문간에 서서 "왜 이제야 왔느냐"고 울음을 터뜨렸다. 우는 아이를 겨우 달래서 피아노학원에 데려다가 주고, 터벅터벅 집으로 돌아왔다.

집안에 들어서니 변남아내와 아이가 아무렇게나 벗어 던진 옷가지와 양말 짝들이 여기저기 널브러져 있었다. 그것들을 주섬주섬 주어다가 세탁기에 넣고 분말 세제를 찾았으나, 어디에 있는지 통 눈에 띄지 않았다.

"망할 놈에 여편네. 물건을 쓰고 나면 제자리에 둬야지."

자신이 아내가 된 것도 깨닫지 못하고 아내에게 욕설을 퍼부었다.

쓰레기통을 들고 나가 분리수거를 하고 들어와, 집안 청소를 하다 보니 금세 세시가 되었다. 이번엔 늦지 않도록 서둘러 피아노학원으로 달려가서 아이를 데려왔다. 손발을 씻기고 나서, 한 시간가량 한글 공부를 시켰다.

마치 번갯불에 콩 볶아 먹듯이 허둥지둥 온종일 이 일, 저 일을 계속하다 보니 너무 피로해서 눈꺼풀이 자연히 아래로 자꾸만 처져 내렸다.

여섯 시가 땡 하자, 퇴근한 변남아내가 득달같이 집안으로 들어섰다.

"여보, 나 배고파. 저녁 됐어? 반찬은 뭐야? 청국장 먹고 싶다고 아침에 말했는데 끓여 놨어?"

오늘 집에서 모처럼 주부로서 살림하느라고 수고했다는 말 한마디 없이 저녁밥 재촉이었다. 화가 치밀었다. 그러나 화를 지그시 누르면서 말했다.

"아직 밥이 뜸이 좀 덜 들었어. 조금만 기다려."

변남아내가 벌컥 화를 내면서, "온종일 집구석에서 뭘 했느냐"는 둥 둥 … 타박과 잔소리를 해쌌더니, 소파에 벌렁 나자빠져서 텔레비를 보면서 끼득거렸다.

밤 열두 시가 거의 다 돼서야, 젖은 솜처럼 축 늘어진 고단한 몸을 이끌고 침실로 들어가 침대에 누웠다.

그간에 한잠 자다가 깬 변남아내가 추근거렸다.

"나 오늘 고단해 죽겠어. 오늘은 그냥 자면 안 돼?"

누구네 과붓집 암캐가 짖느냐는 식으로 변남아내는 변녀남편의 말을 들은 척 만 척 깔아뭉개면서 덤벼들었다. 귀싸대기라도 한방 올려붙였으면 좋겠다는 생각이 들었다. 그러나 의무감에서 할 수 없이 응해줬다. 위에 올라가 혼자만 좋아라고 꺼떡거리기에 그 꼴이 너무 보기 싫어 눈을 감고 나무토막처럼 가만히 누워있었다. 곧 일을 끝낸 변남아내는 침대 위에 벌렁 나자빠져 드르렁드르렁 코를 골기 시작했다.

변녀남편은 당장이라도 이혼하고 싶었다.

그 이튿날도, 그그 이튿날도 … 지겹고 지겨운 주부 노릇이 마치 개미가 쳇바퀴 돌듯 똑같이 매일매일 반복되었다. 미치고 환장할 노릇이었다.

속담에 "고생 끝에 낙이 온다"고 했던가. 변녀남편은 참고 또 참았다.

드디어 그 지긋지긋했던 일주일이 끝났다.

변녀남편은 즉각 하느님께 다시 요청했다.

"하느님, 일주일이 됐으니, 이제 다시 남자남편으로 되돌려 주세요."

하느님께서 곧 비답을 내리셨다.

"안 돼, 1년 동안 기다려, 너 임신했어."(✽)

인생의 또 한 고비를

"어떡하지, 어떡하지?"

이번에도 그놈의 고비를 또 한 번 무사히 넘겨야 하는데….

80년 평생 동안 그런 고비를 수없이 많이 맞았건만 그래도 아슬아슬하게 넘겨오지 않았던가?

어제 낮에 낮잠을 늘어지게 잔 데다가, 요즘 점점 심해지는 야뇨증 땜에 변소를 몇 차례 들락거리다 보니까 그만 잠을 설치고 말았다. 탓에 그만 늦잠을 자고 말았다.

친구들 모두가 열두 시에 만나기로 했다. 친구들이라고 해도 그간에 많이 황천으로 가는 통에 몇 명 남아 있지 않지만.

서둘러 잠자리에서 일어나 아무리 급해도 샤워부터 했다. 전철 칸에서 늙은이 냄새를 풍기면 특히 젊은 승객들이 얼른 자리를 양보하고 다음 정거장에서 내리는 척 일어나기 때문이다. 하긴 요즘은 모두가 마스크를 쓰니까, 젊은이들의 개코 후각도 좀 무디긴 하겠지만.

"열두 시까지는 도착해야 하는데… 친구들이 문상을 끝내고 다들 돌아갔으면 어쩌지?"

요즘은 상갓집에 문상가면 어색할 때가 적지 않다. 나를 소개해 줄 만한 나이 든 사람들이 주위에 없어서, 내 얼굴을 모르는 젊은 상주에게 통성명하듯 내가 나를 직접 소개해야 하고, 빈소를 나와 조문객 방에 들어가 아무리 둘러봐도 낯익은 얼굴이 하나도 보이지 않을 때가 적지 않기 때문이다.

오늘도 마찬가지였다. 허나 그냥 발길을 돌리기가 뭐시기해서 구석진 테이블을 찾아, 문간을 바라보며 앉았다. 혹시 내가 아는 사람이 들어오면 동석을 요청하기 위해서였다. 접객 아줌마가 묻지도 않고, 돼지고기 수육이랑 절편 떡 등을 담은 종이 접시를 식탁 테이블 위에 갖다 놓았다.

아침밥을 먹는 둥 마는 둥 허둥대고 나온 까닭에 시장기가 돌았다. 돼지고기 수육 몇 점을 새우젓도 찍지 않고 급히 먹었다.

조문을 마치고 전철을 타고 되돌아오는데, 뭔가 심상치 않은 기운이 서서히 감돌기 시작했다.

"그래 그게 바로 주범이야. 삼갔어야 하는데…. 만약 중간에서 실례하면 어떡하나?"

그냥 전철을 계속 타고 갈 수도 없고. 그렇다고 내려서 걸어갈 수도 없고. 그건 집이 멀기도 하지만, 걸어가더라도 날씨가 추워 그것이 얼어붙으면 걷기가 힘들 텐데….

참고 또 참았다. 팔십 평생을 살아오면서 이처럼 인내심을 발휘했던 적은 일찍이 없었다. 군대에 가서 DMZ에서 영하 20도의 한겨울에 잠복근무를 설 때도 이처럼 인내심을 스스로 요구한 적은 없었다.

도저히 더 이상 참을 수 없어, 중간역에서 내려서 뒤꽁무니를 한 손으로 움켜쥐고, 발뒤꿈치를 들고 까치걸음으로 겨우겨우 그곳을 찾아갔다. 사건폭발 바로 직전, 아슬아슬하게 바지를 내리고 변좌에 앉았다.

"아! 이번에도 인생의 또 한 고비를 무사히 넘겼구나. 부라보!"

비록 속옷에는 아주 쬐끔, — 마누라가 내 옷을 세탁기에 넣을 때 눈치채지 못할 만큼의 실례는 범하고는 말았지만…. 그러나 이 정도의 과오는 고관대작이나 성인군자라도 그 누구나 일생 동안 한두 번쯤은 범하는 병가지상사(兵家之常事)가 아니런가.(✽)

침대 밑에 누군가…

난 밤마다 도저히 잠을 제대로 잘 수 없었다.

잠을 자려고 침대 위에 누우면, 침대 밑에 누군가 숨어 있다는 생각이 자꾸만 들어 도저히 잠을 이룰 수가 없었다.

하루 이틀도 아니고, 매일 밤, 이렇게 밤새도록 뒤치락거리다가 새벽 녘에야 겨우 잠들곤 했다. 허나 6시에 맞추어 놓은 핸드폰 알람 소리에 억지로 눈을 비비며 일어나야만 했다. 온종일 피곤해서 일도 제대로 손에 잡히지 않자 직장 상사들의 핀잔이 점점 잦아졌다.

망설이다가 큰맘 먹고 정신과 의사를 찾아갔다.

찾아온 사유를 말했더니 40대 중반쯤으로 보이는 창백한 얼굴의 의사 선생은 이렇게 물었다.

"가끔 침대 밑 그 사람의 환영도 보입니까?"

"그건 전혀 보이지 않는데요."

"그럼 정신분열증은 아니고, '디루저널 디스오더(delusional disorder)'인 가?"

의사가 혼자서 중얼거렸다.

"그게 뭔데요?"

난 의사에게 캐어 물었다.

"정확한 병명을 밝히려면 정밀한 검사와 진단이 필요합니다마는….."

의사가 말끝을 흐리며 다시 물었다.

"결혼하셨습니까?"

"아닌데요."

"그럼 애인은 있으십니까?"

"없는데요."

"그러면 부정형(不貞型) 망상장애도 아닐 테고… 아무튼 정밀검사를 해봐야 하겠습니다. 일주일에 두 번씩 내원해서 정밀검사를 해봅시다. 동시에 심리치료도 병행하겠습니다."

하여 난 한 달 동안이나 정신과 의원을 들락거리며 여러 가지 검사와 심리치료라는 것을 받았다.

하지만 매일 밤, 잠을 자려고 침대 위에 누우면, 침대 밑에 누군가가 숨어 있다는 생각은 여전히 가시지 않아서 도저히 잠을 이룰 수가 없었다. 미치고 환장할 노릇이었다.

"이제 오는구나? 내 귀여운 손자야! 근데 네 얼굴에 왜 그렇게 수심이 가득하고 피곤해 보이냐?"

하루는 퇴근하고 귀가했더니 오랜만에 우리 집에 찾아오신 80대 외할머니가 날 반기며 물었다.

난 외할머니께 모든 것을 솔직하게 말씀드렸다. 정신과 의원에 다니고 있으나 효험이 없다는 사실을 포함해서. 그랬더니 외할머니가 아주 간단한 처방을 하나 내려주셨다.

"그럼 침대를 없애고 방바닥에 이부자리를 깔고 자 보렴."

외할머니 말씀대로 난 그날 밤, 침대를 없애고 그 자리에 이부자리를 깔고 잤다. 침대 밑에 누가 숨어 있다는 생각이 전혀 들지 않아 오랜만에 꿀맛 같은 단잠을 아침 6시까지 쭉 늘어지게 푹 자고 일어났다.

"아아! 이것이 얼마만의 상쾌한 아침이었던가?"

외할머니는 그 정신과 의사보다 백배나 나았다. 허준 할배보다 나았다. 아니, 저 중국의 전설적 명의 편작(扁鵲)이나 화타(華陀)보다도 나았다.

[서양속담] 노인 한 명이 죽는 것은 도서관 하나가 없어지는 것과 같다.(✳)

엄마, Sex가 뭐야

초등학교 3학년짜리 아들 녀석 영재가 방과 후 영어학원에 다녀와서 책상머리에 앉아 뭔가를 쓰다가 난데없이 물었다.

"엄마, 섹스(sex)가 뭐야?"

"뭐라구?"

난 혹시 내가 잘못 들은 건 아닌가 싶어 영재에게 되물었다. 그러자 영재가 좀 신경질적으로 대답했다.

"섹스가 뭐냐니까?"

난, 적잖이 당황했다. 마치 누구에게서 한 방 얻어맞거나, 벽에 머리를 꽝 부딪친 것처럼 어안이 벙벙했다.

그걸 아홉 살짜리 아이에게 도대체 어떻게 설명해 주어야 한단 말인가?

'성교육'이란 말은 골백번도 더 들어왔지만, 아이가 이런 질문을 할 때 어떻게 대답해 줘야 하는지에 관해서 난 한 번도 생각해 본 적이 없지 않은가? 왜 이런 경우에 대비해 놓지 않았는가? 난, 과연 엄마로서 자격은 있는 것인가? 나 자신이 엄청 원망스러웠다.

이런 생각을 비롯하여, 짧은 순간에 벼라별(별의별) 생각이 다 들면서 난 어찌할 바를 몰랐다.

영재 녀석은 날 이상하다는 듯 쳐다보면서, 연필을 검지와 장지 사이에 끼우고 연신 돌리면서 나의 대답을 기다리고 있었다.

난, 할 수 없이 억지로 말문을 열었다.

"영재야, 그건 한 마디로 설명하긴 좀 어려운 데… 그건 크면 자연히 알게 되는데… 저기 있잖아, 사람이 크면 결혼하게 되고, 그러면 아기를 낳게 되는데…."

내가 말머리를 빙빙 돌리며 머뭇거리자, 영재가 답답하다는 듯 나의 대답을 촉구했다.

"섹스가 뭐냐는데, 엄만 왜 대답을 못하고 얼굴이 빨개져서 이러쿵저러쿵 딴소리만 하는 거야?"

이 말에 난 은근히 부아가 치밀었다.

쬐그만 녀석이 도대체 어디서 그런 나쁜(?) 말을 듣고 와서 건방지게시리 제 어미에게 묻는담?

하여 난 영재에게 소리쳤다.

"그런데 그건 왜 갑자기 묻는 거야?"

그러자 영재는 울먹이는 목소리로 대답했다.

"오늘 영어학원 선생님이 무슨 조사를 하겠다고 설문지를 나누어 주면서 집에 가서 써 오라고 했어. 근데 첫 번째 질문에는 'Family name'을 쓰라고 해서 아빠, 엄마, 나, 그리고 영옥이 이름을 쭉 써 놓았어. 근데 두 번째 질문에 'Sex'가 뭔지 쓰라고 하는데, 그게 뭔지 몰라서 엄마에게 물은 거야."

"아아!"

내 입에서 나도 모를 야릇한 소리가 튀어나왔다. 그건 어려운 질문의 수렁에서 겨우 빠져나왔다는 안도의 소리 같기도 했다. 하지만 또 한편으로는 나 자신의 어리석음과 불순함을 자책하는 비웃음 소리 같기도 했다. '섹스'라는 말만 나오면 그걸 모두 거기에만 갖다 붙이며 이상하게 생각한 나 자신이 심히 부끄러웠기 때문이다.

난, 마음을 가다듬고 영재에게 용서를 구하는 마음으로 되도록 차분하게 설명해 주었다.

"응, 내 아들 영재야, 그 설문지에서 '섹스'는 네가 '남자'냐, 아니면 '여자'냐 하는 성별을 묻는 거야. 그러니까 넌 남자이니까 'Male'이라고 적어. 그리고 그 위에 'Family name'은 우리 가족 이름이 아니라, 성씨를 묻는 것이야. 그러니까 '강 씨'라고 고쳐 써 놓아."

영재는 잘 알았다는 듯 고개를 끄덕였다. 난, 영재의 머리를 쓰다듬으면서 속으로 다짐했다. 영재가 조금 더 커서 진짜 섹스에 관하여 물으면, 어떻게 대답해야 할지 미리 준비해 놓아야 하겠다고.(✸)

[덧붙임] 설문지 성별란에 'Sex'를 기입하라고 했더니 "모름. 경험 없음"이라고 써 놓은 응답자도 있었다는 믿거나말거나식 아재 개그도 있다.

까마귀 날자 배 떨어져

"할아버지! 안녕하세요."

"어서 오거라. 준오야."

"할아버지, 자주 찾아뵙지 못해 죄송해요."

"죄송하긴? 거의 매일 안부 전화해주면 됐지, 여기 시골까지 뭣 하러 와."

"그래두요. 자주 와야 하는데, 요즘은 회사가 바빠서 야근도 좀 많아서…."

"그래, 회사 생활은 재미있냐? 소속 부서가 '바이오의약품개발부'라고 했던가?"

"네, 그래요. 근데 이번에 제가 맡은 프로젝트가 잘 풀리지 않아서 좀 고민이에요."

"그 프로젝트가 뭔데? 설명해 줘도 할아비는 잘 모르겠지만…."

"까마귀 고기와 남성들의 성욕 내지 정력과의 인과관계를 연구해 보라는 거예요."

"그거 재미있는 프로젝트구나! 나도 그런 소리 많이 들었다. 까마귀 고기가 남성들의 정력에 좋다고 해서 사람들이 까마귀를 마구 잡아먹는 통에 까마귀의 개체 수가 크게 감소했다는 소리를. 그래서 그런지 여기 시골에도 예전엔 까마귀가 참 많았는데 요즘은 잘 뵈지 않는구나."

"까마귀 고기가 남성들의 정력에 정말 좋은지를 알아보려고, 까마귀를 포획해서 우선 약리 성분을 분석해 보았으나 남성들의 정력에 관계된 성분이 전혀 검출되지 않았어요. 그래서 까마귀 고기의 성분과 닭고기의 성분과 비교해 보았는데도 성분상에 특별한 차이를 발견하지 못했어요."

"그럼 까마귀 고기와 남성들의 성욕이나 정력과는 아무런 인과관계가 없다는 말이 아니냐?"

"그런데요. 할아버지, 이상하게도 임상실험에서는 관계가 있는 것으로 나타나거든요."

"임상실험은 어떻게 했는데?"

"실험용 고양이 10마리를 각각 5마리씩(수고양이 2마리에 암고양이 3마리) 실험군과 통제군으로 나눈 다음, 똑같은 사료를 먹이되, 실험군 고양이들에게는 매일 까마귀 고기를 30g씩 먹이고, 통제군 고양이들에게는 까마귀 고기를 먹이지 않으면서 고양이들 간의 교미 횟수를 한 달 동안 관찰했어요. 그랬더니 실험군 고양이들의 교미 횟수가 통제군 고양이들의 교미 횟수보다 유의적(오차범위 밖)으로 많게 나왔거든요."

"허, 그래? 거 참 흥미롭구나! 약리 성분 분석에서는 정력에 관계된 성분이 검출되지 않았는데, 비록 고양이를 대상으로 한 것이지만 임상실험에서는 까마귀 고기를 먹은 고양이들의 교미 횟수가 유의적으로 많이 나타났다?!"

"할아버지, 도대체 왜 이런 결과가 나왔을까요?"

"글쎄? 할아버지는 인문사회과학을 공부해서 생명공학 등에 관해서는 문외한이지만, 까마귀 고기와 남성들의 성욕 내지 정력과는 인과관계가 아니라, 아마도 오비이락적(烏飛梨落的) 관계, 즉 '까마귀가 날자 배 떨어졌다'식의 우연적 내지 간접적 관계가 있는 것 같구나."

"할아버지, 좀 더 쉽게 설명해 주세요."

"준오야, 너, 혹시 건망증이 심한 사람에게 '까마귀 고기를 먹었나!' 라고 놀리는 소릴 들은 적이 있느냐?"

"물론이지요. 많이 들었어요."

"그러니까, 고양이들을 대상으로 한 임상실험에서 까마귀 고기를 먹은 실험군 고양이들의 교미 빈도가 훨씬 높게 나온 것은, 까마귀 고기가 고양이들의 건망증을 촉진시켜 금방 교미를 하고서도 그 사실을 깜박 잊어버리고 또 교미를 하기 때문에 교미 빈도가 높아질 수도 있다는 말이지. 그래서 이를 마치 까마귀 고기가 성욕이나 정력을 증진시키는 것으로 오해할 수 있다는 말이다. 그러니까 준오야, 내일 회사에 출근하거든 혹시 까마귀 고기에 건망증을 촉진시키는 성분이 있는지 분석해 보거라."

"네, 할아버지, 알겠어요. 내일 출근하면 당장 분석해 보고 할아버지께 전화 드릴게요."

"그러거라. 나도 알고 싶구나."

이튿날 오전 10시 준오가 할아버지에게 전화를 걸었다.

"할아버지! 나왔어요. 까마귀 고기에서 건망증을 촉진시키는 성분이 검출되었어요. 고마워요. 할아버지. 할아버지 덕택에 제 프로젝트 해결했어요. 제가 할아버지께 한턱 거하게 낼게요."(*)

작가 노트 : 이 꽁트에서 "까마귀 고기에서 남성들의 정력에 관계된 성분이 검출되지 않았다"느니, "건망증에 관계된 성분이 발견되었다"느니 또는 "까마귀와 닭고기의 성분이 똑같다"느니 하는 것 등은 모두 과학적 사실이 아니라, 글쓴이가 지어낸 허구임을 밝혀 둔다. 독자들의 오해 없길 바란다.

다불유시(多不唯時)

　오늘은 충남 아산시에 있는 천수산 둘레길을 혼자 호젓이 걷고 싶었다. 평일인 데다가 새벽 시간인지라 집에서 내 차로 1시간 30분 만에 봉덕사 주차장에 도착했다. 이곳에 주차하고 걷기 시작하였다. 4월 초순 기온은 좀 쌀쌀했지만 그 대신 공기는 더없이 싱그럽게 느껴졌다. 응봉산 마당바위 앞을 지나 삼형제고개를 넘으니 20여 가구 정도의 '가래내마을'이라는 곳이 눈앞에 나타났다. 마을 앞을 지나는데, 길가에 '어달수진사고택 입구'라는 푯말이 보였다. 푯말에 표시해 놓은 화살표 방향을 보니, 약 70~80m 지점 양지바른 야트막한 산기슭에 옛날 기와집 한 채가 눈에 들어왔다.

　"도대체 얼마나 오래된 고택일까?"

　호기심에 잠시 들러보고 가기로 했다. 고택 바깥마당에 들어서니 한옥 건물은 고색창연하고 지붕 위의 기와 사이에는 여기저기 와송들이 돋아나 있었다. 대문에는 올해 입춘날 써 붙인 듯한 일필휘지의 큼직한 입춘첩(立春帖) 두 글귀가 서로 마주 보고 허리를 약간 굽혀 인사하는 듯

대문 두 문짝에 각각 비스듬히 붙어 있었다.

立春大吉 : 입춘대길, 입춘을 맞이하여 운이 크게 좋고,

建陽多慶 : 건양다경, 봄의 따스한 기운이 감도니 경사로운 일 많아라

이런 글귀가 붙은 대문 양옆 문설주에는 주련(柱聯)도 붙어 있었다. 왼쪽 문설주에는 '掃地黃金出(소지황금출, 땅을 쓸면 황금이 나오고)'이라는 글귀가 적혀 있다. 그리고 오른쪽 문설주에는 '開門萬福來(개문만복래, 문을 열면 만복이 들어 온다)'는 대구가 쓰여 있었다. 이 대구는 중국식으로 거꾸로 붙여 놓았는데, 복은 하늘에서 아래로 내려오는 것이기 때문이다.

대문 왼쪽에는 쪽대문처럼 생긴 널판 문이 또 있었는데, 그 위에는 한지에 붓으로 휘갈겨 쓴 '多不唯時(다불유시)'라는 글귀가 붙어 있었다. 많을 多(다), 아니 不(불), 오직 唯(유), 때 時(시). 도대체 무슨 뜻일까? 전혀 감이 오지 않았다. 혹시 "많은 것은 오직 시간만이 아니다"라는 뜻인가? 만약 그렇다면 많은 것에는 또 무엇이 있단 말인가? 그 뜻이 무언가 대단히 난해하고 철학적인 것으로 미루어 보아, 『노자(老子)』나 『장자(莊子)』 또는 『역경(易經, 주역)』 등에 나오는 것 같았다. 집주인이 한학(漢學)에 조예가 대단히 깊은 것이 틀림없었다. 붓글씨 필체도 수준이 높았기 때문이다.

집주인을 만나 그 글귀의 뜻을 물어보고 싶었다. 대문으로 다가가 집 안쪽을 기웃거리고 있는데, 안에서 인기척이 났다. 조금 뒤, 머리가 허옇게 센 노인장 한 분이 대문 쪽으로 걸어 나오시는데 학식과 기품이

있어 보였다. 옳다구나 싶어, 그 노인장 앞으로 다가가 인사를 드렸다.

"안녕하십니까? 실례지만 이 댁 주인장 되시는지요?"

"예, 그렇소마는⋯."

"저는 지나가는 과객이온데, 지나다 보니 고택이 보이기에 잠시 구경이나 하려고 들렀습니다. 한 가지 궁금한 것이 있는데, 여쭈어봐도 되겠는지요?"

"뭔데요?"

"대문에 써 붙이신 입춘첩과 문설주의 주련의 뜻은 알겠습니다마는 그 옆 조그만 문에 붙어 있는 '다불유시(多不唯時)'라는 글귀의 뜻은 도통 모르겠습니다. 그 뜻이 무엇이며, 어디에 나오는 문구인지 어르신께 여쭈어보아도 실례 아니 되겠는지요?"

그러자 고택 주인장은 그것도 모르냐는 표정으로 나를 물끄러미 쳐다보다가 드디어 입을 열었다.

"그건 변소라는 뜻이요. 多不唯(W) 時(C)."(＊)

왜 자꾸 불러?

"여보."

마당 한 켠 꽃밭에서 잡초를 뽑고 있는 아내를 불렀다. 응답이 없었다. 아내에게 조금 더 가까이 가서 좀 더 큰 소리로 아내를 또 불렀다. 그러나 역시 아무런 응답이 없었다. 아내에게 더 가까이, 그러니까 7~8m쯤 다가가서 다시 '여보'하고 불렀다. 역시 무응답이었다. 난 겁이 덜컥 났다.

"아무래도 저 사람에게 난청(難聽)이 생긴 것이 틀림없어."

이렇게 중얼거리며, 나는 서둘러 집 안으로 들어와서 컴퓨터를 켜고, 인터넷 포털사이트 검색창에 '노인성 난청'이라고 치고 클릭해 봤다. 난청의 증상이 어떤지 알아보기 위해서였다. 노인성 난청에 관한 기사들이 모니터 화면에 모두 491항목이나 줄줄이 달려 있었다. 첫 번째 항목을 클릭했더니 다음과 같은 내용이 떴다.

노인성 난청, presbycusis , 老人性難聽. 연령의 증가로 달팽이관 신경

세포의 퇴행성 변화에 의하여 청력이 떨어지는 것을 의미. 다른 모든 신체 기관과 같이 노쇠화 현상의 일부로 그 발생 연령과 진행 정도는 유전적 요인과 주위 환경에 의해 결정됩니다. 연령에 따른 청력 감소는 30대 정도에 시작하여 계속 진행되며, 약물치료 등으로 호전되지 않고 연령의 증가와 함께 점차 진행합니다. 보건복지부에 따르면, 노인성 난청의 인구 비율은 65~75세는 25~40%, 75세 이상은 38~70%에 이르러 국내에서만 170만 명 이상의 환자가 있을 것으로 추정되고 있습니다.

'그래, 틀림없어. 노인성 난청이야. 75세 이상 인구의 38~70%가 노인성 난청 환자라는데, 저 사람 나이가 벌써 일흔일곱 살. 일본식으로 말하자면 '희수(喜壽)'잖아. 이젠 걸릴 때도 되긴 했지.'

난 이렇게 생각하면서도 아내의 난청을 받아들일 수 없었다. 정년퇴임 후, 시골에 내려와서 단둘이 살면서 그래도 이런저런 이야기를 많이 나누며, 거기서 내가 글쓰기의 소재도 얻지 않는가? 그러면서 "대화가 통하지 않는 아내와는 도대체 어떻게 살까?"라고 생각하며 난 말이 통하는 아내와 사는 것에 행복감을 느끼기도 했다. 그러나 그건 순전히 아내가 나의 시시껄렁한 이야기일지라도 열심히 들어 준 때문이었다. 헌데 이러한 아내가 내 말을 제대로 알아듣지 못한다면 난 어쩌란 말인가? 둘이서 대화도 제대로 못 한다면 이 시골구석에서 무슨 맛에 산단 말인가?

인터넷 포털사이트에서 다시 난청 치료 방법을 찾아보았더니 크게 두 가지 방법이 있었다. 첫째는 보청기를 착용하는 방법인데, 이 방법은 부족한 청력을 개선하여 잘 듣게 하는 것뿐 아니라 노후의 전반적인 생활 적응력을 개선하는 데 크게 기여한다고 했다. 두 번째는 귀속에 인공와우를 이식하여 청력을 회복하는 인공와우이식술인데, 보청기는 소리를 크게 만들어서 귀에 넣어주고 남아 있는 청신경이 이를 감지해서 듣게 되는 것이지만, 인공와우이식은 소리 자체를 탐지해서 전기신호로 바꾸어 청신경을 직접 자극해서 청력을 얻게 되므로, 심하게 청력이 저하되어 보청기로도 청력을 회복할 수 없는 고도난청 환자에게 적당한 치료 방법이라고 한다. 이들 두 가지 방법 중에서 어떤 것을 안사람에게 해줄까?

포털사이트에 나타나 있는 난청의 여러 가지 증상들로 미루어 볼 때, 아내가 난청임에는 거의 틀림 없다. 그러나 한두 가지 이상한 점이 없지 않았다. 만약 아내가 난청이라면 내 소리를 모두 듣지 못해야 하는데, 내 잔소리는 듣지 못하는 것 같으나, 내가 자기 욕을 하면 귀신같이 듣고 역정을 내곤 한다. 그런가 하면, 내가 TV를 보고 있노라면 소리가 너무 크다면서 리모컨으로 볼륨을 줄이곤 한다. 또 한 가지 이상한 점은, 난청에는 유전적 요인도 작용한다고 하는데, 아내의 부모, 그러니까 나의 장인·장모님은 두 분 모두 90세가 넘어 돌아가셨으나, 귀가 밝으셨다. 반면 나의 아버지는 70세경부터 난청이셨다.

그건 그렇고 좌우간, 아내의 난청 여부를 다시 한번 확인해 보기 위해 현관문을 열고 나가서, 뜨락에서 잡초를 뽑고 있는 아내를 불러 보았다. 응답이 없었다. 아내에게 조금 더 가까이 가서 좀 더 큰 소리로 아내를 또 불러 보았다. 역시 아무런 응답이 없었다. 아내에게 더 가까이, 그러니까 4~5m쯤 다가가서 다시 '여보'하고 불러 보았다. 그러자 아내는 마침내 "예"라고 대답했다.

"내가 당신을 계속 불렀는데, 왜 대답하지 않았어. 뭐 삐친 것이라도 있소?"

이렇게 내가 말하자 아내가 곧장 대꾸했다.

"뭐라구요? 내가 대답 안 했다구요! 당신이 부를 때마다 내가 수십 번이나 대답했는데…. 당신 혹시 난청 아니에요? 병원에 좀 가 보세요."(✽)

가장 행복한 순간은

"인간은 어떤 때가 가장 행복할까요?"

여자고등학교 국어 수업 시간에 남자 선생님이 이런 질문을 학생들에게 던졌다.

"맛있는 음식을 먹을 때요."

"멋쟁이 남자 친구와 첫 데이트를 할 때요."

"엄마가 외출하고 나 혼자 거실 소파에 누워 재미난 드라마를 볼 때요."

"결혼할 때요. 크크."

"실컷 잠을 잘 때요."

학생들은 제가끔 손을 들고 큰소리로 대답들을 하느라고 교실 안은 도깨비시장처럼 온통 시끌벅적했다.

조금 조용해지자 선생님이 입을 열었다.

"모두 다 맞는 소리야. 행복의 순간은 사람마다 다들 다를 테니까. 그러나 난 저녁에 살갖과 살갖을 서로 맞붙일 때가 가장 행복하다고 생각해."

순간, 교실 안이 갑자기 술렁이면서 여학생들의 얼굴에는 온갖 표정들이 떠올랐다. 놀란 표정, 어이없다는 표정, 부끄러워하는 표정, 잔뜩 굳은 표정, 화가 치민 표정 등등.

　　잠시 후, 한 여학생이 손을 번쩍 들고 걸상에서 벌떡 일어나서 큰 소리로 외쳤다.

　　"선생님! 여학생들 앞에서 어떻게 그런 말씀을 하세요?"

　　뜻하지 않은 항의 소리에 적이 놀란 듯했으나, 선생님은 금방 차분한 어조로 말을 풀어갔다.

　　"학생은 어떤 때가 가장 행복한지 나는 모르겠어. 그러나 나는 하루 동안 열심히 내가 할 일을 모두 마치고, 귀가해서 샤워하고, 아내가 지어준 저녁밥을 맛있게 먹고 나서, 침실로 들어가서 푹신하고 뽀송뽀송한 침대 위에 누워서 전등을 끄고 잠을 자려고 윗눈꺼풀의 살갗과 아랫눈꺼풀의 살갗을 서로 맞붙일 때가 가장 행복하다고 생각해. 이렇다는 내 말이 뭐 잘못된 게 있어?"(※)

음식 맛이 왜 이래

대현 씨와 호숙 씨 내외는 결혼 후 오랫동안 아이를 낳지 못하다가 뒤늦게야 떡두꺼비 같은 늦둥이 아들 하나를 얻었다.

이름은, 대통령이나 국무총리가 되라고 '대국'이라고 지었다.

너무나도 귀한 자식이라, 쥐면 부서질까, 불면 날아갈까, 애지중지 금지옥엽처럼 길렀다.

생후 4개월이 되니까, 대국이가 입을 오물쪼물하면서 옹알이를 시작했다. 그게 신기하고 기뻐서 대현 씨와 호숙 씨 내외는 서로 부둥켜안고 환호성을 내질렀다.

대국의 첫돌에는 큰 음식점을 통째로 빌리고, 유명 코미디언을 사회자로 섭외하고, 잘나가는 트로트 가수도 부르고, 백여 명의 하객들을 초청해서 돌잔치를 삐까번쩍 성대하게 벌였다.

1년 후 대국이의 두 돌이 되었다. 그러나 어떤 까닭인지 대국이는 말을 전혀 하지 않았다.

"혹시 언어발달 지연? 아니면 지적장애?"

대현 씨 내외는 대국이를 데리고 유명하다는 이비인후과 의사는 모두 다 찾아다녔다. 이비인후과 의사의 권유에 따라 저명한 정신과 의사도 찾아갔다. 또한 특수교육전공의 대학교수도 찾아보았다. 그러면서 별의별 검사도 다 해 보았다. 그러나 의사와 교수들 모두가 입을 모아 말하기를, 생리적으로나 정신적으로는 아무런 이상이 없는데, 왜 말을 안 하는지, 또는 못하는지 그 이유를 도통 알 수 없다는 것이었다.

대국이가 유치원에 들어갈 나이가 가까워질수록 대현 씨 내외의 근심 걱정과 시름은 날로 더해 갔다. 그러던 어느 날, 호숙 씨가 너무 피곤해서 점심밥을 대충 차려서 대국이게 먹으라고 주었다.

대국이가 밥을 조금 먹다가 갑자기 숟갈을 내동댕이치며 외쳤다.

"엄마, 음식 맛이 왜 이래? 이걸 먹으라고 주는 거야?"

호숙 씨는 자기의 귀를 의심했다. 대국이의 언어에 대하여 너무 신경 쓰다 보니 혹시 환청을 들은 것은 아닐까? 그러나 환청치고는 말소리가 너무 또렷했다.

"너 방금 뭐라고 했어?"

호숙 씨는 한 손으로 대국이의 오른쪽 어깨를 붙잡으며 다그쳐 물었다.

"음식 맛이 똥 맛이라고 말했어. 왜?"

분명 대국이의 대꾸였다.

호숙 씨는 대국이를 와락 껴안고 울음을 터뜨렸다. 그러다가 갑자기 생각난 듯, 식탁 위에 놓인 핸드폰을 들고 단축 번호 1을 눌렀다,

신호음이 가다가 잠시 뒤 저쪽 너머에서 "왜?"라는 굵직한 음성이 들려왔다. 남편 대현 씨의 목소리였다.

"여보! 우리 대국이가 말을 했어요. 말을 했다구요!"

대현 씨가 놀란 목소리로, 그러나 반신반의하는 투로 물었다.

"진짜여? 대국이가 말을 했다구?"

"네, 분명히 말했어요. 그것도 두 번씩이나."

"브라보, 브라보. 하느님 감사, 감사합니다. 내가 집으로 곧 갈게."

대현 씨는 몹시 흥분한 목소리로 이렇게 외치며 전화를 급히 끊었다.

대현 씨와의 전화를 끊은 호숙 씨는 대국의 두 손을 꼭 부여잡고, 흥분을 좀 가라앉히려고 애쓰면서 대국이에게 물었다.

"대국아, 너 말을 할 줄 알면서 그동안 왜 말을 하지 않았어?"

대국이가 퉁명스럽게 한마디 내뱉었다.

"지금까지는 내가 말하지 않아도 엄마·아빠가 미리 알아서 잘해 줬잖아."(✱)

공자님께 잠시 다녀오다

"자! 모두들 조용히 하고 공부를 시작하자."

잠시 휴식 후 훈장님은 다시 수업을 재개하려고 서당 학동들에게 이렇게 말씀하셨다.

"지금부터는 『논어(論語)』 제5편 공야장(公冶長) 제10장을 공부하겠다. '공야장' 편이라고 함은, 이 편의 첫 문장이 '공자께서 공야장에 대하여 말씀하시기를(子謂公冶長)…'로 시작되기 때문이란다."

"훈장님, 그럼 공야장은 누구예요?"

호기심이 많은 학동 우승민이 물었다.

"공야장은 공자님의 제자 중 한 사람으로, 성(姓)은 공야(公冶), 이름은 장(長)이고, 자(字)는 자장(子張)이다. 그는 처(妻)를 거느릴만하다고 공자님이 여겨서 자기 딸 기자(其子)를 그에게 시집보냈단다. 그러니까 공야장은 공자님의 사위였지."

"잘 알겠습니다. 훈장님."

"그럼 승민이가 공야장편 제10장을 읽어 보거라."

승민이가 『논어』 책 제5편 공야장편 10장을 찾아서 읽어나갔다.

"宰予(재여)가 晝寢(주침)이어늘 子曰(자왈) 朽木(후목)은 不可雕也(불가조야)며, 糞土之牆(분토지장)은 不可杇也(불가오야)니, 於予與何誅(어여여하주)리오."

"참, 잘 읽었다. 토(吐)도 제대로 붙이고. 그럼 이번에는 동욱이가 그 뜻을 새겨 보거라."

동욱이가 우리말로 해석을 했다.

"재여(宰予)가 낮잠을 자자, 공자께서 말씀하셨다. '썩은 나무로는 조각을 할 수 없고, 더러운 흙으로 만든 담장은 흙손으로 다듬을 수 없다. 그러니 내가 재여를 나무란들 무슨 소용이 있겠느냐?'"

"동욱이가 뜻을 제대로 새겼구나. 동욱이 실력이 날로 일취월장(日就月將)하는구나."

그때 세훈이가 뭣에 보리알 끼듯이 훈장님과 동욱의 대화에 끼어들면서 한마디 했다.

"공자님은 아주 인자하시고 너그러우신 분인 줄 알았는데, 너무 가혹하신 거 아니에요? 재여가 낮잠 한번 잤다고 해서, 썩은 나무와 더러운 흙으로 만든 담장에 비유하면서, 책망할 필요조차 없는 놈으로 매도하는 것은 선생님으로서 너무하신 거 같습니다."

세훈이가 이렇게 말하자, 훈장님이 말씀하셨다.

"그건 공자님께서는 게으름 피우는 것을 무척 싫어하셨기 때문이란다. 공부 시간에 학생이 조는 것도 잘못인데, 하물며 낮잠까지 자는 학생을 누군들 좋아하겠느냐?"

그로부터 한 시간 후의 일이었다. 세훈이가 공부 시간에 꾸벅꾸벅 졸고 있었다. 훈장님이 회초리 끝으로 세훈의 어깨를 툭 치시면서 나무라셨다. 그러자 세훈이가 훈장님께 대들었다.

"훈장님도 아까 조셨잖아요."

"이놈아, 난 졸은 게 아니라, 공자님께 잠시 다녀온 것이다."

훈장님이 이렇게 말씀하시자 세훈이가 질세라 되받아쳤다.

"저도 금방 공자님께 갔다 왔는데, 훈장님은 오시지 않았다고 하던데요."(✱)

동메달과 포상금

세 명의 미국 육군 병사가 투 스타 사령관 앞에 횡렬로 나란히 섰다.

"귀관들, 이번 밀라이 전투에서 세운 귀관들의 혁혁한 전과를 우선 축하하네. 귀관들의 용맹성과 애국심의 덕분으로 이번 밀라이 전투에서 우리 아군이 승리를 거둘 수 있었네. 그래서 오늘 귀관들의 위대한 조국 아메리카합중국(The United States of America)이 귀관들에게 '무공 메달 오브 아너(Medal of Honor, Warfighter)'를 수여하기로 했네."

사령관은 말을 이어 갔다.

"그런데 귀관들이 원한다면 메달 대신 포상금을 받을 수도 있네. 다시 말해서, 메달을 원하면, 메달을 주고, 메달 대신 포상금을 원하면 포상금을 주겠네. 귀관들의 선택에 도움을 주고자 한 가지 정보를 줌세. 포상금은 1,000달러이네, 그러나 메달은 값으로 따진다면 100달러밖에 안 되네. 메달은 동으로 만든 동메달이기 때문일세. 그러나 어떤 것을 받을 것인지는 귀관들의 선택에 달렸네."

이런 말을 끝낸 사령관은 첫째 병사의 앞에 가서 섰다. 병사의 명찰을 보면서 말했다.

"엘리엇 리먼 상병, 귀관은 어떤 것을 받겠나?"

리먼 상병이 군인답게 큰 소리로 외쳤다.

"옛썰, 저는 메달을 받겠습니다."

"그 이유가 무엇인지, 물어봐도 괜찮겠나?"

사령관이 이렇게 말하자, 엘리엇 상병이 씩씩하게 대답했다.

"옛썰, 괜찮습니다. 저는 메달을 가슴에 달고 다니며 자랑하고 싶기 때문입니다."

"그러면 귀관에게는 메달을 수여하겠네" 하고, 사령관이 엘리엇 상병의 왼쪽 가슴에 메달을 달아주었다. 그런 다음, 두 번째 병사 앞으로 가서 물었다.

"존 해플린 병장, 귀관은 어떤 것을 받겠나?"

"써, 저에게는 현금 1,000달러를 주십시오,"

"그 이유는 무엇인가?"

사령관이 이렇게 묻자, 해플린 병장이 대답했다.

"미국은 자고로 명분보다는 실용성을 중시해 왔다고 고등학교에서 배웠으며, 또한 저에게는 현금이 필요하기 때문입니다."

"잘 알겠네. 그럼 귀관에게는 현금 1,000달러를 주겠네" 하면서 사령관이 1,000달러가 든 봉투를 해플린 병장에게 건넸다. 그리고 나서 마지막으로, 세 번째 병사 앞으로 다가가서 물었다.

"로버트 오스본 일병, 귀관은 어떤 것을 원하나? 귀관도 방금 전 본관의 설명을 충분히 들었지?"

"옛썰"이라고 오스본 일병이 외쳤다. 그러자 사령관이 물었다.

"그러면 귀관은 100달러짜리 동메달을 받겠나, 아니면 1,000달러의 포상금을 받겠나? 선택하게."

오스본 일병이 큰 목소리로 대답했다.

"써, 저는 100달러짜리 동메달과 포상금 900달러를 받겠습니다."(*)

제5편
엽편소설

젊은 여인의 사진 한 장

"박박, 지금 시간 있소? 시간 있으면, 선생님 댁으로 좀 와 주시오."

양 교수의 전화였다. '박박'은 박(朴) 박사의 준말로서, 양 교수가 박 박사를 부를 때 흔히 쓰는 호칭이다. '박 박사'라고 정식으로 부르긴 좀 어색해서 그랬던 것 같다. 박박은 양 교수보다 대학 4년 후배로, 양 교수와 마찬가지로 고범 선생님으로부터 박사논문 지도를 받은 제자였다. 고범 선생님의 직계 제자들은 감히 고범 선생님의 존함이나 호(號)를 부르지 못했다. 또한 존함 아래 '교수님'이니 '박사님'이니 하는 존칭도 덧붙이지 않았다. 그냥 '선생님'이라고만 불렀다. 그건 고범 선생님만이 진정한 선생님이라고 생각했기 때문이기도 했다. 툭 까놓고 말하자면, 선생님 연배 원로 교수 중에도 학자나 선비 같지 않은 군상들, 예컨대 자기 자랑 아니면, 남 욕이나 일삼는 교수도 적지 않았다.

"네, 양 교수님, 무슨 급한 일이라도…?"

박박의 질문에 "만나서 이야기하자"는 양 교수의 대답이 전화 너머로 들려왔다.

선생님은 열흘 전 돌아가셨다. 선생님은 평생 독신으로 사셨다. 때문에 양 교수가 선생님의 상주 노릇을 했다. 오늘 양 교수는 선생님 유품을 정리해 드리기 위해 선생님 댁에 갔다가 박박에게 전화를 건 것이었다.

"어서 오시오. 바쁜데 불러서 미안하오."

'박박'이 선생님 댁에 도착하자, 양 교수는 봉하지 않은 대학 봉투 하나를 박박에게 건네주었다. 그 속에는 선생님이 친필로 쓴 한 쪽짜리 간단한 유서와 20대 후반으로 보이는 어떤 여인의 빛바랜 사진 한 장이 들어 있었다. 모나리자의 미소와 같은 엷은 웃음을 입가에 띤 여인의 흑백 독사진의 크기는 $10 \times 15cm$로써 예전 필름 카메라로 찍어서 DP&E 점에서 인화한 듯했다.

선생님 댁에 한 주일에 두 번씩 들러서 청소와 세탁 등을 해주던 도우미 아주머니로부터, "선생님이 돌아가셨다"는 연락을 받고 급히 달려간 양 교수는, 선생님을 대학병원 영안실로 모시기 전에 혹시 유서를 남기신 것이 없는지부터 찾아봤다고 한다. 그러나 유서는 발견하지 못해 선생님의 직계 제자 몇 사람이 의견을 모아, 선생님의 장례를 조출하게 치르고 화장해서 납골당에 모셨다. 헌데 오늘 선생님 유품을 정리하다 보니, 서가에 꽂혀 있는 선생님의 대표적 저서의 책갈피에 편지 봉투가 하나 끼어 있기에 그걸 열어보니 선생님의 유서였다는 것이다.

"그럼 이 젊은 여인의 사진은 누구 사진이며, 어디에 있었나요?"

그녀가 누군지 그 정체는 통 알 수 없으나, 선생님의 침대 머리에 달린 조그만 빼랍을 열어보니 그 속에 이 사진만 달랑 하나 들어 있더라는 것이 양 교수의 대답이었다. 혹시 다른 사진들도 있는지 찾아보았으나, 한 장도 찾지 못했다고 한다. 아마도 그 여인의 사진 한 장을 제외한 다른 사진은 선생님이 돌아가시기 전에 모두 소각하신 것 같다는 것이 양 교수의 추측이었다.

선생님은, 성품이 아주 꼿꼿하시고 깔끔하신 '딸깍발이' 선비셨다. 이는 신발을 살 돈이 없어 마른날에도 나막신을 신고 다녔다는 가난한 선비였다는 말이 아니라, 정신적으로 그러셨다는 뜻이다. 세상 풍파에 휩쓸리는 일이 전혀 없이, 평생 오로지 학문에만 전념하시면서 항상 똑같은 자세로 올곧게 살아오셨다는 말이다.

선생님의 유서도 이편의 성품 그대로 군더더기 하나 없이 간결, 명확했다. 선생님이 돌아가시는 날까지도 그토록 애지중지하시며 읽고 또 읽으신 서적들과 연구자료들은 필요한 제자들에게 나누어 주고, 이편의 시신은 화장해서 뼛가루를 완도군 보길도 뾰족산 동쪽 자락 해안가에 서 있는 촛대 바위 아래 바닷물에 뿌려 달라는 것이 유서 내용의 전부였다.

"이러한 유서를 왜 보이는 곳에 놓지 않고, 선생님 저서 책갈피에 끼워놓으셨을까요?"

박박이 물었다. 양 교수에게는 한 가지 집히는 것이 있었다. 선생님이 먼저 양 교수에게 전화 거는 일은 거의 없었는데, 돌아가시기 사흘 전 전화를 주셨다. 아마 그때 양 교수를 불러 유서를 건네주려고 했던 것은 아니었을까. 그러나 그때 마침 양 교수가 지방 출장 중이라, 선생님 댁으로 찾아뵙지 못하자, 선생님이 그걸 책갈피에 끼워놓은 채로 갑자기 돌아가신 것은 아니었을까?

선생님 유골을 납골당에 모셔 놓은 것은 천만다행이었다. 만약 선생님의 유골 뼛가루를 다른 산이나 강물 같은 곳에 산골했었다면 어쨌겠나! 양 교수는 이런 생각을 하며 안도의 한숨을 내쉬었다.

"박박, 언제쯤 시간이 좀 날 것 같소? 요즘 연구논문 마무리 짓느라고 바쁘다는 소릴 들었는데."

"선생님을 마지막으로 모시는 일인데, 그까짓 논문이 대수겠어요? 양 교수님이 날짜를 잡으시면 전 그대로 따르겠어요."

땅끝마을에서 출발한 여객선이 40분 만에 보길도 터미널 산양진에 닿았다. 날씨가 좀 쌀쌀하고 하늘엔 회색 구름이 잔뜩 끼긴 했으나, 다행히 비는 내리지 않고 파도도 비교적 잔잔했다. 미리 계획한 대로 낚싯배를 한 척 빌렸다. 선장은 60~70대로 보이는 영감님이었다. 두 사람이 온 목적과 행선지를 말하자, 좀 뜨악한 표정을 짓더니, 뱃삯을 좀 넉넉히 달라는 것이었다.

배가 한 시간쯤 바다 위를 통통거리며 달리자, 저 멀리 촛대 바위가 보였다. 선장이 말해 주지 않았지만, 그것이 촛대 바위라는 것을 대번에 알 수 있었다. 그건 누가 보아도 촛대처럼 생겼기 때문이었다. 촛대 바위 바로 앞에 배가 멈추었다. 동남쪽을 바라보니 훤하게 트인 바다가 끝이 보이지 않았다. 저 멀리 수평선 너머가 바로 태평양이라는 것이 선장의 설명이었다.

박박은 준비해 온 조그만 접이식 돗자리를 뱃머리 편편한 곳에 깔았다. 그 위에다가 양 교수는 가슴에 고이 안고 온 선생님의 유골함을 내려놓았다. 박박은 가방에서 주섬주섬 종이접시 두 개, 종이컵 한 개, 그리고 과일, 명태포, 소주 한 병을 꺼내, 한 종이접시에는 빨간색 사과 세 개, 또 한 접시에는 마른 명태포 한 마리를 진설해 놓고, 그 앞에는 소주병과 종이컵 한 개를 늘어놓았다.

양 교수가 꿇어앉아 소주병 마개를 따자, 박박이 종이컵을 받쳐 들었다. 컵에 소주가 가득 차자 박박이 그걸 들고 촛대 바위 방향 뱃전으로 다가가 바닷물 위에 세 번에 나눠 뿌리며 나직이 중얼거렸다. "우리 선생님 잘 보살펴 줍소사" 하는 용왕님께 올리는 고수레였다.

박박이 다시 유골함 곁으로 돌아와, 빈 종이컵을 손으로 받쳐 들자, 그에다가 양 교수가 소주를 가득 따라, 선생님 유골함 앞 가까이에 내려놓고 일어섰다.

"박박, 함께 선생님께 절을 올립시다."

두 사람이 공손하게 재배하고 나서 반절을 했다. 양 교수는 양복 주머니에서 하얀 면장갑을 꺼내 양손에 낀 다음, 유골함을 싼 하얀색 보자기를 풀고, 상자를 조심스럽게 열었다. 그 속에는 하얀색 봉투가 보였는데, 그걸 양 교수가 꺼내 유골함 옆에 내려놓았다. 유골함 속에는 조그만 백자단지가 들어 있었다.

양 교수는 백자단지를 꺼내 들고 촛대 바위 쪽 뱃전으로 다가가서 단지뚜껑을 열었다. 그 속에는 선생님의 하얀색 뼛가루가 들어 있었다. 분량은 겨우 한 되쯤 되어 보였다. 양 교수는 장갑 낀 손으로 뼛가루를 한 움큼씩 쥐어 바닷물 위에 뿌렸다. 뼛가루는 바람에 날리다가 이내 수면에 닿자 파도가 집어삼켜 흔적도 없이 사라지고 말았다.

선생님의 뼛가루를 모두 뿌리고 나자, 양 교수는 아까 유골 상자 옆에 내려놓았던 봉투를 열었다. 그 속에는 선생님이 이 세상에 유일하게 남겨 놓은, 정체불명의 젊은 여인의 빛바랜 사진이 들어 있었다.

양 교수는 그걸 들고 다시 뱃전으로 돌아가서 주머니에서 라이터를 꺼내 사진에 불을 붙였다. 부직부직 타오르던 불길이, 사진을 쥔 양 교수의 엄지와 집게손가락에까지 도달하자 양 교수는 타다 남은 사진 조각을 놓았다. 바닷물 위에 떨어진 조그만 사진 조각은 촛대 바위 방향으로 흘러가다가 이내 시선 끝에서 사라지고 말았다. 차디차고 황량한 바닷물 속에 선생님의 유해를 마지막으로 모시고 돌아서려는 순간, 양 교수와 박박의 눈에서는 갑자기 뜨거운 눈물이 주르륵 뺨을 타고 흘러내렸다.

보길도 나루터로 돌아오는 배 안에서 선장은 양 교수와 박박이 묻지도 않은 옛이야기를 들려주었다. 지금은 작고한 이 근처 동네 노인에게 들은 이야기인데, 몇십 년 전에 저 촛대 바위 구경을 왔던 젊은 남녀 중, 여인이 발을 헛디뎌 수십 미터 낭떠러지 아래 바닷물 속으로 떨어져 익사했다고 한다. 그 뒤 어떤 남자가 가끔 촛대 바위를 찾아와서 몇 시간 동안씩 하염없이 먼 바다를 바라다보다가 돌아가곤 했는데, 그 남자가 익사한 여인과 동행했던 그때 그 사람인지, 아닌지는 알 수 없다면서 선장은 이야기를 마쳤다.

양 교수와 박박은 보길도 나루터 여관에서 일박하고 이튿날 상경하기로 했다. 날도 늦었지만, 왠지 곧장 보길도를 떠나기가 싫어서였다. 여관방 아래층은 횟집이었다. 횟집 테이블에 마주 앉은 두 사람은 말없이 소주잔만 연신 기울였다. 거의 30여 분간의 침묵을 깬 것은 연장자이자 대학 선배인 양 교수였다.

"박박, 오늘 우리가 한 일, 특히 정체불명 그 여인의 사진에 관한 이야기, 그리고 선장에게서 들은 이야기는 우리가 비밀로 무덤까지 가져가기로 합시다. 혹여 이바구 좋아하는 사람들이 알게 되면, 사진 속 여인과 선생님을 억지로 얽어 이러쿵저러쿵 소설을 쓰게 되면, 선생님께 누가 될 수 있으니까요."

박박은 말없이 고개만 끄덕였다.(✽)

차디찬 그녀의 손

따릉, 따릉, 따릉…. 전화벨이 울렸다. 핸드폰을 들어보니 알지 못하는 전화번호가 화면에 떴다. 받을까 말까 망설였다. 요즘 난 발신인 이름이나 아는 전화번호가 화면에 뜨지 않으면 받지 않기 때문이다.

전화벨이 계속 울렸다. 난 수신 버튼을 집게손가락 끝으로 살짝 밀어 올렸다.

"여보세요" 하는 여성의 음성이 들려왔다.

"실례합니다마는 고범 선생님이시지요? 저는 W대학교 권애린 명예 교수의 맏딸입니다."

'권애린 교수'라는 말에 난 깜짝 놀랐다.

"네, 내가 고범입니다마는 무슨 일로…."

"선생님께 긴히 드릴 말씀이 좀 있어서요."

"무슨 이야기인데요?"

"직접 만나 뵙고 말씀드렸으면 좋겠습니다."

하여 난 그녀와 만날 날짜와 시간 그리고 장소를 약속한 뒤 전화를 끊었다. 도대체 무슨 일일까?

내가 권 교수와 헤어진 뒤 50여 년 동안 딱 두 번 학술회의장에서 슬쩍 마주쳤을 뿐, 단 한 번의 연락도 없지 않았던가. 이러한 권 교수의 딸이 나에게 긴히 드릴 말씀이 있다니? 그렇다면 권 교수가 아직도 날 잊지 않고 있다는 것인가? 아니야, 그럴 리 없어. 남자들은 첫사랑을 절대 잊지 않지만, 여자들은 쉽게 잊는다고 하지 않는가? 이런 생각을 포함, 나의 뇌리에는 온갖 생각들이 주마등처럼 스쳐 가며 만감이 교차했다.

권 교수 딸과 만나기로 약속한 날, 난 오랜만에 양복을 차려입었다. 그러나 그간에 내 몸무게가 많이 줄어 양복이 헐렁한데다가, 유행도 많이 바뀌어서, 나는 영락없는 촌영감 모습 그대로였다.

약속한 카페로 내가 들어서자 저쪽에서 깔끔한 복장의 40대 중반의 여인이 다가와 반갑게 인사하며, 날 창가의 한 테이블로 안내했다.

"선생님, 무엇을 드시겠어요?"

그녀가 나에게 물었다.

"아메리카노 핫 커피"라고 대답하자, 그녀는 종업원을 불러 아메리카노 커피 두 잔을 주문한 뒤 말문을 열기 시작했다.

"저는 오래전부터 선생님 존함은 익히 알고 있었습니다. 제가 대학에 다닐 때 선생님 책으로 철학 공부를 하기도 했거든요. 그러나 직접 뵌 적은 없어서, 그저께 선생님과 만날 약속을 해 놓고 인터넷 포털 사이트에 들어가서 선생님 사진들을 찾아보았습니다. 그래서 오늘 선생님을 금방 알아볼 수 있었습니다."

우리는 잠시 날씨 등, 의례적 이야기를 나누었다. 이윽고 그녀는 나에게 "긴히 드릴 말이 있다"던 그 말을 조심스럽게 꺼냈다.

"요즘 저희 어머니의 알츠하이머 증상이 점점 더 심해 가는데요, 가끔은 선생님 존함을 부르며 '왜 찾아오지 않느냐'고 묻곤 합니다. 그러면서 선생님을 '모셔 오라'고 투정을 부리기도 하십니다."

그녀는 잠시 말을 그쳤다가 다시 계속했다.

"이런 저희 어머니의 언동을 보며 저는 처음에는 화가 몹시 치밀었습니다. 저희 어머니와 선생님과의 관계는 알 수 없으나, 10년 전 돌아가신 저희 아버지 생각이 났기 때문이었습니다. 그래서 어머니에게 화를 내면서 어머니를 부정한 여인으로 생각하기도 했습니다. 그러나 어머니가 돌아가실 날이 머지않다는 의사의 말을 듣고, 선생님과 저희 어머니를 한번 만나게 해드려야만, 어머니가 돌아가신 뒤 제가 후회가 없을 것이라고 제 나름대로 생각, 선생님께 전화를 올렸습니다."

우리는 곧 카페를 나와 그녀의 어머니 권 교수가 입원하고 있다는 요양병원으로 갔다. 우리가 권 교수 방으로 들어섰으나, 늙고 초췌한 모습의 그녀는 침대에 누워 천장만 응시할 뿐, 아무런 반응이 없었다. 그러다가 고개를 돌려 나를 물끄러미 쳐다보고서도 역시 마찬가지였다. 그러자 그녀의 맏딸이 태블릿 PC에서 내 젊은 시절 사진 한 장을 찾아, 그것을 자기 어머니에게 보여 주며 그것이 나라는 것을 손으로 가리켰다. 그제야 권 교수는 내 사진과 나를 천천히 번갈아 바라보다가 소리 없이 눈물을 주르륵 흘렸다.

난 그녀의 손을 잡았다. 앙상한 뼈대만 남은 그녀의 작은 손은 섬뜩할 정도로 차디찼다. 난 북받치는 울음을 겨우 참으며 그녀의 손을 한참 동안 가만히 잡고 있었다.

내가 권 교수를 처음 만난 것은, 독일에서 대학원에 다니던 1968년 9월 초였다. 새로 유학 왔다는 그녀의 첫인상은 그리 호감이 가지 않았다. 얼굴은 예쁘장한 편이었으나, 말투가 약간 도전적이고 너무 똑똑해 보였기 때문이다. 당시만 해도 난 상당히 보수적이라, 여자는 다소 곳하고 순종적이어야 된다고 생각했기 때문이었던 것 같다. 그래서 난 그녀의 기를 죽이려고 일부러 그녀를 무시하는 척했다. 그녀도 나에게 무관심한 것 같았다. 그러나 언제부터인가 우리는 서로 사랑하는 사이가 되었다.

난 철학을 공부했고 그녀는 독일 문학을 전공했다. 그녀는 나를 독일식으로 '헤어 고(Herr Ko, 미스터 고)'라고 불렀고, 난 그녀를 '프로일라인 권(Fräulein Kwon, 미스 권)'이라고 불렀다. 그러나 우리가 사랑을 시작한 뒤 우리끼리만 있을 땐, 난 그녀를 '하제(Hase, 토끼)'라고 불렀고, 그녀는 날 '배르헨(Bärchen, 곰)'이라고 불렀다. 난 그녀를 사랑했다. 그러나 왠지 그 말이 입에서 튀어나오지 않았다. 그래서 난 "너를 사랑한다(Ich hab dich lieb)"는 말 대신 "난 너를 좋아한다(Ich mag dich)"고 했다.

이것이 하제에게는 조금 섭섭하게 들렸던 것 같다. 그러나 우리가 서로 만나면 항상 말다툼을 벌인 것은 이것 때문만은 아니었다. 우리의 말다툼은 대부분 별것도 아닌 하찮은 것에서 비롯되었다. 때로는 사랑 행위를 끝내자마자 곧 말싸움을 벌이기도 했다. 그래서 나중에 내가 다른 여자와 결혼해도 이렇게 싸우게 되는 것은 혹시 아닐까, 걱정하기도 했다. 그런데도 우리의 만남은 거의 2년 동안이나 계속되었다. 하지만 결국 헤어지게 되었고, 그녀는 나보다 1년 먼저 귀국, W대학교 조교수가 되었다. 다음 해 나도 귀국, 대학교수가 되었다.

그 뒤 우리는 딱 두 번 얼굴을 마주쳤다. 모두 학술회의장에서였다. 첫 번째 조우에서는 그녀가 날 모른 척 고개를 돌렸다. 그러나 두 번째 만남에서는 그녀가 먼저 나에게 반갑게 인사를 건넸다. 헌데 그녀는 나를 '고 교수'나 '고 박사'라고 부르지 않고, 옛날 독일에서와 마찬가지로 '헤어 고'라고 부르며 "잘 지내느냐?"고 물었다. 내가 "누어 조, 에스 게트(nur so, es geht, 그냥저냥)"이라고 독일어로 대답하고 있는데, 그녀는 어떤 사람에게 손을 흔들면서 그에게로 다가갔다.

그 뒤, 난 그녀를 더 이상 만나지 못했다. 그러나 지금의 아내에게 미안할 정도로 그녀를 많이 생각했다. 그녀에 관한 소식도 여러 통로를 통하여 들었다. 그녀가 교수 남편과 결혼하여 아들·딸 낳고 행복하게 살고 있다는 소식이 아이로니컬하게도 나에게 가장 반가웠다. 그 이유는 나도 정확하게는 모르겠으나, 아마도 만약 그녀가 불행하게 산다면 그것이 혹시 나 땜에 그런 것은 아닐까 하는 심적 부담이 될 수 있기 때문이었는지도 모르겠다.

권 교수는 대학에서 학생들을 가르치면서도 독일의 많은 문학 작품들을 우리말로 번역하여 출간했다. 그중에서 내가 감명 깊게 읽은 소설은, 하인리히 뵐의 『그리고 아무도 말하지 않았다』였다. 좁은 단칸방에서 살던 프레드 보그너는 아내 케테, 그리고 세 아이와 사는 것을 견디지 못하고 가출했다. 그는 전쟁과 가난과 포격으로 파괴된 도시의 이곳저곳을 떠돌아다닌다. 아내 케테 보그너도 위선적인 가톨릭 신자인 프랑케 부인으로부터 달아나려고 하지만, 아이들 때문에 초라한 방에서 억지로 살아간다. 그러나 나는 이러한 작품을 쓴 작가보다는 그 작품을 우리말로 훌륭하고 매끄럽게 번역한 권 교수가 오히려 자랑스러웠다.

권 교수는 각종 신문잡지에도 종종 수필을 썼다. 그중에서 내가 읽은 한 수필(제목은 생각나지 않음)에는 젊은이들에게 "연애를 한번 꼭 해 보라"고 권장하는 내용이 들어 있었다. 이를 읽고 나는 그동안 권 교수에게 대하여 갖고 있던 그 무언가의 죄의식(?) 같은 부담감에서 얼마쯤 해방될 수 있었다. 그녀가 젊은이들에게 "연애를 한번 해 보라"고 권장한 것은, 나와의 연애가 깡그리 잊고 싶은 쓰라린 과거가 아니라, 아름다웠던 추억의 하나였기 때문일 것이라고 내 나름대로 풀이했기 때문이었다.

내가 권 교수를 만나보고 온 지 나흘 뒤, 일간신문 부고란을 보니, "W대학교 권애린 명예교수 숙환으로 별세"라는 기사가 실려있었다. 조문 갈 생각은 도저히 나지 않았다. 발인날짜를 보니 목요일 오전 8시 30분이었다. 영결식 날, 나는 발인시간에 맞추어 장례식장 근처로 갔다. 그러나 거의 아홉 시나 되어서야 장례식장 건물에서 영구차 한 대가 빠져나왔다. 난 그것을 멀리서 바라보며 나도 모르게 중얼거렸다.

"Ich habe dich geliebt(나는 너를 사랑했다)."

영구차가 달려가는 동쪽 하늘을 쳐다보니 엷은 회색 구름이 온통 뒤덮여 있었다. 그런데 저 멀리 하늘의 한끝이 서서히 열리며 그 사이로 한 줄기 햇살이, 마치 하늘에서 지상으로 빔을 쏘듯, 눈부시게 내리비추었다. 그러면서 권 교수의 젊었을 때 모습의 환영이 잠시 떠올랐다가 사라졌다.(※)

럭아 모녀의 따듯했던 그 겨울

"엄마, 나 도저히 더 이상 못 날겠어. 엄마 먼저 가."

"럭아야, 조금 더 힘을 내 봐. 조금만 더 가면 되니까."

엊저녁에 일박하기 위해 쇠기러기 일행이 논으로 내려앉을 때, 럭아가 논 가운데 농업용으로 가설해 놓은 전깃줄에 날개 한쪽이 걸리면서 그만 날갯죽지에 부상을 입고 말았다.

'밤새 푹 자고 나면 아침엔 괜찮아지겠지.'

엄마 쇠기러기는 이렇게 생각했으나, 아침에 깨어보니 럭아가 찌푸린 얼굴로 "날개가 더욱 욱신거리며 아프다"고 고통을 호소했다. 하지만 쇠기러기 일행이 아침에 다시 남쪽으로의 여정을 시작하자 쇠기러기 모녀도 따라나설 수밖에 없었다. 그러나 럭아의 비행 속도가 점점 더 떨어지면서 쇠기러기 모녀는 일행에서부터 뒤처지기 시작했다. 그런데도 쇠기러기 일행은, 뒤처진 쇠기러기 모녀를 뒤돌아보지 않고 계속 앞으로 날았다.

기러기 떼는 로마자 알파벳 V자를 뾰족한 끝이 왼쪽으로 가도록 가로로 뉘어 놓은 형태로 대오를 지어 날아간다. 이건 앞의 기러기가 오른쪽 날개를 퍼덕일 때마다 생기는 공기 소용돌이를 뒤에 기러기가 이용하면 그만큼 날기가 쉽기 때문이다. 그래서 기러기 무리는 V자를 가로로 뉘어 놓은 형태로 날아가면서, 리더 기러기가 왼쪽으로 방향을 바꾸면 나머지 기러기들도 그쪽으로 방향을 틀어 리더 기러기를 따라간다. 그러다가 한두 마리 기러기가 힘에 부쳐 대열에서 떨어져도 일행은 이들 기러기가 쫓아오도록 속도를 줄여주는 법이 없다.

기러기는 인간과는 달리, 겨울 깃털 옷을 몇 번이나 갈아입었느냐를 기준으로 나이를 계산한다. 럭아는 이제 겨우 첫 번째 겨울 깃털 옷으로 갈아입는 중이었다. 그래서 럭아의 모습은 엄마 쇠기러기와 많이 달랐다. 엄마 쇠기러기의 몸통 길이는 80cm였으나, 럭아는 68cm밖에 되지 않았다. 엄마 쇠기러기의 부리는 구릿빛이 약간 도는 분홍색이었으나, 럭아의 부리는 옅은 분홍색에 부리 끝이 검었다. 엄마 쇠기러기의 이마는 흰색으로 다른 종류의 기러기 무리와 쉽게 구별되는 특징이나, 럭아의 이마에는 이제야 겨우 흰색의 좁은 줄이 생기기 시작했다. 엄마 쇠기러기의 배에는 엷은 갈색 줄무늬가 있으나, 럭아의 배에는 이제야 겨우 검은 줄무늬가 나타나기 시작했다.

이렇게 어린 데다가 날개까지 다친 럭아의 비행 속도가 점점 더 떨어지자 엄마 쇠기러기는 럭아의 오른쪽 날개에 바짝 붙어 럭아의 날개를 부축해 주었다. 그러면서 럭아에게 파이팅을 외쳤다.

"파이팅, 럭아, 우리 조금만 좀 더 날자. 그러면 조그만 연못이 나올 거야. 거기서 좀 쉬어 가자."

마침 저 멀리 오른쪽으로 비행기들이 쭉 늘어서 있는 비행장이 보였다. 엄마 기러기는 럭아에게 아픈 것으로부터 다른 것으로 신경을 돌리도록, 할머니 기러기에게서 들은 옛날이야기를 꺼냈다.

"옛날에 북녘 바다에 '곤(鯤)'이라는 큰 물고기가 살았는데, 몸길이가 몇천 리나 되었데. 이 물고기가 새로 변하면 '붕(鵬)'이라는 새가 되는데, 이것도 크기가 몇천 리나 되어서 하늘로 날아오르면 마치 구름이 하늘을 덮는 것과 같았대. 럭아, 저기 오른쪽 비행장에 서 있는 비행기들 보이지? 저 비행기들은 아마도 붕의 어린 새끼보다도 작을 거야. 서양에서 가장 큰 새라고 자랑하는 천둥새(thunderbird)도 붕에게는 명함도 못 내밀었을걸."

엄마 기러기는 이번 남행이 네 번째이다. 때문에 눈 아래 보이는 지형들이 그리 낯설지 않았다. 인간들이 제멋대로 붙여 놓은 그곳 지명이 뭔지는 모르겠으나, 조금 더 가면 야트막한 산이 나오고 그 남쪽에 조그만 연못이 있다. 그 연못가에서 어떤 할아버지가 작년에도, 재작년에도 우리 쇠기러기 일행을 보고 손을 흔들어 주었다. 그래서 엄마 쇠기러기는 그 연못에서 럭아와 함께 좀 쉬어 갈 생각이었다.

드디어 연못이 보이자, 쇠기러기 모녀가 내려앉았다. 그러나 할아버지 모습은 보이지 않았다. 그간에 혹시 할아버지가 돌아가신 것은 아닐까? 엄마 쇠기러기가 이런 불길한 생각을 하고 있는데, 할아버지 집 현관문이 열리며 할아버지 모습이 나타났다. 엄마 기러기는 무척 반가웠다. 그러나 할아버지는 멀리서 쇠기러기 모녀를 조용히 바라보고만 있을 뿐이었다. 아마 할아버지도 이곳에 찾아온 쇠기러기 모녀가 반가웠겠지만, 갑자기 다가가면 놀라서 날아갈 것 같아 그런 것이었을까? 쇠기러기 무리는 특히 경계심이 강해서 인간이나 천적이 접근하면 곧 날아간다.

쇠기러기 모녀가 할아버지네 연못에서 하루 동안 머물자, 그제야 할아버지는 연못가로 다가왔다. 그래도 쇠기러기 모녀가 날아가지 않자, 할아버지는 집 안으로 들어가 꽤 큰 플라스틱 통에 쌀과 잡곡을 가득 담아 와서 연못 가에 놓았다. 그리고 되돌아가서 우리가 먹이를 먹는지를 멀리서 지켜보고 있었다.

"럭아, 배고프지? 할아버지가 가져다준 먹이를 먹자. 우리를 위해 가져다준 거니까."

그간에 굶주렸던 쇠기러기 모녀는 할아버지가 가져다 놓은 모이통에 코를 박고, 아귀처럼 모이를 깡그리 먹어 치웠다. 쇠기러기는 물론 쌀과 같은 알곡도 먹는다. 하지만 이들이 더 좋아하는 것은 도정하지 않은 벼나락 같은 조곡이다. 이는 쇠기러기들이 남녘으로 이동할 때 주식이, 바로 수확이 끝난 논에 떨어져 있는 벼 이삭이기 때문이다.

이를 할아버지도 익히 알았던지, 이튿날부터 쇠기러기 모녀의 모이가 도정하지 않은 벼나락으로 바뀌었다. 예전에는 농가마다 흔히 볼 수 있던 것이 벼나락이었다. 그러나 요즘은 농가에서도 벼나락을 보기가 어렵다. 요즘은 논에서 '콤바인'이라는 커다란 농기계로 벼를 베면 탈곡까지 되며, 탈곡된 벼나락을 그 옆에 대기하고 있는 트럭 위의 톤백에다 부으면, 그 트럭이 정비소로 직행하기 때문이다. 헌데 할아버지가 그 귀한 벼나락을 어디에서인가 구해다가 쇠기러기 모녀에게 준 것이었다.

쇠기러기 모녀가 할아버지네 연못에 계속 머물자, 할아버지는 매일 아침 일어나자마자 쇠기러기 모녀를 찾아와 밤새의 안위를 살폈다. 그러면 쇠기러기 모녀도 할아버지께 '기럭기럭' 울음소리로 '안녕히 주무셨느냐'고 인사드렸다. 비록 말은 통하지 않았으나, 쇠기러기 모녀와 할아버지는 이런 식으로 인사를 나누기 시작했다. 그러다가 대화의 양과 시간이 점차 늘어나, 할아버지는 할아버지 대로 인간의 언어로 여러 가지 말을 이어 갔고, 쇠기러기 모녀는 그들대로 기러기 세계의 언어로 끼르륵 거리면서도 할아버지와 길게는 한두 시간씩이나 함께 놀았다. 그간에 락아의 날개 상처는 모두 나았지만, 쇠기러기 모녀는 이곳에서 월동하기로 마음먹었다.

할아버지는 서울에서 대학교수로 34년 동안 봉직하다가 정년 퇴임하고 이곳 시골로 내려와 아담한 전원주택을 짓고, 글도 쓰고 농사도 지으며, 할머니와 두 분이 살고 계셨다. 연못은 본래부터 있었던 조그만 용수정을 할아버지가 더 크게 늘리고, 연꽃도 심어 놓은 것으로 넓이가 $40 \times 50 \text{m}^2$쯤 되었다. 이런 연못에 날씨가 점점 차가워지면서 얼음이 가득 얼자, 할아버지는 도끼를 가지고 와서 얼음을 깨 놓았다. 쇠기러기 모녀가 그 얼음 구멍에서 헤엄치며 놀 수 있도록 한 배려였다.

할아버지 댁에는 가끔 외손자 두 명이 서울에서 찾아와 쇠기러기 모녀와 놀아주곤 하였다. 그러면 럭아는 마치 강아지처럼 그들을 졸졸 따라다니며 장난을 치기도 했다.

이번 겨울은 유난히도 추웠다. 그러나 쇠기러기 모녀의 마음속은 그 어느 해 겨울보다도 따뜻하였다. 어느새 입춘이 지나고 보름쯤 되자, 우수가 찾아왔다. 봄기운이 점점 더 짙어가며 눈 대신 비가 내리고, 연못의 얼음도 녹아서 물이 되었다. 이는 쇠기러기 모녀가 북쪽 고향으로 돌아가야 할 날이 머지않았다는 자연의 신호였다.

쇠기러기 모녀는 고민에 빠졌다. 고향으로 돌아갈 것이냐, 아니면 이곳에서 붙박이 새가 되어 눌러살 것인가? 그야말로 '이것이 문제'였다. 할아버지와의 정을 생각하면 북쪽 고향으로 돌아가고 싶지 않았다. 게다가 고향에 돌아가봤자, 쇠기러기 엄마의 남편, 그러니까 럭아의 아빠도 없지 않은가. 그는 지난해 겨울, 저 멀리 남쪽 바닷가 '해남'이라는 곳에서 월동하다가 조류독감(AI)에 걸려 사망했다. 기러기 사회에서는 일생 동안 하나의 남편, 하나의 아내와만 사는 것이 불문율이다. 그래서 인간들도 혼례식을 할 때 신랑이 나무로 깎은 기러기를 신부집에 전하는 '전안례'부터 먼저 거행하지 않는가.

봄과 여름이 되어도 할아버지네 연못에서 줄곧 살고 싶었지만, 엄마 기러기는 장고 끝에 고향인 시베리아의 툰드라 지역으로 돌아가기로 결정했다. 가장 큰 이유의 하나는 럭아의 결혼문제였다. 내년에 럭아의 짝을 지어주려면 이곳 할아버지네 연못에 먀냥 눌러앉아 살 수는 없기 때문이었다.

고향으로 돌아가기로 결정한 엄마 쇠기러기는 그날부터 늘 하늘을 쳐다보며 살았다. 쇠기러기 모녀가 속했던 무리가 북쪽 고향으로 돌아갈 때도 반드시 이곳 하늘을 통과할 것이며, 그러면 그 무리를 따라 고향에 갈 작정이었기 때문이다. 하여 쇠기러기 엄마는 매일 매일 북쪽으로 돌아가는 기러기 떼들을 바라보다가 쇠기러기 떼가 지나가면 '끼럭 끼르

럭 기럭'하는 울음 신호를 보냈다. 이것은 쇠기러기 모녀가 속했던 무리의 울음 신호로서, 하늘을 날 때는 물론, 땅 위에 내려앉아 있을 때도 서로의 위치와 안위를 알려주기 위해 간헐적으로 내는 소리였다.

하루는 다른 때와 마찬가지로 엄마 쇠기러기가 북쪽을 향해 날아가는 쇠기러기 떼를 바라보며 울음 신호를 보냈다. 그러자 저쪽에서 즉각 화답의 울음 신호가 들려왔다. 그것은 바로 쇠기러기 모녀가 속했던 무리의 울음 신호였다. 엄마 쇠기러기와 럭아는 땅을 박차며 날개를 펴서 하늘로 솟구쳐 올랐다. 그러면서 할아버지께 우렁찬 목소리로 작별 인사를 고했다.

"할아버지, 그간에 고마웠어요. 내년에 또 올게요. 안녕히 계세요."

"잘 가. 이번 가을에 다시 꼭 와."

어느새인가 연못가에 나와 있던 할아버지가 손을 흔들며 쇠기러기 모녀를 배웅했다. 저 멀리 북쪽 하늘로 일행을 따라 힘차게 날아가는 쇠기러기 모녀의 시야에서 할아버지 모습이 점점 작아지더니 마침내 사라지고 말았다.(✳)

작가 노트 : 엊그제 기러기 떼가 남쪽으로 날아가고 있는 것을 보고 있다가, 두 마리가 일행으로부터 점점 뒤처지는 것을 보고, 이 엽편소설을 지어 보았다.

몽땅빗자리와 곽지

"몽땅아, 자냐?"

이빨 빠진 대나무 갈퀴가 나지막한 목소리로 물었다.

"아니. 아직 안 자. 왜, 곽지야?"

몽당빗자루가 이렇게 말했다.

할아벙은 강원도 정선 출신인지라, 몽당빗자루는 '몽땅빗자리'라고 불렀고, 갈퀴는 '곽지'라고 불렀다. 그래서 우리 이름은 '몽땅'과 '곽지'가 되었고, 우리도 할아버지를 강원도 사투리로 '할아벙'이라고 불렀다.

우리는 오늘 할아벙과 함께 온종일 낙엽을 긁었다. 봄이 닥쳐오니까 집 근처 사방에 쌓여 있는 낙엽들을 긁어 두엄더미로 가져다 썩이기 위해서였다.

일이 끝나자, 이제까지와 마찬가지로 할아벙은 우리를 집 뒤 처마 밑 벽에 기대어 가지런히 세워놓았다. 빗자루가 오래되면 도깨비가 된다고 해서, 오래된 빗자루는 벽에 세워 두지 않는 풍속도 있다. 그런데도 할아벙은 우리를 항상 벽에 기대어 세워놓았다. 보통은 빗자루나 갈퀴의 자루가 위에 오도록 세워놓는다. 하지만 할아벙은 이와 반대로, 머리 부분(낙엽 등을 긁거나 쓰는 부분)이 반드시 위로 가도록 세워놓았다. 만약 그 반대 방향으로 세워놓으면 머리 부분이 땅에 닿아 구부러지게 된다는 이유에서였다.

이렇게 하여 몽땅과 곽지는 나란히 벽에 기대서서 서로 얼굴을 맞대고 잠을 자게 되었다. 처음엔 코가 서로 맞닿을 정도로 키가 거의 같았다. 하지만 몽땅의 빗살이 점점 닳아버려 이제는 그야말로 '몽당빗자루'가 되고 말았다. 한편 곽지의 키는 줄지 않았지만, 그 대신 늙어 가면서 이빨(갈퀴 발)이 여러 개 빠져서 '합죽이 할아범'이 되고 말았다. 그러나 몽땅과 곽지는 아직도 마치 거문고(琴)와 비파(瑟)가 서로 잘 어울리는 것처럼 금실(琴瑟) 좋게 살아가고 있었다.

갈퀴에는 대나무로 만든 것도 있고, 굵은 철사로 만든 쇠갈퀴도 있고, 플라스틱으로 만든 것도 있다. 하지만 할아벙은 유독 대나무 갈퀴만 좋아해서 항상 이것만 사다가 쓰고 있다.

빗자루에도 그 재질에 따라 여러 종류가 있다. '댑싸리'라는 식물로 만든 댑싸리 빗자루, 수숫대로 만든 수숫대 빗자루, 싸리나무로 만든 싸리 빗자루, 대나무 잔가지로 만든 대 빗자루, 갈대로 만든 갈대 빗자루, 플라스틱으로 만든 빗자루 등이 있다. 그런데 '몽땅'은 낙엽 등을 쓰는 부분은 철사 모양의 플라스틱으로 만들고, 자루는 나무로 만들었다. 따라서 몽땅은 일종의 '혼혈' 빗자루였다.

할아벙이 곽지로 낙엽을 쓱쓱 긁으며 나아가면, 그 뒤를 몽땅이 따라가며 곽지가 미처 긁지 못한 낙엽 부스러기 등을 깨끗이 쓸었다. 이렇게 할아벙과 곽지와 몽땅은 삼위일체가 되어 서로 힘을 합치며 일했다. 그러면서 할아벙은 기분이 좋으면 노래를 불렀다. 할아벙의 애창곡은 강원도 정선 아리랑이었다.

아리랑 아리랑 아라리요
아리랑 고개 고개로 나를 넘겨주게
눈이 올라나 비가 올라나 억수장마 질라나
만수산 검은 구름이 막 모여 든다

아우라지 뱃사공아 배 좀 건네주게
싸리골 올동박이 다 떨어진다
떨어진 동박은 낙엽에나 쌓이지
사시장철 님 그리워서 나는 못 살겠네

할아벙이 곽지나 몽땅의 자루를 엇비슷하게 잡고, 목청 높여 부르는 구슬프고 구성진 정선 아리랑의 노랫가락이 허공에 울려 퍼지면, 곽지와 몽땅은 일손을 멈추고 마치 넋을 잃은 듯 할아벙을 쳐다보았다. 그러다가 할아벙의 노랫가락이 다음과 같은 곡으로 이어지면 곽지와 몽땅의 눈길은 자신들도 모르게 하늘을 향하면서 눈가에 이슬이 맺었다.

아리랑 아리랑 아라리요.
아리랑 고개 고개로 날 넘겨주게.

명사십리가 아니라면은 해당화는 왜 피며

모춘 삼월이 아니라면은 두견새는 왜 울어

우리 집에 시어머니,

날 삼베 질쌈 못한다고 앞남산 관솔갱이로

날만 쾅쾅 치더니 한 오백년

다 못살고서 북망산천 가셨네

   할아벙은 곽지와 몽땅과 함께 일할 때는 노래도 불러 주었지만, 가끔은 옛날이야기도 들려주었다. 그러나 그건 엄격히 말하자면, 할아벙이 들려준 것이 아니라, 곽지와 몽땅이 졸라서 할아벙이 마지못해 이야기해 준 것이었다. 하지만 일단 옛날이야기가 시작되면 할아벙도 신이 나서 손짓 발짓을 하면서 이야기를 재미나게 풀어나갔다.

   할아벙이 알고 있는 수십 개 옛날이야기 중에서 곽지와 몽땅이 가장 좋아한 것은 역시 '깨금과 돗까비' 이야기였다. '깨금'은 개암, '돗까비'는 도깨비의 강원도 사투리다. 이 옛날이야기는 곽지와 몽땅이 할아벙에게서 수십 번이나 들어서 그 내용을 술술 외울 정도였다. 그런데도 곽지와 몽땅은 그 이야기를 또 해달라고 할아벙에게 조르곤 했다. 그건 그 얘기가 수백 번 들어도 재미났기 때문이다. 게다가 곽지와 몽땅이 특히 이 이야기를 좋아한 것은, 몽당빗자루가 오래되거나 거기에 사람의 피가 묻으면 도깨비가 된다는 소리를 들었고, 이 옛날이야기 속에는 갈퀴로 나뭇잎을 긁다가 개암을 줍는 내용이 나오기 때문이다.

"할아벙, '깨금과 돗까비' 이야기 또 해주세요."

곽지와 몽땅의 성화에 못 이긴 할아벙은 낙엽 위나 또는 나뭇등걸에 걸터앉아 옛날이야기를 시작하곤 하였다.

옛날 아주 옛날 호랑이가 담배 피던 시절에 강원도 정선 어느 깊은 산골 마을에 형제가 살고 있었단다. 근데 동생은 흥부처럼 착했으나 몹시 가난했어. 그 반면, 형은 놀부처럼 욕심쟁이로 부자였지만 부모님도 모시지 않아서, 부모님은 동생이 모시고 살았지.

어느 날 동생이 산으로 땔나무를 하러 갔어. 나무지게를 내려놓고, 곽지(갈퀴)로 나뭇잎을 쓱 한번 긁었더니 깨금(개암) 한 알이 떼그르르 굴러 나오는 게 아닌가. 그걸 동생이 주워서 호주머니 속에 넣으면서 말했지.

"이건 아버지께 갖다 드려야지."

다시 곽지로 나뭇잎을 또 한 번 쓱 긁었더니 깨금 한 알이 또 떼그르르 굴러 나오는 거야. 그러자 그걸 동생이 주으며 말했어.

"이건 어머니께 드려야지."

이렇게 동생이 나뭇잎을 긁을 때마다 깨금이 계속 굴러 나오는 거야. 그러니까 세 번째로 굴러 나오는 것은 형님께 드리고, 네 번째로 굴러나온 것은 마누라에게 주고, 다섯 번째로 굴러나온 것은 아들에게 주고, 여섯 번째로 굴러나온 것은 딸에게 주고, 일곱 번째이자 마지막으로 굴러나온 것은 자기가 먹기로 했어.

이렇게 모두 일곱 개의 깨금 알을 호주머니에 넣은 동생은 나뭇짐을 등에 지고 집으로 돌아오는데 갑자기 소낙비가 쏟아지기 시작했네. 그런데 저쪽에 초가집 한 채가 보이기에 비를 피하려고 그 집으로 들어갔지. 헌데 집 안에 사람이 아무도 없는 게야. 그래서 빈집에 들어가서 비가 그치기만 기다리고 있는데, 비는 그치지 않고 그사이에 날이 벌써 어두워졌어. 그런데 밖에서 갑자기 우당탕탕하는 소리가 들리며 돗까비들이 우르르 집 안으로 몰려 들어오는 거야.

동생은 무서워서 얼른 천장의 대들보 위로 기어 올라가서 거기에 납작 엎드려서 숨을 죽이고 아래를 가만히 내려다보니, 돗까비들이 둥그런 큰 밥상에 둘러앉더니 배가 고프다면서 한 놈이 돗까비방망이로 밥상을 뚝딱뚝딱 두드리며 소리치는 거야.

"쌀밥, 쇠고깃국, 그리고 맛있는 반찬들아 나오거라."

그러니까 순식간에 어디에서인가 쌀밥, 쇠고깃국과 여러 가지 반찬들이 나와서 큰 밥상을 가득 채웠어. 그러니까 그걸 돗까비들이 맛있게 먹고 나서, 이번에는 이렇게 소리쳤어.

"술과 떡 나오거라."

이런 말이 떨어지자, 즉시 커다란 술병과 여러 가지 떡을 수북이 담은 떡함지가 나왔어. 그러자 돗까비들이 술과 떡을 먹으면서 큰 소리로 떠들며 놀고 있는 거야.

이러한 광경을 동생이 대들보 위에서 내려다 보고 있노라니 갑자기 뱃속에서 꼬르륵 쪼르륵 소리가 나면서 배가 고파지는 거야. 그래서 호주머니 속에 든 깨금 하나를 꺼내서 그걸 먹으려고 입에 넣고 이빨로 꽉 깨물었지. 그러니까 단단한 깨끔 껍질이 깨지며 '딱'하는 큰 소리가 났지. 허니까 그 소리를 돗까비들이 듣고 깜짝 놀라서 소리를 질렀어.

"대들보가 부러졌다. 깔려 죽기 전에 얼른 도망치자."

이렇게 외치면서 돗까비들은 혼비백산하여 돗까비 방망이도 그냥 놓아둔 채 모두가 멀리 달아나 버렸어. 그러자 동생은 대들보 위에서 내려와서 우선 밥과 고깃국, 떡을 잔뜩 배불리 먹고 나서 돗까비 방망이를 들고 집으로 돌아왔지. 그리고 돗까비 방망이를 뚝딱 두들기면서 "금 나오거라" 하면 금이 나오고, "돈 나오거라" 하면 돈이 나오고, "쌀 나오거라" 하면 쌀이 나와서 동생은 갑자기 큰 부자가 된 거야. 그러자 이를 알게 된 욕심쟁이 형이 동생을 찾아가서 물었어.

"넌 어떻게 해서 갑자기 부자가 되었느냐?"

형이 이렇게 묻자 동생은 돗까비 방망이를 얻게 된 경위를 숨김없이 낱낱이 형에게 말해 주었지. 그러자 형은 당장 나뭇지게를 지고 동생이 가르쳐 준 산으로 올라가서, 곽지로 나뭇잎을 긁었더니 정말로 깨금이 떼그르르 글러 나오는 거야. 그러자 그것을 형은 호주머니에 넣으면서 말했어.

"이건 내가 먹어야지."

다시 곽지로 나뭇잎을 또 한 번 쓱 긁었더니 깨금 한 알이 또 떼그르르 굴러 나오는 거야. 그러자 형은 그걸 주우면서 말했지.

"이것도 내가 먹어야지."

이렇게 형도 나뭇잎을 긁을 때마다 깨금이 계속 굴러 나오자, 그것들을 모두 자기가 먹기로 했어. 그리고 깨끔 알들을 호주머니에 넣고, 산에서 내려오다가 비도 오지 않는데, 동생이 돗까비들을 만났다는 집으로 들어가서 대들보에 올라가서 밤이 되기를 기다렸지. 밤이 되자 드디어 돗까비들이 우르르 몰려와서 방망이를 두들겨서 밥과 술 등 음식을 나오게 해서 그걸 먹으며 떠들고 놀았어. 그러자 형이 대들보 위에서 깨금 한 알을 호주머니에서 꺼내 윗어금니와 아랫어금니 사이에 끼우고 딱 소리가 나도록 힘껏 깨물었지. 그러나 이 소리를 들은 돗까비들은 도망은커녕 놀라지도 않은 채, 대들보 위의 형을 쳐다보면서 이구동성으로 말했지.

"저놈 또 왔다. 지난번에 우리 방망이를 훔쳐 간 놈이야. 당장 끌어내려 혼내주자."

"그래서 욕심쟁이 형은 어떻게 되었어요. 할아벙?"

곽지와 몽땅이가 할아벙에게 다그쳐 물었다. 그러자 할아벙은 빙긋 웃으며 매번 이렇게 대답했다.

"궁금하지? 그건 다음번에 이야기해 줄게. 오늘은 이상 끝. 일하자."(✻)

닭벼슬, 개다리, 돼지주둥이

"할아버지, 옛날얘기 해주세요."

"준이에게 맨날 옛날얘기 다 해줘서 이젠 없어."

"그래두 하나만 더 해주세요, 할아버지."

"그럼 마지막으로 하나만 더 해준다. 이게 마지막이야. 알았지?"

"예, 알았어요."

할아버지는 마지못해서 하는 척하면서도, 턱을 괴고 앉아서 자기의 얼굴을 빤히 올려다보고 있는 어린 손자 녀석이 너무 귀여워서 옛날얘기를 백 개라도 해주고 싶었다. 그리하여 할아버지는 자기도 모르게 신바람이 나서 옛날얘기를 시작했다.

이건 호랑이가 기다란 장죽을 물고 담배 피던 시절보다 더 오래된 옛날이야기란다. 그러니까 단군왕검이 우리나라를 처음 세운 뒤 얼마 지나지 않았을 때쯤 이야기이지. 단군의 아버지는 환웅(桓雄)이고, 환웅의 아버지는 환인(桓因)인데, 환인은 하늘나라의 임금으로 천제(天帝)라고 불렀지. 하루는 천제님이 용상에 앉아 계시는데, 수탉과 수캐와 돼지가 함께 와서 간청을 했단다.

"천제님, 저희도 인간 세상 구경 한번 시켜 주세요."

"그럼 한 달 동안만 구경하고 오너라."

환인 천제님이 쾌히 허락하자, 수탉과 수캐와 돼지는 인간 세상으로 내려와서 한 달 동안 머물다가 다시 하늘로 올라갔어. 그리고 천제님께 귀천 인사를 드리자 천제님이 먼저 수탉에게 물었지.

"수탉아, 넌 인간 세상에 내려가서 무엇을 하고 왔느냐?"

닭이 대답했다.

"제가 인간 세상에 내려가 봤더니, 낮에 온종일 열심히 일한 탓에 밤에 곤하게 잠든 사람들이 새벽이 되어도 깨지 않고, 알람 시계도 없는 것 같아 제가 새벽마다 한국말로 '꼬끼오', 그리고 또 영어로 '코카 두들 두(cock-a-doodle-doo)' 하고 울어서 사람들을 깨워주었습니다."

"너는 참으로 훌륭한 일을 했구나! 내가 너에게 상으로 벼슬을 주마."

이렇게 천제님이 수탉을 칭찬하시며 벼슬을 상으로 주었는데, 그 이전에는 수탉 머리에 벼슬(볏)이 없었다. 그런데 천제님이 수탉에게 벼슬을 주자, 그것이 자랑스러워서 수탉은 가끔 조금 높은데 올라가서 홰를 치며 '꼬끼오'하고 울고 난 뒤에는 벼슬을 쫑긋 움직인단다.

천제님이 다음으로 수캐에게 물었다.

"너는 인간 세상에서 가서 무엇을 하였느냐?"

수캐가 대답했다.

"제가 인간 세상에 내려가 봤더니, 사람들이 일하려고 집 밖으로 모두 나가면 집을 지킬 사람이 없었습니다. 그래서 제가 집 주위를 빙빙

돌면서 낯선 사람이 나타나면 한국말로 '멍멍' 또는 영어로 '바우와우
(bowwow), 바우와우' 하고 짖으면서 집을 지켜 주었습니다."

천제님이 말씀하셨다.

"너도 아주 장한 일을 했구나. 네가 그간에 앞다리는 두 개 다 있으
나, 뒷다리는 하나밖에 없어 불편했으니, 내가 너에게 뒷다리를 하나
더 주겠노라."

천제님이 이렇게 말씀하시며 수캐에게는 상으로 오른쪽 뒷다리를 하
사하셨다. 그래서 수캐가 소변을 볼 때는 하사받은 오른쪽 뒷다리에 오
줌이 묻지 않도록 번쩍 들고 소변을 본단다.

천제님이 마지막으로 돼지에게 물었다.

"넌 인간 세상에 내려가서 무엇을 하다가 왔는고?"

돼지가 자랑스럽게 아뢰었다.

"저는 인간 세상에 내려가 봤더니 농부들이 밭에다가 감자와 고구마
등을 많이 심어 놓았기에 그것들을 긴 주둥이로 파먹으면서, 맛있다고
한국어로 '꿀꿀,' 영어로 '오잉크(oink) 오잉크' 하며 돌아다니다가 왔습
니다."

이 말을 들은 천제님은 크게 진노하시면서, "저놈의 긴 주둥아리를 당
장 뚝 잘라 버려라" 하고 시종에게 명령했는데, 당시 돼지주둥이는 코
끼리 코처럼 길었다. 그런데 이런 돼지주둥이의 중간을 천제의 시종이
뚝 자르는 통에 주둥이가 뭉툭하게 되면서, 그 단면에 두 개의 콧구멍이
겉으로 나오게 되었단다.

"준이야, 그런데 닭벼슬의 윗부분이 마치 톱니처럼 뾰족뾰족하게 생

긴 것은 왜 그런지 아니?"

"모르겠는데요."

그건 닭이 개와 돼지에게 "나는 벼슬이 달린 귀한 몸이지만 너희는 천한 것들"이라고 놀리다가 화가 난 개에게 볏을 물려서 그렇게 된 거래. 볏을 물리자 혼쭐이 난 닭이 펄떡 날아서 지붕 위로 도망치자, 개가 더 이상 쫓아가지 못하고 빤히 쳐다보았지. 그래서 '닭 쫓던 개, 지붕 쳐다본다'는 속담이 생기게 되었어. 닭벼슬에 관련된 이런 속담도 있지. "닭 벼슬이 될망정 쇠꼬리는 되지 마라."

"할아버지, 재밌어요."

"준이아, 근데 오늘 할아버지가 너에게 들려준 옛날이야기는 누가 동물의 생김새를 보고 꾸며낸 거야. 그러니까 곧이곧대로 믿으면 안 돼. 그러나 닭의 머리에 왜 벼슬이 달려 있으며, 수캐는 소변을 볼 때 왜 뒷다리 한쪽을 번쩍 드는지는 연구해봐. 알겠지?

"예, 그런데 수캐가 뒷다리를 한쪽만 드는 것은 두 쪽을 다 들면 넘어지니까 그런 거 아닐까요? 헤, 헤. 이건 농담이에요. 할아버지가 내준 과제 열심히 연구해 볼게요."(✳)

미르의 영원한 가출

가출 전 미르

동굴 속 냉기가 바싹 마른 살갗을 뚫고 뼛속까지 파고들었다. 땅에 대고 웅크린 머리와 뱃가죽으로도 차디찬 습기가 배어들기 시작했다. 물한 모금 마시지 않고 굶은 지 열흘째였다. 미르의 의식은 점점 가물거리며 몽롱해졌다. 그러나 어쩐 일인지 마음은 점점 더 편해졌다. 미르는 눈을 지그시 감았다. 할아벙과 할멍의 얼굴이 떠올랐다.

"할아벙과 할멍이 나를 애타게 찾고 있겠지?"

할아벙과 할멍은 미르 주인 내외의 애칭이다. 이들 내외의 큰 외손자가 막 말을 배울 때 부른 할아버지와 할머니의 호칭이 그대로 굳어버린 것이었다. 미르의 눈에는 눈물이 핑 돌았다. 지금이라도 당장 집으로 달려가고 싶었다. 그러나 참으면서 마음을 다시 다잡았다.

"안 돼, 안 돼, 그러면 안 돼. 현몽 할배가 꿈에 나타나서 나에게 말씀하셨잖아. 진도견 블랙탄으로서의 존엄성을 끝까지 지키라고."

미르는 가만히 지금껏 살아온 날들을 회상해 보았다. 회상이라기보다는 지난날의 일들이 미르의 뇌리를 주마등처럼 스쳐 지나갔다.

미르가 할아벙네 집으로 입양된 것은 2008년 10월이었다. 할아벙이 대학에서 정년 퇴임한 이듬해였다. 할아벙 내외는 그전에 미리 사두었던 시골 땅에 아담한 전원주택을 짓고 서울에서 이사를 내려왔다. 그러자 할아벙네 집을 지켜드리라고 할아벙 사위가 진돗개 블랙탄 강아지 한 쌍을 구해왔다. 이름도 지어주었다. 수놈은 '화랑,' 암놈은 '미르'라고 지었다. '미르'는 용의 옛말이다.

화랑과 미르는 진돗개 중에서 블랙탄이었다. 진돗개에는 털 색이 하얀 백구, 누런 황구, 까만 흑구, 호랑이처럼 얼룩덜룩한 호구, 그리고 블랙탄이 있다. 블랙탄은 검은색이나 눈 바로 위, 배, 앞발 끝, 꼬리 부분에는 황백색의 털이 나 있다. 바로 눈 위에 나 있는 눈알만 한 크기의 황백색 털이 꼭 눈알처럼 보여서 블랙탄의 눈은 마치 네 개인 것처럼 보인다. 블랙탄이 '네눈박이'라고도 불리는 까닭이 이것이다. 이러한 네눈박이 블랙탄은 귀신도 본다는 속설이 있다. 그래서인지 블랙탄은 우리나라에서 가장 훌륭한 번견(番犬) 즉 파수견으로 손꼽혔다.

미르와 화랑이는 우리에 가두지 않고 풀어놓아 길렀다. 이들이 어린 강아지였을 때를 제외하고는 이들의 변을 할아벙은 구경한 적이 없다. 어디서 어떻게 처리하는지 도저히 알 수 없었다. 그래서 할아벙은 미르와 화랑을 영물(靈物)이라고 칭하면서, "우리 미르와 화랑이의 변은 약에 쓰려고 해도 구할 수 없다"고 농담하곤 했다.

미르는 화랑이보다 연상이었다. 게다가 암컷이지만 화랑보다 덩치도 크고 지혜도 많았다. 화랑이는 뱀에 물려 주둥이가 퉁퉁 부은 적이 있었다. 그러나 미르는 뱀을 보면 잽싸게 순식간에 두 동강을 내버렸다.

화랑이는 지혜가 좀 모자라서 그랬을까. 쥐약을 먹고 죽은 쥐를 잡다가 먼저 세상을 떠서, 할아벙이 뒷산 골짜기 양지바른 곳에 묻어 주었다.

화랑이가 묻힌 곳에서 위쪽으로 80m쯤 올라가면 바위틈에 약 150cm 정도 깊이의 동굴이 있다. 이 동굴로 미르가 찾아간 것은 그가 인간 나이로는 열다섯 살 때였다. 그러니까 개의 나이로는 105세였다. 개의 나이는 통상 인간의 나이에 7을 곱해주기 때문이다. 이제 미르는 그 날카롭던 이빨도 모두 빠지고 발톱도 거의 무디었다. 그 좋던 청각과 후각도 거의 마비되었다.

미르는 생후 한 달 만에 엄마 품을 떠났고, 동네에는 사귈 만한 진돗개들도 없었다. 그리하여 미르는 다른 개들로부터 진돗개의 전통이나 정신, 사냥 기술 등에 관해서 듣지 못했다. 그러나 땅바닥에 배를 깔고 납작 엎드려 머리를 땅에 대고 눈을 감으면 생시인지 꿈인지는 모르겠으나, 수염이 하얀 블랙탄 할아버지가 나타나서 블랙탄에 관한 여러 가지 이야기들을 들려주었다. 그 할아버지를 미르는 '현몽 할배'라고 불렀다. 꿈에 나타나는 할아버지라는 뜻에서였다.

만약 미르가 잘못된 행동을 하면, 현몽 할배는 "남들이 흉을 본다"고 꾸짖는 대신, "그건 우리 가문의 행동 양식이 아니야." 영어로 말해서 "That's not the way of our family"라고 말했다. 하루는 현몽 할배가 동물들의 마지막 죽음에 관해서도 들려주었다.

"대부분의 동물은 늙어서 죽게 되면, 사람이나 다른 동물들의 먹이가 되지. 그러나 아프리카코끼리는 늙어서 죽을 때가 되면 혼자서 깊은 정글 속 동굴을 찾아가 거기서 굶어 죽는단다. 이렇게 코끼리가 죽은 동굴을 인간이 발견하면 거기에 수많은 상아가 있으니 인간의 입장에선 횡재를 한다는 얘기가 있지. 사자나 호랑이 등의 맹수도 코끼리처럼 죽는단다. 고려 시대에는 인간도 그랬지. 비록 제 발로 산속으로 걸어가는 대신 자식들이 지게로 업고는 갔지만…. 이러한 고려장은 결코 노인들의 유기가 아니었단다. 고려장은 고려사회 전체가 공인했던 훌륭한 존엄사 방식의 하나였기 때문이란다. 그건 요즈음 노인들이 늙고 병들면 요양원으로 보내져서 연명만 하다가 비참하게 생을 마치는 것과는 달랐지."

동굴 속의 축축한 냉기가 바싹 마른 미르의 뼛속으로 파고들었다. 물한 모금 마시지 않고 굶은 지 보름이 지났다. 미르는 늙고 병든 몸으로 구차하게 살고 싶지 않았기 때문이다. 미르가 평생 그처럼 중히 여기며, 이를 지키려고 노력해 왔던 진도견 블랙탄으로서의 품위와 존엄성을 결코 잃고 싶지 않았던 것이다. 미르는 두 눈을 지그시 감았다. 할아벙과 할멍의 얼굴이 떠올랐다.

"고마웠어요. 할아벙과 할멍. 두 분을 만나서 사랑받으며 행복하게 잘 살았어요. 두 분이 나를 애타게 찾을 것이라는 사실은 익히 알지만, 할아벙, 할멍에게 저의 추한 주검의 모습은 보여드리고 싶지 않아요. 용서해 주세요."

할아벙과 할멍은 미르가 들어오기만을 기다리고 또 기다렸다. 일주일이 가고, 보름이 가고 한 달이 가고 1년이 지났다. 그러나 미르는 끝내 돌아오지 않았다. 할아벙과 할멍은 단정했다. 미르는 나쁜 사람에게 납치되어 죽임을 당했다고.

할아벙은 서울에서 외갓집에 다니러 온 어린 손자에게 새총을 만들어 주기 위하여 V자 모양의 질 좋은 나뭇가지를 찾으려 뒷산에 올랐다. 도시 근처의 야산치고는 꽤 험준하였다. 경사가 가파른데다가 근래에는 산에 드나드는 사람들이 없어서 울창한 나무들이 제멋대로 자라서 마치 정글을 방불케 했다. 한참 동안 산속을 헤매다가 커다란 바위 밑 동굴에 이르렀다. 호기심에서 동굴 속을 들여다보니 어두컴컴해서 잘 보이지는 않으나 깊이가 150cm는 좋이 돼 보였다. 동굴 입구로 좀 더 다가가서 동굴 속을 들여다보았다. 아무것도 보이지 않았다. 그러나 되돌아서려는 순간, 뭔가 보이는 것 같았다.

까만 털이 수북이 쌓여 있는데 그 중간중간에 하얀 뼈 같은 것이 보였다. 좀 더 자세히 들여다보니, 그건 털과 뼈만 남아 있는 짐승의 사체였다. 할아벙의 머릿속에 뭔가 이상한 직감 같은 것이 떠올랐다. 혹시 미르? 허리를 구부리고 그 사체를 들여다보았다. 눈 부분에 허연 털 뭉치 같은 것이 보였다. 앞발 끝에도 노란 털이 보였다. 배 부분에도 노란 털들이 보였고, 꼬리 부분도 마찬가지였다. 분명코 미르의 털이었다. 그렇다면 홀연히 사라져서 나쁜 인간에게 납치되어 죽임을 당했다고 단정했던 미르의 사체가 도대체 왜 이 동굴 속에 있단 말인가?

동굴 속에 조금도 흐트러짐이 없이 마치 짐승의 표본처럼 가지런히 놓여 있는 미르의 백골과 털을 보건대, 미르가 나쁜 사람이나 다른 동물에게 죽임을 당하지 않은 것은 틀림없었다. 자연사임이 분명했다. 할아벙은 미르 사체 앞에 머리를 숙여 한참 동안 묵념한 뒤 산을 내려왔다. 그리고는 곧바로 보건소에 가서 연명치료 거부 신청을 마쳤다.(*)

노모의 장롱 깊은 속 구리반지

우리가 60대 후반일 때만 해도 하(河) 교장과 내가 가끔 만나 식사를 할 때면 둘이 소주 두 병은 거뜬히 비우곤 했다. 그러나 요즘은 칠순을 넘어선 탓인지, 둘이 소주 한 병을 비우기도 버거워졌다. 그런데 오늘은 어찌 된 일인지 하 교장이 벌써 혼자서만도 한 병 이상을 계속 마시고 있었다. 그러다가 난데없이 나에게 이런 말을 꺼냈다.

"현(玄) 교수, 난 그게 천추의 회한이오. 이제 어머니 곁으로 가게 될 날이 점점 가까워질수록 더욱 그렇소. 하늘나라에 가서 어머니를 만나면 어떻게 용서를 빌지 난감할 뿐이오."

하 교장과 그가 현 교수라고 부르는 나는 40여 년 전, 방학 때마다 양주의 청악학당에 가서 한학자(漢學者) 청악 선생님 아래서 한학을 같이 공부했던 벗이었다. 『논어』의 첫째 편인 「학이」(學而)편 제1장 제2절을 보면, "벗이 있어(또는 어떤 벗이) 먼 곳에서 찾아오니 이 또한 즐겁지 않겠는가(有朋自遠方來 不亦樂乎)"라는 문장이 나오는데, 여기서 벗을 멀리 떠났던 옛친구로 잘못 해석하는 사람들이 적지 않다. 그러나 그 벗은 옛날 친구가 아니라, 공자님의 명성을 듣고 그의 가르침을 받고자 멀리서 찾아와서 똑같은 뜻과 목적을 갖고 함께 공부하게 된 동접(同接)을 말한다.

하 교장과 나는 바로 이러한 동접이었다. 그 후 하 교장과 나는 40여 년 동안 학문적으로 뿐만 아니라 개인적으로도 각별히 지내왔다. 그러나 이건 오늘 하 교장이 나에게 처음 들려준 이야기였다.

"제 모친은, 한일합병 이후 갑자기 몰락한 우리 진해 하씨 집으로 열일곱 살에 시집오시어 시부모뿐 아니라, 시조부모까지 모시면서, 그야말로 층층시하에서 저를 비롯하여 4남 2녀를 낳아서 모두 잘 길러서 시집 장가를 보냈지요. 그간에 저의 조부모와 선친까지 모두 돌아가시자, 장손인 제가 노모를 모시고자 했지요. 하지만 노모는 단호히 거부하시고, 시골에서 혼자서 빈 둥지를 끝까지 지키시며 사셨지요."

하 교장 앞에 놓인 빈 술잔에 나는 소주를 따랐다. 그것을 하 교장은 단숨에 들이켠 뒤에 다시 이야기를 계속해 나갔다.

"제 모친이 돌아가시기 몇 년 전, 어느 주말에 내가 고향의 모친을 찾아가서 하룻밤 같이 잤지요. 한밤중에 문득 깨어보니, 노모가 장롱 속에 깊숙이 간직해 두시던 그 반지를 또 꺼내서 헝겊으로 열심히 닦고 계셨소. 난 그것이 모친이 결혼할 때 선친께서 주신 금반지일 거라고 으레 짐작해 왔었지요. 그런데 색깔이 푸르뎅뎅한 것이 금반지 같지 않았소. 그래서 그걸 모친 손에서 가만히 낚아채서 자세히 들여다보았더니 그건 구리로 만든 것이었소. 그래서 '뭐 이따위 구리반지를 그처럼 애지중지하시냐?'고 모친께 물었지요. 그러자 노모는 저에게 이렇게 말씀하셨어요.

'이게 네 눈에는 한낱 구리반지로만 보이느냐? 난 그걸 애미에게…'라고 말씀하시다가 '아니다' 하시면서 말끝을 흐리셨지요. 그러고 나서 조금 뒤에 노모는 눈물을 글썽이시면서 떨리는 목소리로 제게 한마디 던지셨지요. '내가 죽거든 이걸 내 관 속에 넣어달라'고."

"그래서 자친(慈親)이 돌아가셨을 때 그 반지를 관 속에 넣어 드렸나요?"

내가 이렇게 하 교장에게 묻자, 그는 "그랬다" 하면서 북받치는 울음을 억지로 참느라고 얼굴이 붉어졌다. 이러한 하 교장을 본 나는 내 깐에는 위로한답시고 "어머님 유언대로 해 드렸으니 효도하셨네요"라고 말했다. 그러자 하 교장은 목소리를 약간 높이면서 이렇게 대꾸했다.

"현 교수, 만약 그게 '효도'라고 한다면 난 '불효'를 했어야 마땅하오. 하지만 난 불효를 하지 못하고, 노모의 말을 그대로 따른 것이 바로 내가 잊을 수 없는 회한이 됐단 말이오."

예상 밖의 이러한 하 교장의 말에 나는 공연히 무슨 죄나 지은 듯 민망하여 "괜한 말을 해서 미안하다"고 사과하면서도 하 교장의 말뜻을 이해할 수가 없었다. 생전의 어머님 소원대로 이편의 구리반지를 관 속에 넣어드린 것이 도대체 뭐가 잘못이란 말인가?

나의 이러한 의아심을 눈치챈 듯 하 교장은 다시 말을 이어 갔다.

"그때 난 육순이 가까웠고, 게다가 명색이 교육자인데, 지금 돌이켜 보면 참으로 어리석고 생각이 너무 짧았소. '뭐 이따위 구리반지를 그처럼 애지중지하시냐?'고 노모께 묻는 대신, '어머니, 이 구리반지를 그토록 애지중지하시는 연유를 듣고 싶습니다'라고 말씀드렸어야 옳았겠지요. 또한 그때 난 눈치코치도 없는 바보였지요. '이게 네 눈에는 한낱 구리반지로만 보이느냐?'라고 어머니가 말씀하시면서 '난 그걸 애미에게…' 하시다가 '아니다'라면서 말끝을 흐리실 때, 난 어머니의 진짜 속마음을 읽었어야 했지요. 나중에 곰곰이 생각해 보니까, 저의 노모는 본래는 그 구리반지를 내 처, 그러니까 이편의 맏며느리에게 물려 줄 생각이었던 것 같습니다. 그러나 무슨 이유에서인지, 갑자기 생각을 바꾸시어 그 반지를 이편의 관 속에 넣어달라고 나에게 말씀하셨던 것이 분명했습니다."

……．

"그러나 이는 어디까지나 나의 추측이니까 용서받을 수도 있겠지요. 그러나 내가 나를 용서할 수 없는 딱 한 가지의 명백한 사실은, 제 노모가 그 구리반지를 이편의 관 속에 넣어달라고 하시자 난 그 뜻을 깊이 헤아려 보지도 않고, 마치 청개구리가 자기 엄마 시신을 냇가에 파묻은 것처럼 그대로 했다는 것입니다. 바꾸어 말하자면, 난 노모의 반지를 관 속에 넣지 말고, 아내에게 주거나, 만약 아내가 싫다면 나라도 최소한 내가 죽기 전까지만이라도 '가보'로 간직하면서 어머니 기일(忌日)에 내 자식들로 하여금 할머니를 추모토록 했어야 그것이 바로 맏자식의 도리가 아니었을까요? 하지만 난 명색이 교육자로서 평생 학생들에게 충효를 강조해 왔으면서도, 나는…."

하 교장은 더 이상 말을 잇지 못하고 조용히 흐느꼈다. 그건 내가 그와 사귄 지 40여 년 만에 처음 보는 그의 모습이었다. 이러한 상황에서도 난 어처구니없게도 한 가지 궁금증을 억누를 수가 없었다. 그래서 결례임을 번연히 알면서도 난 하 교장에게 묻지 않을 수 없었다.

"하 교장, 실례가 될지 모르겠습다마는, 한 가지 물어봐도 되겠는지요?"

하 교장은 괜찮다면서 그게 뭐냐고 나에게 되물었다. 난 염치 불고하고 하 교장에게 말했다.

"하 교장, 선비(先妣)께서 그토록 그 구리반지를 애지중지하셨던 연유를 알고 싶습니다."

하 교장은 눈을 들어 잠시 음식점 천장을 올려다보다가 그 연유를 나에게 들려주었다.

"저도 그때까진 그 연유를 모르고 살았었지요. 헌데 노모의 장례를 치르고 나서 삼우제(三虞祭) 날이었습니다. 당내(堂內)의 가까운 친족이 모인 자리에서, 제 노모와 비슷한 연배의 내 셋째 고모님이 나에게 물으셨습니다. '네 어머니 입관식(入棺式) 때 네가 조그만 주머니 같은 것을 관 속에 넣던데 그게 무엇이었느냐?'는 것이었습니다. 저는 고모님에게 사실대로 말씀드렸지요. 그건 어머니의 구리반지인데, 어머니가 그걸 관 속에 넣어달라고 해서, 넣어드린 것이라고. 그러자 나의 이런 말을 들은 고모님은 갑자기 오열(嗚咽)하시다가 마치 넋두리처럼 말씀하셨지요."

"그건 너의 증조모가 너의 할머니에게 물려주신 거고, 그걸 너의 할머니가 다시 너의 어머니에게 물려 주신 거란다. 네 어머니의 말씀에 따르자면, 네 어머니가 마흔이 되자, 너의 할머니, 그러니까 시어머니가 그 반지를 남들 모르게 네 어머니 손에 꼬옥 쥐여주시며 '금반지'라며 이렇게 말씀하셨단다. '그렇고 말구, 이건 금반지보다 더 귀중한 거지. 우리 하씨 가문 며느리들이 대대로 그걸 어루만지면서 고된 시집살이를 견디어 냈으니까 말이여.' 그래서 그걸 네 어머니는 금반지로 여기고, 장롱 깊은 곳에 넣어두고 애지중지하면서 때때로 꺼내서 만약 색깔이 거무스름하게 변하면 금반지처럼 윤이 빤짝빤짝 나도록 닦아서 다시 장롱 속에 넣곤 하셨던 것이란다."

이러한 이야기를 나에게 들려줬던 하 교장은 그로부터 5년 뒤에 작고 했다. 나는 그의 영결식장에 가서 그의 관을 바라보면서 그 속에 그의 노모의 구리반지가 들어있다는 망상에 시달렸다. 그 까닭은 모르겠으나, 난 그 망상을 떨쳐내느라고 머리를 계속 좌우로 흔들어댔다. 그러면서 '저 관은 하 교장 모친의 관이 아니라, 하 교장 본인의 관'이라고 마음속으로 계속 되뇌었다.(*)